III 下

柳野かなた【畫】輪くすさが

世界盡頭的聖騎士

鐵鏽之山的君王

The Lord of The Rust Mountain

序章

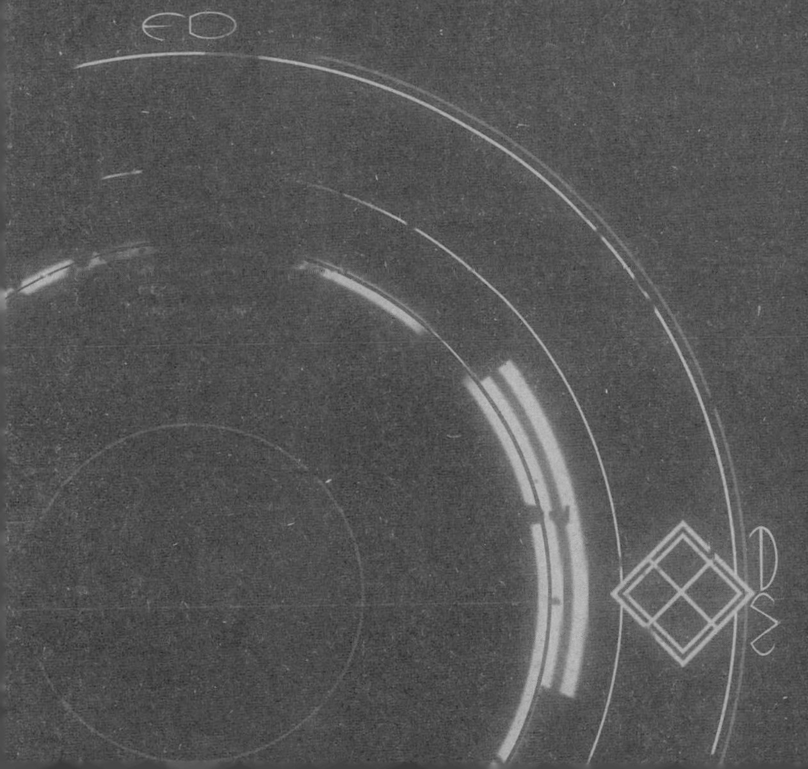

石頭堆砌成牆壁，木製的小椅子與頗有個樣子的書桌，牆壁外凹形成的凹室還有睡起來應該很舒服的床鋪。

我離開這裡時留在書桌與架子上的生活用品、書本以及許多記事便條，都原封不動地保留著。

好教人懷念，是山丘神殿中屬於我的房間。

「……」

我回到了那座死者之街。

若是和平的返鄉就好了——但可惜並不是那樣。

不斷增加的惡魔相關事件。

從西方《鐵鏽山脈（Rust Mountains）》傳來的龍咆哮。

雖然不死神的《使者（Herald）》向我預言，如果我與龍戰鬥就會死……但幾經苦惱後，我為了自己不想違背的誓言，還是決定前去挑戰龍了。

當然，我並沒有平白送命的打算。也擬定了作戰計畫。

就是沿河川逆流而上，避開惡魔們的警戒網，從《鐵鏽山脈（Rust Mountains）》西側展開奇襲的策略。

而途中會經過死者之街，才有了這次的返鄉。

——可說是死戰之前短暫的繞路小歇。

世界盡頭的聖騎士III(下) 鐵鏽之山的君王

梅尼爾多
溫道祿夫
威廉

吾乃瓦拉希爾卡！
諸神亦畏懼，最古最強之龍——瓦拉希爾卡！

Contents

在古斯的帶路下，大家被分配到神殿的幾間房間中，現在正稍事休息。
而我被分配到的，就是少年時代居住的這間教人懷念的房間。
用指尖輕撫冰冷石牆的同時，許多回憶頓時湧上我腦海。
……那三位不死族對於冷暖差異沒什麼感覺，但畢竟我是活生生的人，在寒冬的夜晚會覺得很冷。
那樣的時候，古斯即使嘴上囉囉嗦嗦也還是會幫我準備取暖石。
等待石頭在暖爐裡加溫的時間中，布拉德總會比手畫腳地講些精采的武勇傳奇給我聽。
瑪利則是會一邊縫衣服，一邊微笑附和布拉德講的故事。
這些都是成為過去、閃亮耀眼的幸福回憶。
……布拉德與瑪利如今都已不在。
然而，那肯定無損於從前那段歲月的價值。
幸福的過去依然會持續閃耀。
即便以後古斯消失，然後總有一天我也離開人世，這點依然不變。
就好像沉積於歲月河流底部的美麗細沙般。
——會永遠永遠地閃耀下去。
「……嗯。」

想像到這邊，我的嘴角不禁笑了一下。

大概是回到故鄉的關係，讓我變得有點多愁善感了。

就在這時，忽然傳來敲門聲。

「——喲，我進去囉。」

梅尼爾打開軋軋作響的老舊房門，把頭探進房內。

接著用好奇的視線開始東張西望。

「這裡就是你的房間？」

「嗯。」

梅尼爾「這樣啊」地小聲呢喃，並環視周圍。

「好小間。」

「我小時候住起來倒是覺得剛剛好啊。」

這裡原本是給在神殿工作的神官睡覺用的房間。

幾乎沒有多餘的空間擺放其他雜物，構造非常簡單。

「……我說，威爾，那個叫古斯的老爺爺，真厲害啊。」

「我還以為你會說他比想像中凡俗呢。」

「呃，要說凡俗也是很凡俗啦，不過該怎麼講……」

梅尼爾大概是在思考用詞似地稍微沉默了一下……

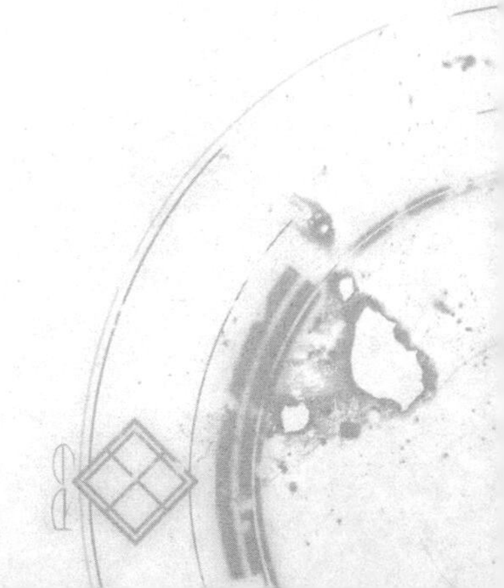

「剛才帶我們到房間的時候，我總有一種什麼事都被他看穿的感覺。」

對於梅尼爾的這句呢喃，我默默點頭。

……名聞天下的偉大魔術師之中，寡言的人物很多。

一個人若是說謊，會讓《創造的話語》減弱力量。

變得不犀利、失去分量，只剩下鈍而輕浮的《話語》，是什麼事情都辦不到的。

因此被人稱為賢者的魔法師們通常都會選擇沉默，不講庸俗的事情。

然而古斯的話卻很多，而且是非常多。

又是金錢又是女人的，他老喜歡講些俗氣的話題然後大笑。

即便如此，他的《話語》依然不會減弱力量。

就好像沉默寡言的人難得說出的一句話會很有重量一樣。

用塵俗掩飾自己才智的人所講出的真實話語，總會非常銳利。

「嗯，他很厲害吧？」

就我所知，那樣的古斯曾經只有一次講過類似謊話的發言。

也就是在那座昏暗的地下城——他決定不殺掉我的那時候。

「……他是我引以為傲的爺爺啊。」

我說著，露出笑臉。

梅尼爾也跟著笑了。

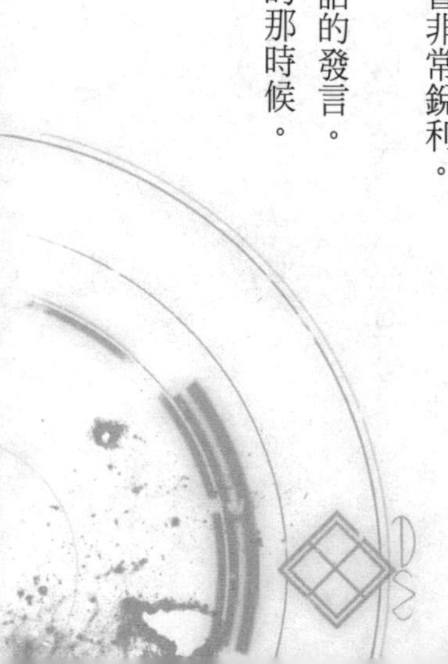

放下行李，卸下裝備，歇了一口氣後，我拜託梅尼爾幫忙照料其他人，自己則是來到古斯的房間。為的是想聽聽看古斯有什麼情報。

現在的古斯雖然是被束縛在這塊土地的神明使徒，但他也是兩百年前的賢者。因此我想他或許知道什麼有用的情報，然而──

「關於稱為《諸神鐮刀》又是《災厄鐮刀》的邪龍瓦拉希爾卡，老夫過去也沒有親眼見過。」

古斯卻對我聳聳肩膀。

「若當時有那樣的機會，老夫也很想跟牠交涉看看啊。畢竟只要能讓那傢伙別加入惡魔陣營，與《上王》的戰爭中也就不會有那麼多英雄們犧牲性命了。」

從神話時代便存在的一隻古龍光是加入敵軍或我軍，就會大大影響到整個戰局的趨勢。古斯如此說道。

「假如真的要跟牠打，就要攻擊牠的舊傷。瓦拉希爾卡自古以來在各式各樣的戰場上與諸神的《木靈(Echo)》或眾多英雄們交戰過，也留下許多受了傷、鱗片剝落的傳說。

……龍的鱗片是很堅韌的。即便是布拉德，想必也無法一劍砍破龍鱗直達肉身。」

帶著矮人族與人類的戰士，以及半精靈的獵人，前往被龍支配的山脈，攻擊牠鱗片剝落的部位。

總覺得好像前世的古老奇幻小說中會描寫的劇情。而當這樣的狀況真的發生在眼前，實在教人不寒而慄。

「……用《存在抹消的話語》呢？」

我提出自己想過的手段，試著詢問古斯。

如果靠古斯以前解決過不死神《木靈(Echo)》的那招魔法，或許——

「若真的能夠擊中，那當然即便是龍也會被消滅啦。」

但古斯這樣的講法，就表示根本連擊中對方都辦不到的意思。

「你可有想過自古存在的真龍以那樣巨大的身軀為何能夠快速飛翔？……因為上古之龍乃神話世界的居民。是比生於現在的老夫們更加親近《話語》的存在。」

所以龍會飛。

「因《話語》乃馳於空中之物。」

龍能夠無視於世上一切原理，飛翔空中。

因牠們親近《話語》。

「沒錯，上古之龍同時也是極致的《話語》高手。再說瓦拉希爾卡可不是像不死神那種談判家，而是經驗老到的戰爭家喔？威爾，雖然你現在似乎已是個相當有實力的魔法師，但你要是和牠拚魔法，絕對會輸。」

「……也就是說，魔法戰對我不利。」

「對方的體格，以及與其相關的力氣與耐打程度同樣不是開玩笑。因此肉搏戰一樣對你不利。若套用布拉德的講法，就是你在肌肉上輸了。」

雖然這點我早就知道，不過沒辦法靠肌肉蠻幹取勝真的很糟糕。

……以前我多半都靠肌肉獲勝的手法這次都不能用了。

「因此自古以來屠龍的慣例，就是做好萬全的準備，並趁對手不備奇襲巢穴。但這次……還有那群惡魔啊。瓦拉希爾卡恐怕是把那群惡魔勢力當成敵襲警報吧。」

「……我漸漸明白不死神為什麼要制止我了。」

古老的魔法力量。壓倒性的體格與肌肉。再加上漫長歲月中累積下來、能夠彌補自身弱點的經驗與智慧。

——這樣斯塔古內特當然也會判斷現在的我幾乎沒有勝算。

「哼，斯塔古內特嗎……祂派《使者（Herald）》來了？」

「是一隻烏鴉。」

古斯表情不悅地又「哼」了一聲。

「祂似乎很中意你啊。」

「雖然我很不願意就是了。」

我也不禁皺起眉頭如此回應。

「……那傢伙的思想是神明的思想，像老夫們這樣非神的存在大多難以理解。」

「嗯。」

「而且那傢伙明明是神卻老愛表現得親近……或者說根本狡猾透頂！竟然趁老夫們無從拒絕的時機提出那種契約，再奸詐也該有個限度！那樣不講人情又不合道理的契約，後來被破棄也是活該！既然是神明就不會堂堂正正一點嗎！那傢伙會被列入惡神之一也是理所當然的！」

古斯如此臭罵一頓後，「呼」地嘆了出一口氣。

「……不過，老夫也並非完全不感謝祂就是了。」

然後露出一臉彆扭的表情，如此說道。

「布拉德和瑪利——老夫視如自己兒女，同時也是老夫少數朋友的那兩人，正因為成為了不死族，才有機會能養育你，最後在在幸福之中離開人世。」

古斯的視線往遠處望去。

是布拉德和瑪利的墳墓所在的方向。

「……而老夫同樣慶幸能夠栽培你。」

他依舊別開著視線，這麼對我說。

「老夫不收徒弟，因此老夫的知識和技術都僅此一代。亮麗地綻放一場，然後瀟灑乾脆地凋零。老夫本來覺得這樣就好——誰知道真的面臨死亡時，想到這些都將喪失，卻又莫名湧起了不捨之心。」

「古斯……」

「但後來多虧有你，才讓這些東西都得以傳承下去——這也是人活在世上的奇妙之處。」

哎呀，雖然老夫早就死了啦。古斯如此說著，哈哈大笑起來。

他接著沉默一下後，表情認真地向我問道：

「……威爾，你可清楚明白？」

「別擔心，我很清楚。」

所以我才會自己一個人來找古斯的。

現實來想——

「我們幾乎沒有和龍交涉的餘地。」

正是如此。古斯點頭同意。

「在這塊地區，目前沒有比你更強的戰力。這點連神明也認同了。那麼對於瓦拉希爾卡來說，現在正是牠出擊的好時機。」

「我也這麼認為。」

畢竟……

「瓦拉希爾卡已經**受到諸神警戒了**。」

不死神說過，若祂能夠讓自身的《木靈(Echo)》降臨，便會親自去討伐瓦拉希爾卡。

古斯也說過，從神話時代便存在的一隻古龍光是加入敵軍或我軍，就會大大影響到整個戰局的趨勢。

活在這個時代的龍就是如此強烈的威脅——反過來講，龍要活在這個時代也必須做出相應的行動。

「我想瓦拉希爾卡應該也有自覺。牠若什麼對策都不想就繼續沉睡，陷入孤立，總有一天會被哪尊神明判斷為『妨礙自己計畫的存在』而派出《分靈》或使徒殺掉。因此瓦拉希爾卡只要等到以前被奧魯梵格爾王弄傷的眼睛痊癒後，就必須主動出擊建立自己的勢力，或加入某個勢力，引發戰亂才行。」

「正是如此。就像不持續往前游便會死的魚一樣。而既然瓦拉希爾卡只能活在戰亂之中，就不可能認同抱持穩健思想的你為主子。若現今的時代沒有如《上王》那等壓倒性的存在，牠便會自己揚旗創建勢力，不然就是加入其他勢力引發大亂。不管怎麼說，總之牠只能擾亂世界，引開諸神的注意力——」

古斯說到這邊，將眼睛看向我。

「而目前擁有力量使牠不敢貿然行動的，就只有你了。」

我點頭回應。

「而且我的力量還不足夠……恐怕看在龍的眼中多少會感到猶豫，但依然是可以跨越的障礙。」

就好像至今為止我面對自己判斷可以跨越的障礙，最後都能順利跨越一樣。對龍來說的我想必也是那樣的存在，可以跨越克服吧。

「威爾……你會死。」

「就算是那樣，我依然決定要戰鬥。」

神託付給我的那份溫暖，如今依然在我胸口中流動。

「反正即使我放著不管，只要龍出來就會引發戰亂。」

「你可以選擇逃跑啊。」

「……古斯。」

對於一臉嚴肅對我如此說道的古斯，我抱著滿心感謝，同時微笑回應。

「——《活著》和《沒有死》是不一樣的。」

就算我捨棄一切苟活下去，也只是沒有死而已。

那樣是不行的。我在前世和今生都學習到了這點。

「……真是沒有辦法。」

古斯這時嘆了一口氣。

彷彿是放棄了什麼似的，深深的一口嘆息。

面對那樣的他，我讓自己切換為開朗的語氣試著改變話題。

「啊，對了，古斯，我一直想問你一件事……之前我聽說了你們三個人討伐飛龍(Wyvern)的故事。在故事中你們借錢和短劍給人類男子和半精靈女子，你還記得嗎？」

「嗯？哦哦，真是懷念。老夫當然記得。」

「聽說他們後來飛黃騰達，成為了貴族……然後那位半精靈女子即使現在已經變成了老婆婆，也依然在等你喔。」

「……這樣啊。」

古斯笑了。

是帶有一絲寂寞的微笑。

「老夫這身體……已經沒法去討債啦。」

「既然這樣，我可以代替你去找她嗎？」

聽到我這麼說，古斯似乎也察覺我想表達的意思了。

「唔，那就拜託你啦……畢竟討債是很重要的事！不能隨隨便便丟了性命！」

「就是說啊！必須把借出去的東西確實討回來才行嘛！」

……沒錯，我還有許多事情要做。

因此就算再怎麼不利，我也沒有送命的打算。

「既然這樣，無妨。」

只要你有活著回來的打算就好。古斯言外之意如此說道後……

「如果你要當老夫的代理人去討債，那麼老夫也不能讓你輕易喪命啦。」

他咧嘴一笑，捲起袖子握起拳頭。

「當年挑戰《上王》時戰友們使用過的裝備，如今還保留在這座城鎮中——要不要找你那群夥伴們一起去挑選新裝備啊？」

「當然！」

我也笑著點頭回應。

古斯說要讓我們看武器，並帶我們來到了神殿外。

在神殿旁邊有一間小倉庫，以前是被瑪利當成儲藏室，放有整理菜園用的農具等東西。

「……？」

我不禁疑惑歪頭。

以前我當然也有進去過這間倉庫，但我記得裡面應該沒有什麼武器才對。

不，可是話說回來，我根本不知道布拉德是把武器存放在哪裡——

「來。」

正當我想到這邊時，古斯小聲呢喃一兩句《話語》，結果在昏暗的倉庫角落，原本以為是地板的部分竟出現了一扇隱藏門。

大家都驚訝得張大眼睛。

……是《迷惑》的魔法。

「原來有這樣的地方啊……」

「老夫們當然不可能把這種場所告訴當時還是小孩子的你。」

畢竟你光是在瑪利那次事件中就那樣亂來了。古斯如此說道。

「若沒有抱著懷疑的態度，就無法看穿《迷惑的話語》。你以前都是有什麼事情才會來倉庫，所以腦子裡只想著自己來這裡的目的，不會特地去懷疑地板上有沒有隱藏什麼《話語》。」

古斯笑著解釋，使用《迷惑》魔法的訣竅就是要設置在對方根本不會想到自己會被迷惑的場所。

在單純的力量方面姑且不說，但是像這種使用《話語》的巧妙程度上，我依然覺得自己遠不如古斯。

應該是因為經驗的差距，而且個性也不同的關係吧。

「你這個人就是太老實啦。」

大概是看出我心中在想的事情，古斯對我咧嘴一笑。

我只能苦笑一下，聳聳肩膀。

「好啦，言歸正傳。這間神殿從前似乎有在釀酒之類。而這個地方雖然上面的部分被布拉德和瑪利當成儲藏室使用，不過其實原本是個酒窖。」

因此……古斯說著，用念力打開門板。

「這裡是有地下室的。」

在古斯點亮的魔法照明引導中，我們走下一段用平坦石頭鋪設成的樓梯，來到一處寬敞的空間。

左右兩旁擺有從前應該是拿來放酒桶的架子——

「……好厲害。」

「哇！」

梅尼爾和祿當場發出讚嘆的聲音，雷斯托夫先生和葛魯雷茲先生也都張大眼睛。

現在擺在架子上的，是許許多多的武器與護具。

而且一看就知道，那些全部是非凡的名品。

「就挑你們喜歡的帶走吧……原本的使用者們肯定也會允許的。」

聽到古斯微笑著如此說道，於是我們大家微微敬禮致意後，便開始挑選武器。

就連雷斯托夫先生和葛魯雷茲先生也露出興奮的眼神……果然男人不管到了幾歲都很喜歡武器啦、鋼鐵啦、皮革裝備等等東西。

而收藏管理這些東西的人物應該就是……

「古斯，這裡該不會是布拉德的……？」

「沒錯，就是他在管理的武器庫……收藏的是以前和老夫們一同挑戰《上王》的那群戰士們的武裝。另外也有被遺留在這座城鎮中，持有者不明的上等武器。不管來源為何，布拉德都不忍讓它們蒙塵生鏽，所以就拿到這裡來定期保養了。」

原來如此。我小時候鍛鍊時，布拉德不知從哪裡拿出來的各種武器，恐怕也都是出自這裡吧。

這樣想想再仔細一看，就能發現其中有不少我似曾見過的武器。

……咦？可是……

「以前在神殿山腳下與斯塔古內特交手時，從墳墓爬出來的骸骨們手上也有拿生鏽的武器啊？」

「哦哦，那些多半都是為了陪葬，從城鎮中撿來的量產品。是布拉德說戰士就算要踏上輪迴之路，身上至少也需要帶把武器。你回想看看，那些骷髏之中很少有穿護具的對吧？」

不過像你身上這件真銀(mithril)製的鎖子甲，是持有者本人交代過要一起埋葬，所以才會穿在身上的。古斯如此解釋。

「啊，那這個……」

「無妨無妨，你就穿著吧。事到如今也用不著在意，就當是那傢伙的屍體給你添了麻煩的賠償啦。」

「也太隨便了吧，真是的！」

不過如今我也沒辦法放棄它，於是只好朝著山麓墓園的方向禱告，對持有者表示：對不起，這件鎖子甲我就收下了。

「哈哈哈！哎呀，既然是給布拉德的兒子用，那傢伙肯定也會原諒吧。」

「……他是個什麼樣的人啊？」

「名叫泰爾佩瑞安。《銀弦》泰爾佩瑞安。」

給人優雅印象的那個名字，我記得應該是精靈語。

「來自艾琳大森林。」

「閃耀銀弦奏響弓聲之時，無敵不倒。」

如一陣涼風般的呢喃聲忽然傳來……是梅尼爾。

我轉頭看過去，發現他正盯著一條閃閃發亮的銀色弓弦，瞇細雙眼。

「……那是我同鄉。」

「哦哦……你是艾琳大森林出身的。」

對於有點冷淡回答的梅尼爾，古斯露出彷彿在懷念什麼的眼神。

「算是啦。」

「看那頭銀髮。你和泰爾佩瑞安有血緣關係嗎？」

「雖然關係很遠，不過同樣是《銀月之枝（ithil）》的，呃……」

「以人類社會來講，就是血族（lineage）吧？」

「對。話說，你懂得真多啊。」

在精靈社會中，共有相同神話的氏族（clan）稱為《幹》，而能夠溯源到同一血統的血族（lineage）則被稱為《枝》。

然後《幹》與《枝》分別會冠上與花鳥風月相關的名稱。這些以前古斯也有教過我。

「因為以前泰爾佩瑞安也和剛才的你一樣，不知該怎麼翻譯解釋啊。」

「哦～」

「那位泰爾佩瑞安先生是個怎麼樣的人物？」

我探頭看向梅尼爾在凝視的武器，並如此詢問。

擺在那裡的是一雙皮革手套、一把捲有銀色弓弦的弓以及幾個形狀特殊的真銀製箭頭。

就在我觀察著那些東西的時候，古斯稍微思索了一下……

「……他個性非常保守，自尊心又高，是個相當典型的精靈族。和布拉德剛認識的初期，那兩人經常發生爭執。」

「啊～……」

布拉德雖然意外是個很有常識的人，但也有很容易跟人吵架的一面……

因此他要是和一如傳聞中那種典型的精靈族相遇，肯定會起爭執。

「畢竟泰爾佩瑞安在《銀月之枝》中是族長那一脈的直系，是地位相當高的血統，所以個性態度想必很高傲啦。」

和他相處的人肯定也很吃不消吧。梅尼爾說著，聳聳肩膀。

「那樣的人物，為什麼會到外面的世界？」

「嗯～……」

「你就說給他聽如何？既然要繼承著名的武裝，就要同時說明並傳承其來歷。這是自古以來戰士的傳統。」

古斯笑著如此說道。說明武裝的來歷——以前我繼承《噬盡者（Over Eater）》的時候，布拉德也有這麼說過。

梅尼爾聽到那句話，露出有點複雜的表情後，用他清澈的聲音開始描述：

「《銀弦》泰爾佩瑞安，擅於使弓，親近靈精。奔馳疾如風，笛聲典雅而玲瓏。知曉無數傳承，於聰穎的精靈之中又更是聰穎。」

他非常流暢地朗誦著。雖然不到碧的程度，但也相當熟練。

就連在場的其他人都被他的聲音吸引過來。

簡直是可以收錢的等級——或者說，梅尼爾以前似乎嘗試過很多事情，搞不好也有靠唱歌賺錢的時期吧。

「泰爾佩瑞安有一位友人。在不太生孩子的精靈族中，那兩人是很難得在同一年出生的小孩。他們被視如兄弟，一同養育長大。那位乾兄弟雖沒有泰爾佩瑞安那般優秀，但相對地非常熱情，懷抱有夢想。」

總有一天要到外頭世界去的夢想。

「對於乾兄弟述說的夢想，泰爾佩瑞安始終無法理解。所有清淨的存在都在森林中，為何要那樣嚮往汙穢的外面世界？據說泰爾佩瑞安與乾兄弟感情非常好，但唯獨在這件事情上總是會起爭論。」

梅尼爾淘淘不絕地說著。

「然而，那位乾兄弟後來卻死了。在前往討伐入侵到森林的魔獸之時，他們解決了一隻魔獸，卻沒人發現竟然還有第二隻。結果乾兄弟為了保護遇襲的泰爾佩瑞安，犧牲喪命。

明明他夢寐以求、得以離開森林的日子就快到了。

連一句遺言也不及留下，突如其來的死亡。」

梅尼爾的語調微微變得低沉。

「──泰爾佩瑞安抱著乾兄弟的遺骸，三度悲傷長嘯。其叫喊在森林中久久迴盪，據說連靈精們聽到那哀嘆聲也不禁落淚。」

在魔法光芒照耀的倉庫中。

被許多由來淵遠的武器圍繞，講述從前故事的情境，莫名充滿不可思議的氣氛。

「泰爾佩瑞安為朋友弔唁、服喪七個月後，毅然決定踏上旅程。不顧長老們反對，穿上朋友的鎖子甲，帶著銀弦之弓，離開森林。」

抱著依舊不知外面世界有何魅力的想法。

「前去尋找朋友夢想中的『什麼』。」

梅尼爾說到這邊，把視線望向古斯。

「我所知道的就到這邊。另外頂多只知道他加入討伐《上王》的隊伍然後喪命了——在艾琳的森林中，長老們至今還惋惜著泰爾佩瑞安的死。多虧如此，讓我聽得都厭啦。」

「唔……」

「賢者古斯大人啊，反正機會難得，我就問你一下。」

「叫古斯就行。」

「那，古斯爺。」

梅尼爾翡翠色的眼眸直盯著古斯，向他問道：

「——泰爾佩瑞安想尋找的『什麼』，他最後有找到嗎？」

聽到那詢問，古斯笑了。

是彷彿在懷念過去般，望著遠方的笑容。

「嗯，他找到了……泰爾佩瑞安確實找到了非常美妙的東西！」

「是嗎。」

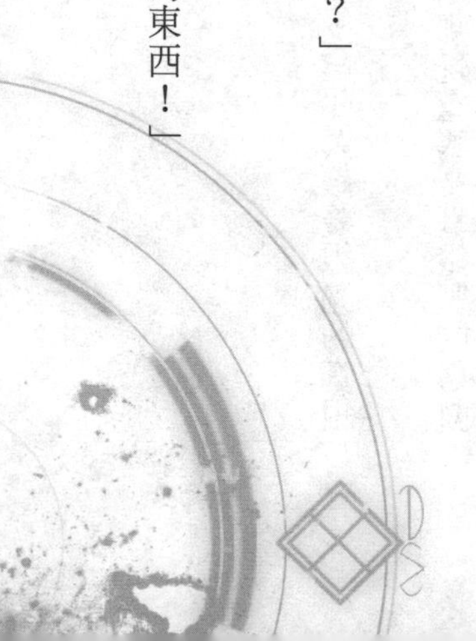

梅尼爾雖然表情沒有太大的變化，不過嘴角微微揚了起來。

「是嗎。那就好。」

僅此，梅尼爾便沒有再多問什麼。

無論泰爾佩瑞安所找到的答案，或是關於他後來的事情。

取而代之地，梅尼爾沉下眼皮默默禱告後，戴上手套，拿起閃耀著銀光的真銀弓弦。

「哈哈哈……話說回來，叫梅尼爾多的，你有能力使用那玩意嗎？真銀(mithril)製的弓弦雖然與靈精的相合度很高，但據說一般的弓箭手用了只會削斷手指喔？」

「沒問題啦。」

梅尼爾熟練地將弦換到自己的弓上，並試拉了幾下。

弓被拉開如滿月，弦隨之發出清脆優美的聲響。

古斯一臉懷念地聽著弓弦演奏的戰役前奏曲。

「看吧。」

「……你不射看看嗎？」

「你白痴啊，空射可是會傷到弓的。你不曉得嗎？」

「咦！原來是那樣啊！」

因為我不用弓箭，都不知道有這種事情。

啊，不過仔細想想也對。畢竟把箭射出去的能量會全部負擔在弓身上，確實感覺不太好。

「你這傢伙明明懂那麼多事情，有時候卻又很呆啊……」

「這是教育的成果啦。」

「不要把責任推到老夫身上。」

我們如此鬥嘴起來，惹得包含在一旁聽的祿他們在內，大家都笑了。

「……喂，你們幾個。咱們可沒辦法像精靈族那樣優雅地使用時間啊。別只顧著看別人，快點去找適合自己的武器啦。」

梅尼爾如此催促其他人後……

「我已經決定好了。我不需要新武器。」

雷斯托夫先生非常乾脆地這麼回應。

「不需要？……在這裡的裝備可都是非凡品喔？」

「確實讓人大飽眼福……但無論性能有多好，用不習慣的武器就是不能信任。」

對於梅尼爾驚訝的詢問，雷斯托夫先生很簡潔地回答。

古斯和葛魯雷茲先生接著「原來如此」地點點頭。

梅尼爾則是表現出懷疑的態度。

「是那樣嗎……？」

「呃……」

看到祿疑惑歪頭，於是我開口解釋道：

「哦哦，這方面的想法是見仁見智啦。梅尼爾在戰鬥方式上算是自成一派，或者說是『有什麼就用什麼』的主義，所以對武器比較不執著。畢竟他也可以借用妖精的力量嘛。只要能靠移動擾亂對手，保持中距離到遠距離反覆攻擊，其實用什麼當武器都沒關係。」

就算沒帶裝備到了怪物橫行的荒野，梅尼爾應該也可以一邊撿石頭一邊呼喚妖精，巧妙對付敵人吧。

「相對地，雷斯托夫先生的專長是近距離戰鬥。既然是在殺或被殺、一瞬間決生死的危險距離下戰鬥，難免就會變得對武器產生執著。雖然拿其他武器也不是不能戰鬥，但戰鬥方式就是最適合於自己現在的武器。」

將武器配合自己的身體與動作進行改良，讓自己在遇上緊急狀況時能夠立刻拔出武器，漸漸變得與武器化為一體。

……雷斯托夫先生那經過改造的劍鞘、構造穩固的劍柄以及修剪得很整齊的指甲，全部都是為了這樣的目的。

「所以他不會在戰鬥之前臨時更換為自己用不習慣的裝備。就是這樣。」

我如此總結後，雷斯托夫先生也「沒錯」地點點頭。

我本身雖然算是各種武器都會使用，不過在思考方式上還是比較接近雷斯托夫先生，因此非常能理解他的心情。

「即使再怎麼普通，我還是想使用自己習慣的裝備戰鬥。」

對於看到這麼多出色的裝備卻還如此篤定說道的雷斯托夫先生，祿頓時發出敬佩的嘆息聲。

「真是厲害……」

「但是，這位叫雷斯托夫的，你們這次的對手可不簡單喔。真的沒關係嗎？」

古斯有點不放心地如此詢問。

「沒問題。不過——」

「不過？」

「賢者古斯，我希望能藉助你在《記號》方面的本領。」

「哦？」

「拜託你在不影響現在武器與護具使用感的程度下，幫我在上面刻上《記號》。

如果是那種程度的變化，我應該幾天內就可以熟練了。」

「原來如此……好，你借老夫看看。」

古斯用念力收下雷斯托夫先生的劍與皮革護具後，輕易就拆解開來，從各種角度仔細觀察。

「唔……雖然沒有劍銘，不過是北派的東西啊。」

「沒錯。」

北派。是在北方草原大陸(Grass land)遠處的《冰之山脈》山麓、寒風吹颳的峽谷中，代代打鐵的善武民族形成的鍛造流派。

他們長年來與企圖南下的惡神眷屬們交戰，因此造出來的劍重視如寒冰般清澈的利刃，以及以實用為目的的剛強造型。

「因為布拉德喜歡用的是南方風格的闊身劍，老夫好久沒見到北方的劍啦……唔，真是一把好劍，而且使用得很小心仔細。雖然多少有打磨削薄了……」

所謂的劍，並不是能夠無限使用的武器。

畢竟如果認真打磨，一次就會削掉相當於一枚小指環程度的鋼鐵量。長期反覆打磨自然就會讓劍身變薄，遲早彎曲或斷裂。

不過……

「總有一天，它將不再是『無銘之劍』，而是被稱為『雷斯托夫之劍』永遠歌頌流傳下去吧。」

有時候，劍的名字會比劍本身流傳得更長久。

就好像布拉德、瑪利以及泰爾佩瑞安等等從前的英雄們一樣。

「說得也是。」

雷斯托夫先生點點頭。

「但願真能如此。」

祿和葛魯雷茲先生接著也各自挑選了幾件新的武器和護具。

「唔……」

葛魯雷茲先生挑的是金屬製的護具與一塊大盾牌，以及一把造型古典的單手戰槌。

護具外型大而圓，給人一種適於把對手攻擊往旁邊架開的印象。盾牌同樣大而堅固，一看便知是從前著名的矮人戰士所使用過的東西。

呈現菱形的戰槌上則有好幾處稱為『凸緣（flange）』的外凸部分，感覺攻擊力很高的樣子。

「在下就收下這些了。」

「哦？《碎劍》巴弗爾的整套裝備啊。眼光真獨到。」

「畢竟隊伍中使用利刃武器的人較多。」

有些惡魔外表長有堅硬又光滑的甲殼。

遇到那樣的對手時，使用刀劍類武器的效果就很有限。

因為劍刃會滑開，使自己露出破綻。

當然，我和雷斯托夫先生只要有那個意思，也是可以用劍給予對手打擊，或者瞄準甲殼間的縫隙突刺。不過隊伍中若有個使用打擊武器的人，還是會幫上很大的忙。

「……巴弗爾沒有隸屬於任何一個氏族(clan)，是個四處流浪的矮人戰士。面對任何利刃都有辦法彈開、擊碎，是戰鬥的高手。然而脾氣卻很隨和，喜歡開玩笑。即使是和不喜歡矮人族的老夫也能夠談笑風生，給人一種不可思議的溫暖感覺。」

「哦？」

「當年他加入討伐《上王》的行列，說是為了弔唁《黑鐵之國》的復仇戰。」

葛魯雷茲先生聽到自己同族英雄的故事，留有傷疤的臉微微露出了笑容。

就在他們如此對話的時候……

「喂喂喂，你挑那個也太重了吧？」

一旁傳來梅尼爾訝異的聲音。

「不會的。如果只是這種程度……」

我轉過頭去，看到祿在梅尼爾的注視之下握起一把粗大的長柄戰斧（halberd），試著揮舞了幾下。

那把戰斧造得相當粗，連握柄都是全金屬製的。

「……嗯，請別擔心。我揮起來沒什麼問題。」

「哦！居然有辦法揮動那玩意，真是了不起的力氣啊。」

古斯驚訝得眨眨眼睛。

「那武器原本的主人，是《金剛力》尤恩。」

我小時候聽布拉德講從前的故事也聽過這個名字。

「技巧方面姑且不說，但論力氣他可是和布拉德並稱雙強。體型圓胖，表情總是笑嘻嘻的，是個好老人啊。

……個性上不太喜歡戰鬥，若時代和平，或許就能繼續當個好農夫吧。」

那樣一位戰士在與《上王》的戰鬥中負責保護布拉德的背後，一次又一次掃蕩來襲的惡魔，最終喪命。

不只是《金剛力》尤恩而已。

《碎劍》巴弗爾也是，《銀弦》泰爾佩瑞安也是。

——古斯現在口中描述，布拉德以前帶著懷念向我述說過的這些英雄們，大家都為了討伐《上王》拋出了自己的生命。

擺滿這間倉庫的幾百件武器與護具。

它們全部都有各自的一段故事，而且最後都因為戰鬥與死亡而寫下休止符。

如今只剩裝備們默默沉睡在這裡。

蘊藏著許許多多過去曾被某人珍惜過的故事。

在某種感情的催使下，我忍不住獻上禱告。

內心湧起一股必須這麼做的想法。

「…………」

神啊。

燈火之神啊。

願祢祝福這些人——

「請給予他們引導與安息吧。」

我小聲呢喃。

從一段忘我的禱告中回過神後，我看到古斯臉上帶著微笑。

和他平常的笑臉不同，彷彿在懷念故鄉一樣。

「我說，古斯。」

「什麼事？」

「等我們解決了山上那些惡魔與龍的問題回來後，我可以帶個詩人女孩到這裡來嗎？她是個半身人(Halfling)，個性有點聒噪就是了。」

「嗯，隨你高興吧……要老夫講什麼故事都可以。」

古斯果然是賢者，很快就理解了我的用意。

「謝謝。」

這許許多多沒有被人流傳過的故事。

我想碧肯定會很樂於把它們傳誦出去吧。

「喏。」

「嗯？」

「話說威爾啊……」

「嗯。」

「你說的那位姑娘該不會……」

古斯對我露出一臉充滿期待的表情，不過……

「我們雖然是很好的朋友，但並不是你期待的那種關係喔。」

聽到我這麼說，他頓時深感遺憾地垂下了肩膀。

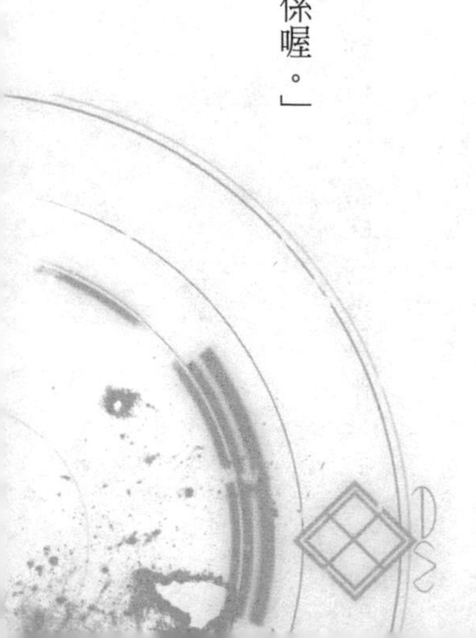

後來祿也挑選了一套矮人用的厚重護具。

畢竟這裡原本就是人類與矮人一同居住的城鎮，因此適合矮人體格的護具相當豐富。

為什麼異種族的矮人族會居住在這裡呢？

以前在地下城修行的時候我曾對這點感到奇怪，不過現在就能明白了。

這座湖畔的城鎮是與《黑鐵之國》的交易中繼點，所以人類和矮人才會共同居住的。

從遺跡可以推測，從前這座城鎮應該相當繁榮。

規模巨大，生活富裕，不是現在的《燈火河港（Torch Port）》所能比擬的程度。

當時街上想必到處都洋溢笑容吧。

「…………」

總有一天。

總有一天，我是否能夠讓這座城鎮、這片地區重回那樣的情景呢？

粉碎惡魔們的陰謀。

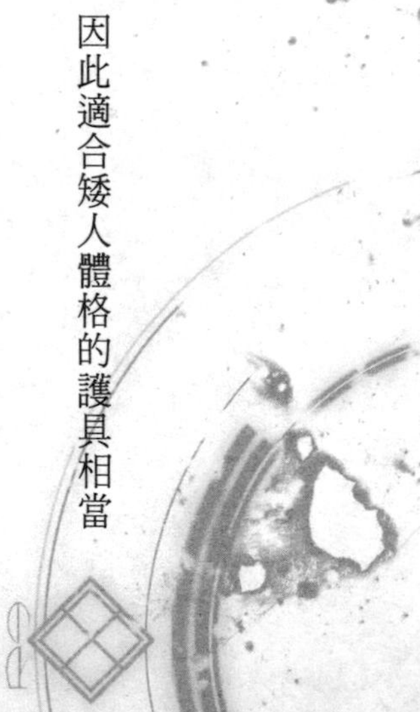

阻止龍的烈焰焚燒。

守護並經營和平的生活。

——我在內心期望這些真的都能實現的同時，從大量的武器與護具中挑選了幾項裝備。

「大盾啊。」

「是的，為了對付龍息(dragon breath)。」

我點頭回應雷斯托夫先生的詢問。

那是一塊看起來就非常堅固，刻有好幾重《守護的話語》，能夠遮掩全身的大盾。

我平常用的圓盾確實很方便，今後也會繼續使用下去，但畢竟那是重視攜帶性的裝備。

「考慮到這次的對手，我認為盾牌還是大一點比較好。」

雖然重量增加會使動作變得遲鈍，而且自己也會變得不利於揮動武器等等，使用大盾會有各種缺點。

不過現在的我已經有足夠的力氣與技巧，能夠不需要在意這種程度的問題。

「另外在護具的擴充上……」

我又追加挑選了幾項金屬製的護具。

以前離開這座神殿的時候，因為不知道旅途究竟會有多長，所以不敢穿戴太多護具在身上。

然而這次大致可以估算出到決戰場所的距離，因此不用太擔心。

「還有就是、這個。」

我接著拿了一把缺乏弧度、多層鍛造——也就是很厚實——且尖端磨得很鋒利的短劍。

「嗯？這短劍是怎麼回事？掛勾方向反了吧？」

「啊，真的呢。好特別的造型。」

「這是佩掛在右邊的穿鎧匕首（stilett）。」

刀劍類多半都是佩掛在左邊。這是為了配合用左手固定劍鞘，用右手握劍柄拔出，這樣大家都習慣的動作。

然而像這種穿鎧匕首（stilett）考慮到纏鬥時的便利性，是設計佩掛在右邊的。

當遇到想拔劍又拔不出來的近距離搏鬥時，這樣的設計可以只靠慣用的右手反握劍柄拔出來，然後直接用力往下刺。兩個動作便能完成攻擊。

「這個給祿拿著，熟悉一下用法吧。畢竟那把長柄戰斧（halberd）雖然應該很有用，但並不適於小動作的攻擊。」

「啊，是！呃～請問這把匕首原本的持有者是……？」

「是我父親。」

祿頓時睜大眼睛。

「那樣我……！」

「沒關係，你就拿著。」

布拉德以前曾經笑著向我炫耀過這把匕首非常好用。在他習慣的雙手劍無法使用的狀況下，這匕首幫他解決過好幾頭怪物和難纏的對手。

……最後決戰時他也有帶在身上，可見這毫無疑問是他很中意的裝備。

「我總覺得這個給祿帶著會比較好。」

這單純只是我的直覺。

不過布拉德是屬於會相信直覺的類型。

因此我也決定相信自己的直覺。

「請問、這是遺物吧？」

「沒錯——但是給你。應該由你拿著。」

「…………」

「沒關係。」

我將匕首交到祿手中。

「——寶貴的事物，我已經獲得很多了。」

對吧，布拉德，瑪利？

我在心中如此呢喃。

如此這般，我們準備好裝備後，當晚決定就在死者之街過夜。

不過想當然，這裡並沒有食品類的東西。

我雖然可以像瑪利那樣請神明賜予聖餐麵包，但那基本上只能維持最低限度的體力而已。

梅尼爾傻眼地說了一句「真虧你可以在這種地方活了十年以上啊」之後，便進入森林捕獲食材，順便當作試射弓箭。

在天色變暗之前，他應該可以獵到什麼回來吧。

梅尼爾本來在各種技術上就有很高的水準，這兩年來又有了相當長足的進步。

甚至可以辦到從背後靠近正在緊盯獵物的狼，輕撫背部嚇對方一跳這種『惡作劇』，真的很厲害。那個連我也模仿不來。

雷斯托夫先生和葛魯雷茲先生同樣為了準備食材，到湖邊去釣魚了。

那兩人雖然互相認識得並不算久，但或許因為都是硬派的戰士，所以很合得來的樣子。

我猜他們大概多少會聊上幾句，或者根本什麼對話都沒有，默默垂釣吧。

……到了明天以後，恐怕會遇上好幾次連食材也無法順利籌措的狀況。

畢竟是要踏入完全未知的暗黑領域，旅途將會變得艱辛困難。

現在為了幫大家的裝備刻上《記號》而窩在房間裡的古斯所守護的這個場所，搞不好將是我們最後可以安心的地方。這點大家都心裡有數。

「呼～……終於結束啦。」

就這樣，我現在一邊等待他們回來，一邊與祿一起剛剛打掃完廚房。

因為兩年來這地方只有不會感受到冷熱，連食欲和睡意都不存在的古斯居住，所以廚房到處都是灰塵。

我用布掩著口鼻，手腳熟練地很快便完成了打掃。

以前我為了幫瑪利的忙，也經常做打掃工作。畢竟這座神殿很大，需要打掃的地方相當多。

「這種事情其實交給我做就可以了啊……」

祿的表情看起來有點複雜。

該怎麼說呢，他似乎對於身為主子的『聖騎士(Paladin)大人』居然親自做家事的行為感到很意外的樣子。

「兩人一起做比較快嘛。更何況，真要講起來祿不也是王族大人嗎？」

「那只是空有虛名而已。」

祿微微舉起一隻手，轉了一下手掌的部分。

那是矮人族輕微表示否定的動作。

「雖然氏族(clan)的大家總是很疼愛我，但畢竟我們都很貧窮。修繕、手工藝，還有其他很多事情我都做過……我甚至好幾次都在想，為什麼自己不是單純出生在城鎮工坊的小孩子。」

「然後如果是出生在城鎮工坊的小孩子，你又會這樣想像。」

我用演戲般的動作把手掌放在自己額頭上——

「其實我應該是某個滅亡國家的遺族王子，背負著復興王國的使命啊……」

祿聽到我語氣誇大、故作嚴肅地如此說道，頓時大笑起來。

「那我還真想告訴那個自己，實際上根本不是想像中那麼美好的事情啦。真受不了！」

「就是說啊，真受不了。」

屠龍這種事情，實際要做起來根本恐怖無比啊。

「……即便如此，你還是要做對吧。」

「是的，我還是要做。」

祿的雙眼看起來很清澈。

雖然他外表長相依舊很斯文，不過已經不會給人卑微的印象了。

「大家其實都很想念故鄉。希望回到故鄉，希望奪回故鄉——但因為發生過太多事情，讓大家漸漸變得無法再率直地抱持那樣的期待了。

……我想我應該比任何人都明白這點。」

我回想起至今見過許許多多矮人們的表情。

接著又想到自己回到故鄉時的那份喜悅。

「正因為如此，所以我想前往。我想告訴大家，故鄉是能夠奪回來的，是可以抱著奪回希望的。如果我拚上性命的這項行動，能夠點燃大家心中的一把火……那想必是非常美妙的事情。」

對於祿的這段話，我靜靜點頭。

能夠發自內心說出這種話的他，真的非常善良又有勇氣。

——或許就是像他這樣的人物，擁有成為王者的才器吧。

「然而，為了這件事卻把威爾大人也拖了進來……」

「那樣講不對。」

聽到祿感到愧疚的發言，我立刻否定。不是那樣的。

「我也很清楚，自己必須挺身戰鬥……要是我捨棄一切選擇自保，就沒有臉面對我的父母與古斯了。」

因為那三人過去都勇於挑戰。

即便面對強大到教人畏懼的《上王》，他們依然為了些微的勝算賭上性命。

「而且那樣做也對不起神明。」

神明大人因為憐憫我的靈魂所抱持的後悔，所以給了我再一次的機會。

但如果我又明知破滅遲早到來，卻為了逃避風險而裹足不前、縮在原地。漸漸變得往哪兒都踏不出步伐，在重蹈覆轍中結束生命。

——我還有什麼臉面對神明大人啊。

「總有一天，我希望能做到一件事。」

「做到、一件事？」

「嗯。」

我不冀望名譽，不冀望財產。必要的話，甚至拋棄幸福也沒關係。

唯獨一件事——

「我希望自己能挺起胸膛。」

總有一天——

「總有一天，當我再度回到燈火之神大人的面前時，我希望自己能稍微有點樣子，驕傲地挺起胸膛。」

對那位面無表情的神明大人……

不帶絲毫畏怯，能用光明正大的態度——

「告訴祂：多虧有祢，讓我好好活過了一生。」

當著面，向祂道謝。

「…………」

祿默默地傾聽著我這段話。

「因此，我不會逃避龍，我會挺身戰鬥——讓我下定了這份決心的人，就是你。」

如果那時候我沒有聽到祿的決意與吶喊，真不知道結果會如何。

或許我會踏上錯誤的一條路也說不定。

所以——

「謝謝你。」

我如此道謝後，祿露出微笑。

「我才應該要謝謝您。收我為從者，給予了我自信與勇氣的人，就是您啊。

──我向您賜給我的這把短劍發誓，無論最後的結果如何，我都不會後悔。」

我也帶著些許害臊的心情，點頭回應。

接下來將面臨的狀況中，我恐怕無法再一邊保護、擔心別人一邊戰鬥。

因此如果祿心中已經做好覺悟，那就好。

「嗯，我的背後就交給你了。」

「是！」

我們再度互相握手。

就在這時，從窗外遠處傳來呼喚聲。

似乎是梅尼爾回來了。

祿立刻跑到窗邊，探頭一看，結果「哇！」地大叫出來。

「是鹿啊，鹿！」

「什麼！」

居然在這麼短時間內就獵到那種獵物。

「我們快點做好解體準備！」

「是！」

這下又一口氣忙碌起來了。

烤鹿腿滴下的油脂落到火中，發出「滋～」的聲音。

誘人的香氣漸漸瀰漫。

我將當成配料的山菜洗過切過後，用鍋子輕炒了一下。

「哇……」

祿的眼神閃閃發亮。

梅尼爾表現得有些得意。

雷斯托夫先生和葛魯雷茲先生則是一句話也不說。

「哈哈！別太在意啦。」

梅尼爾拍拍那兩人的肩膀，開玩笑地挖苦了一下。

結果那兩人都板起臉拍掉梅尼爾的手，讓古斯在一旁看得哈哈大笑起來。

……雷斯托夫先生和葛魯雷茲先生釣魚的成果一無所獲。

「這只是偶然。」

魚。

「沒錯。」

他們雖然嘴上這麼說，看起來還是不太高興。

順道一提，雖然我不清楚葛魯雷茲先生如何，不過雷斯托夫先生的興趣就是釣魚。

我常看到他閒暇時跑去垂釣，但幾乎沒收過他分享成果，因此實力可想而知。

「哎呀，強悍的戰士也不一定擅長釣魚嘛……」

「只是偶然。」

「……」

「只是偶然，知道了嗎？」

「呃、是，您說德梅挫。」

我只能語氣僵硬地如此回答。

就當作是那麼一回事吧。

不過在空魚籠中插幾朵當季的鮮花，說是要獻給神明然後送給安娜小姐的做法，我覺得相當風流、相當浪漫喔。

因此就算沒釣到魚，我認為其實也沒什麼不好的。只是雷斯托夫先生本人應該很希望自己釣魚技術能進步吧……

「好，差不多可以吃啦。」

像這種整個部位直接放到火上烤的肉類料理，是等烤好之後再用刀子把肉切下來享用。

而今晚因為還有聖餐麵包，所以我們是將切下的烤鹿肉與炒山菜一起夾在麵包中，當成三明治吃。

至於剩下的肉則是製成燻肉，做為明天以後的食糧。

「那麼，我們就開動吧。」

一如往常地向善良諸神獻上禱告後，我們便開始享用餐點了。

「話說回來，梅尼爾多大人，這頭鹿你是怎麼獵到的？」

「我隱藏氣息沿著野獸留下的小徑走著走著，忽然就迎頭碰上啦。」

「迎頭碰上嗎！」

「對啊。我根本沒時間想太多，反射性就射出一箭，結果不偏不倚正中要害。」

「那運氣還真好……」

「是精靈神的恩惠啊。」

「咱們是運氣太差了。」

「沒錯。」

「你們差不多也該承認自己釣技很差了吧？」

「…………」

「承認了會比較輕鬆喔？」

「只、只是偶然。」

「真的很不乾脆耶！」

「啊哈哈……」

將切下的鹿肉與炒山菜大量夾入麵包中，再用刀子削下一些岩鹽，大口咬下。熱呼呼的肉汁當場溢出，十分美味。氣氛又很熱鬧、愉快。

……我不禁回想起以前布拉德和瑪利還在的時候。

難以壓抑的懷念情感，讓我胸口頓時一緊。

用餐結束，大家各自回到房間後……我獨自走到屋外。

一片星空下，我來到瑪利與布拉德的墓前，在心中對他們述說起許多事情。

——我回來了。

——雖然沒有你們陪伴讓人有些不安，但我還算過得不錯。

——也結識了許多的朋友、夥伴。

至今發生過的事情。

相遇相識的人。

自己獲得的東西。

向他們報告了各式各樣的內容。

然後……

——你們最後對我說過的話，我都記得。

——我一定會繼續遵守下去。

——所以，我要出發了。

在心中如此道別後，我轉回身子，看到古斯的身影。

他飄在半空中佇立許久，彷彿在猶豫該怎麼向我表達。最後——

「老夫巴不得可以跟著你一起去，幫上你一些忙。但是在這麼關鍵的時候，老夫卻什麼也幫不上……」

他用充滿苦惱的聲音擠出了這麼一句話。

我輕輕搖頭，對他露出笑臉。

「能夠聽到你這麼說，就已經很足夠了……別擔心，古斯就在這裡和布拉德跟瑪利一起等我回來吧。」

「……唔，老夫就等你回來。」

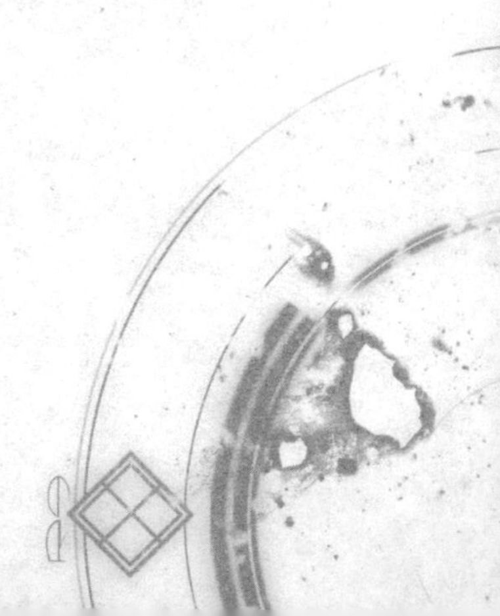

「嗯。」

「不過下次返鄉時，你可要帶妻兒一起回來啊。」

「吵、吵死了啦！」

就這樣，我短暫的返鄉行程結束了。

……屠龍之旅即將開始。

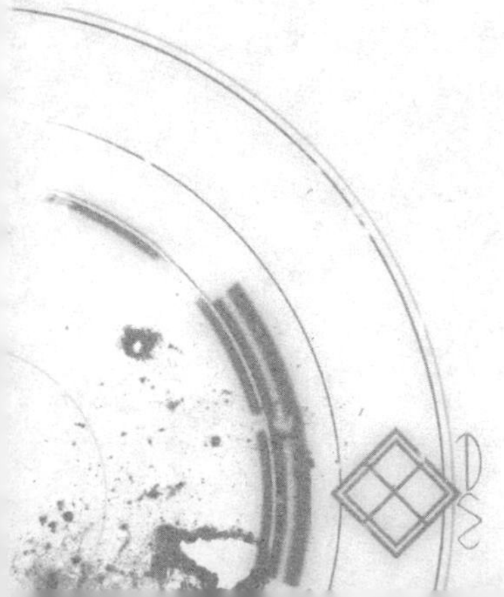

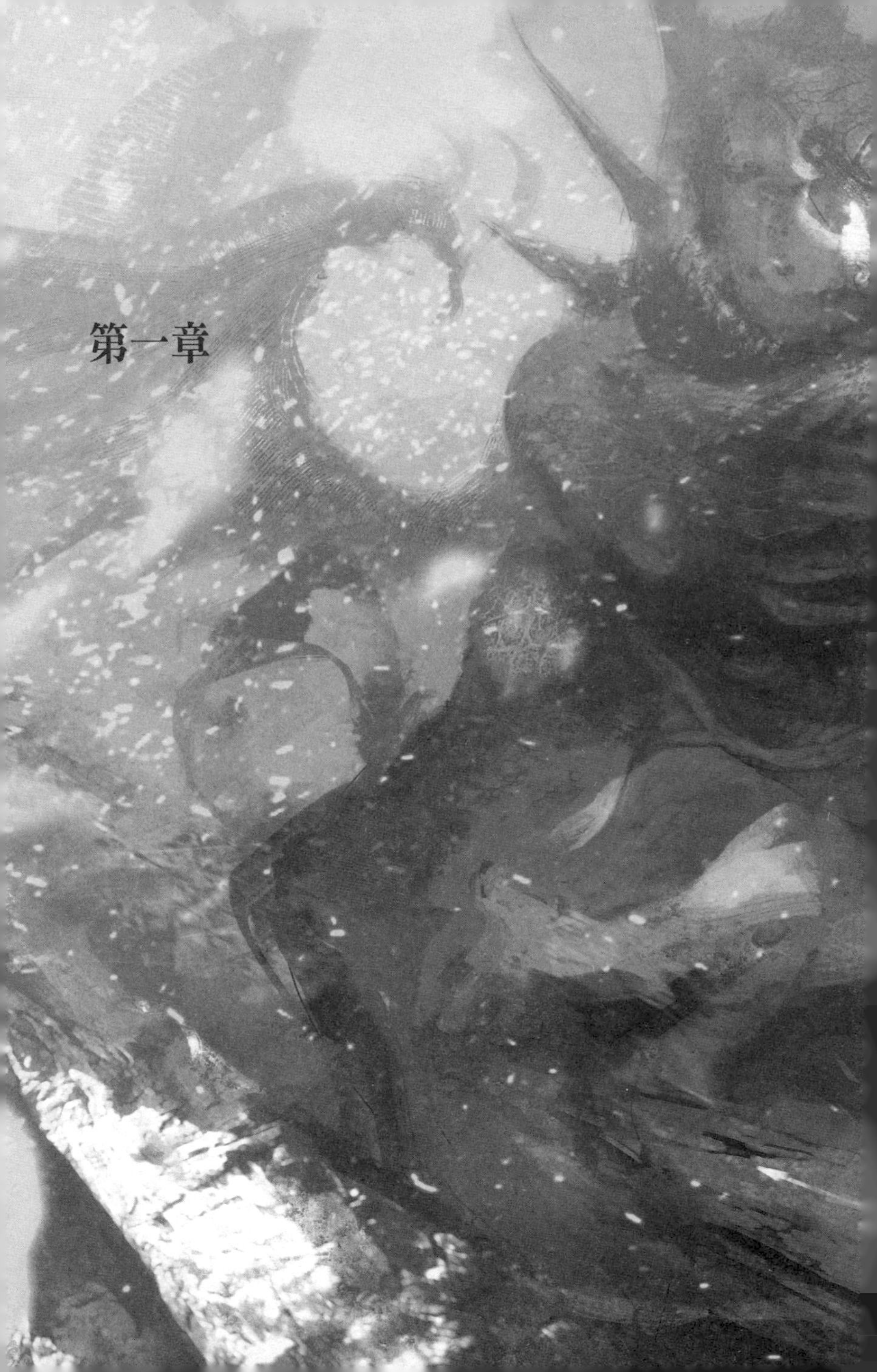

第一章

季節進入深秋，寒冷的感覺越來越強烈。

一片略陰的天空下，我們的船在微波蕩漾的湖面上順風滑行著。

北方可以看到直入雲霄的壯觀山脈，是《鐵鏽山脈(Rust Mountains)》。

「進入這條往西的支流就行了吧？」

「根據地圖是那樣沒錯。萬一地形有變動再折回來吧。」

我對站在船艏回頭確認的梅尼爾點頭回應後，他又再次開始呼喚妖精。

我們為了繞到《鐵鏽山脈(Rust Mountains)》的西側，現在正乘船在湖上航行。

梅尼爾呼喚妖精們起風操船的技巧相當熟練。

能夠預測風向，甚至達到操作風向境界的妖精師或魔法師在船隻來來往往的水邊總是會受到需要，因此不愁吃食或住宿的問題。

或許梅尼爾過去也有靠這類工作餬口的經驗吧。

「把這條繩子，像這樣。」

「是！」

至於在船尾的方向，雷斯托夫先生則是在教導祿操作船帆或打繩結等等技巧。

雷斯托夫先生當冒險者的資歷很長，記憶力又好，屬於多才多藝的類型。在這樣的旅行中，他和梅尼爾一樣是相當可靠的人物。

祿雖然沒有這方面的經驗，不過在我和梅尼爾的鍛鍊以及這次的旅行中，雖不精幹也急速展露出他身為冒險者的資質了。

「那麼，從這邊開始……葛魯雷茲先生，請問你也無法預測究竟變成了什麼樣子嗎？」

「…………」

我向臉上有傷疤的寡言矮人如此詢問後，對方點頭回應。

「那場《大崩壞》之後的狀況，在下也完全不知。」

而古斯他們因為被束縛在死者之街的關係，所以對於行動範圍外的狀況也一無所知。

從這裡開始，就完全是地圖上沒有記載也無人踏足過的黑暗領域了。

「不過……」

葛魯雷茲先生又靜靜說道。

「在《大崩壞》之前，《黑鐵之國》西側有一片精靈族的森林，名叫洛斯多爾。」

「洛斯多爾……《花之國》(Lhoth dhol)嗎？」

「您聽得懂精靈語？」

「以前古斯有教過我，所以大致上都懂。」

雖然像巨人語那樣過於冷門的語言就連古斯都不太懂所以我也不熟，但我懂的語言算是多的了。

尤其像精靈語因為使用族群的壽命很長，所以語法上較不會產生變化。

從古斯知道的兩百年前精靈語到現在都沒有太大的改變，因此是我特別擅長的語言。

「《花之國》(Lhoth dhol)……我有聽過。」

在船艄，梅尼爾望著樹林茂密的岸邊如此說道。

「穿越穴居矮人的《黑鐵之國》。
度過閃耀的《彩虹橋》，便能抵達《花之國》(Lhoth dhol)。
銀色的豎琴，金色的笛，奏樂唱曲的乃《昴星之枝》(Remmirath)。」

他接著用精靈語輕唱了一段優美的詩歌。

「那是？」

「……我故鄉流傳的旅行歌。」

「真教人懷念的歌。沒錯，正是如此。」

那是樹木飄下的花瓣落在白牆屋子上，涓涓河流與精靈的樂聲互相調和，位於《彩虹橋》另一頭的繽紛國度。

葛魯雷茲先生如此呢喃。

「雖然《花之國》(Lhoth dhol)的精靈與《黑鐵之國》相處得並不融洽就是了。」

「啊～……因為採伐量之類的問題嗎？」

「你知道得可真多。」

「呃不，不是我知道。是因為在我故鄉也有類似的問題啦。」

梅尼爾說，那是矮人族與精靈族之間常有的爭執。

生活於森林的精靈們是靠狩獵、採集與林間農業維生，透過與靈精的調和獲得許多恩惠。

生活於山中的矮人們則是靠採伐樹木製成木炭，冶煉鋼鐵生產各式各樣的道具。

精靈喜歡居住在陽光照耀的林中廣場或樹上，矮人則喜歡居住在深邃的洞窟與昏暗中。

「……生活模式與文化都差異太大，所以基本上很容易起衝突啊。」

「沒錯……」

身為半精靈和矮人，這問題對他們兩人而言想必感觸很深吧。

「正如梅尼爾多大人所言，咱們兩國間有時會激烈競爭，也曾互相憎恨過。彼此汙辱諷刺對方的話語可說是數也數不盡……即便如此，畢竟還是鄰人。咱們會購買精靈在森林中生產的穀物、皮革與鹽，也會販賣真銀(mithril)或鐵製造的道具與工藝品給他們。」

我們的船從湖泊進入了寬廣的支流。

左右兩旁都是茂密的森林。

船隻緩緩沿河而下。

「《昂星之枝（Remmirath）》的那些精靈擅於唱歌與妖精術，是一群個性上不太好相處，而且自尊心很高的傢伙。」

就跟咱們一樣。葛魯蕾茲先生如此說道。

他難得變得如此多話。

「……咱們對他們一直都抱有敬意，相信他們也是一樣。」

我不禁想像起兩百年前……

布拉德和瑪利經歷的那個時代，精靈族與矮人族之間的故事。

然後……

「他們在《大崩壞》中怎麼樣了？」

「在下只知道他們死守在森林中頑強抵抗。他們始終都沒有放棄過……後來惡魔們開始認真展開攻勢後，咱們便關上了《西門》，《彩虹橋》也被封鎖了。」

或許……難得多話的葛魯雷斯先生如此小聲呢喃。

「或許，他們還活著也說不定。」

那句話聽起來就像在祈禱。

「精靈的壽命很長，搞不好——」

葛魯雷茲先生說到一半，忽然停下。

我們順著他的視線望過去，結果同樣變得說不出話。

「…………」

從葛魯雷茲先生口中溢出呻吟聲。

樹木飄下的花瓣落在白牆屋子上，涓涓河流與精靈的樂聲互相調和，位於《彩虹橋》另一頭的繽紛國度，並不在那裡。

——在船艏前方，是一片黑水淤塞而汙濁，枯樹林立的悽慘景象。

好一段時間，大家都默默不語。

「沒人、在嗎……大家、全都……」

葛魯雷茲先生口中溢出微弱的聲音。

他接著張大嘴巴似乎想大喊什麼，卻又立刻把嘴閉上——緩緩嘆了一口氣。

「只是留戀啊。」

那聲音彷彿是要拋開某種情感。

「葛魯雷茲……」

祿感到擔心地叫了他一聲。

「公子，請不用在意。」

葛魯雷茲先生說著搖搖頭。

船上沉默半晌。

在這樣沉重的氣氛中……

「……嗯。看來這兩百年間，河川的流向似乎有所改變的樣子。」

雷斯托夫先生改變話題如此說道。

眼前的河川流入巨大的枯樹之間，也就是過去曾經是森林的地方。

「話說……」

梅尼爾這時皺起眉頭。

「這情景，似曾見過啊。」

聽他這麼說，我也注意到了。

枯萎的樹林，淤塞的黑水。

「──《忌諱話語（taboo word）》。」

「沒錯。」

梅尼爾一臉厭惡地說道。

「冠有《枝》名的精靈血族（lineage）若拿出真本事死守在自己居住的森林，敵人不管數量上多占優勢，裝備多強都沒有意義。終究只會被擾亂迷惑，遭到分散、包圍然後各

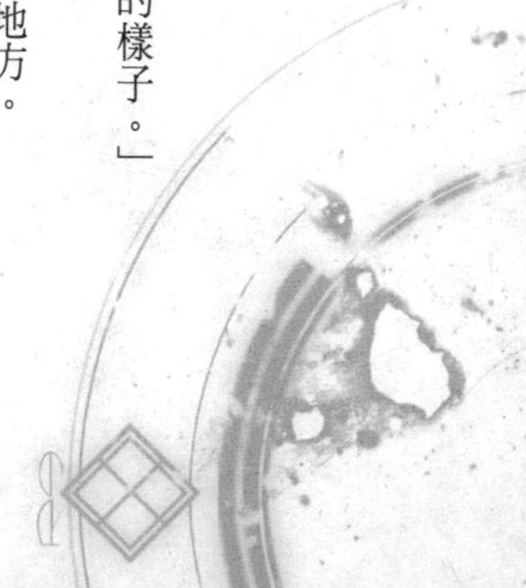

自擊破。」

布拉德以前也說過，在森林中要避免和精靈起衝突。

就是因為這樣……

「那群連道義規矩都不懂的該死惡魔，竟然搬出《忌諱話語(taboo word)》，聚集能夠使用高等《話語》的傢伙們——把整片森林徹底腐化了。」

「…………」

常有人會認為「戰鬥時不擇手段的人或集團」很強。

或者也有人主張「只要抱著不擇手段的覺悟戰鬥，就幾乎沒有打不贏的對手」。

……那在某方面來講是對的，然而在另一方面來講也不正確。

對於手段不設限制「什麼都幹」的戰鬥方式雖然短期間會很強，但長期來講卻很弱。

只要一度使用過禁忌手段，對手勢力也會跟著解除禁忌，不顧一切反攻。

而且一旦被認定成「為達目的會無視於道義和信義」的傢伙，就會變得無法和周圍勢力締結同盟。

甚至反而會給周圍勢力之間相互聯手的藉口。

短暫的勝利與光榮，無法避免的毀滅。

——不顧使用場合的「不擇手段」是非常脆弱的。

即便是惡神的眷屬，掌管暴虐的伊爾特里特的眷屬之中較高等的妖鬼，或是不死神斯塔古內特的眷屬中較高等的不死族等等，都還算能理解這方面的道理，也會遵守一定程度的道義。

畢竟再怎麼說，都是生活在相同世界的存在。

然而面對次元神迪亞利谷瑪的眷屬——惡魔的時候，這些道理就不通了。

也許是因為精神構造本身就差異太大，或者因為目的不同，所以遵守這些道義對於惡魔們來講根本沒有好處。

他們單純就是一群以侵略與鎮壓為目的的異界怪物。

「——……」

我看著枯死的精靈森林，心中不禁在想。

這樣是不行的。

絕不可以讓輕易就能做出這種事情的存在繼續橫行下去。

「——必須消滅他們才行。」

「哦？怎麼，很有幹勁嘛。」

「梅尼爾還不是一樣，臉上就寫著你鬥志滿滿的樣子。」

「是啊，絕不能讓他們活下去。」

梅尼爾露出宛如野獸般的猙獰表情。

彷彿在附和那笑臉似的，祿緊緊握起拳頭，雷斯托夫先生與葛魯雷茲先生也微微揚起嘴角。

「不過在那之前──」

「嗯。」

聽到我這麼說，梅尼爾便輕聲回應，雷斯托夫先生與葛魯雷茲先生也點頭表示同意。

「？」

只有祿疑惑歪頭，張望四方。

我們的船行進在淤塞的黑水上，穿梭於枯死的樹木間。

雖然乍看之下似乎沒什麼異常狀況，不過我舉起愛槍《朧月(Pale Moon)》──

「那邊。」

朝水面用力刺出。

同時，水面有如炸開般忽然隆起。

──從水中冒出來的巨蛇頭部，被閃耀的槍頭刺個正著。

「大水蛇（Serpent）！」

「不要發呆！下一波要來了！」

就在梅尼爾對驚訝的祿大叫的時候，從左舷方向的水面中又冒出巨蛇，雷斯托夫先生的劍也幾乎同時如迅雷般刺出。

然而，激烈波盪的水面使船身用力搖晃。

即便是擁有《貫穿者》稱號的雷斯托夫先生也微微刺偏了目標，沒能貫穿敵人要害——

「喝！」

葛魯雷茲先生的戰槌接著一擊粉碎巨蛇的骨頭。

「……不妙啊。」

梅尼爾環視周圍如此呢喃。

於是祿也跟著把視線望過去——

「噫！」

結果當場倒抽了一口氣。

在四周混濁的水面下，可以看到好幾條——不，是十幾條又粗又長的影子，搖搖晃晃地聚集過來。

「梅尼爾！全速前進！」

「我知道！」

不等我發出指示，梅尼爾便已經呼喚妖精，打算引起強勁的順風與水流推動船隻。

然而——

「該死，反應不良！妖精們太虛弱了！」

大概是這片土地整體都被《忌諱話語(taboo word)》詛咒的緣故，看來妖精們的反應很遲鈍的樣子。

在這樣的狀況下，《水上步行(water walk)》和《水中呼吸(water breathing)》等等水中活動用的咒語也會有效果不佳的可能性。

——萬一讓船沉沒或是被打下船就很危險了。

「你繼續集中精神詠唱咒語！雷斯托夫先生和葛魯雷茲先生負責左舷！祿負責支援梅尼爾！」

我大叫的同時刺出《朧月(Pale Moon)》，將右舷方向又冒出來的一條水蛇的側頭部當場劈開。

這狀況不太妙。水蛇流出來的血液會吸引更多水蛇，甚至有讓其他水棲怪物也聚集過來的可能性。

……沒時間猶豫了。雖然會有風險，不過就靠攻擊型的《話語》吧。讓衝擊力道在水中炸開，用類似爆破捕魚的技巧將敵人一網打盡。

我如此做出決斷後，從自己所會的魔法中選擇出簡短而強力的攻擊型《話語》……

「《破壞顯(vasta)——」

霎時，船身忽然劇烈搖晃。

《話語》被擾亂了。

「——！」

糟糕！就在我為了控制住即將爆炸的《話語》而把注意力都集中到詠唱的瞬間……從水中冒出一條特別巨大的水蛇，當場咬住我的側腹。

「嗚！」

船身搖盪。

雙腳懸空。

無法扎穩下盤。

身體被用力拉扯。

混濁的水面急速接近眼前。

「威爾——！」

隨著「撲通」的聲響，我被拖進了淤塞的水中。

「——！」

在落水的瞬間，我趕緊深吸一口氣蓄滿肺中。

雖然在這世界不會游泳的人很多，不過幸好我無論前世或今生都有受過基礎的游泳訓練。

……咬住我側腹的水蛇感到困惑似地扭動著身體。

牠彎曲的利牙並沒有足夠貫穿真銀（mithril）鎖子甲的威力，而牠的下顎也沒有足夠壓迫我腹直肌與腹斜肌直達內臟的咬合力道。果然肌肉就是正義。

話雖如此，要是我繼續被牠纏著拖下水底，不用說當然還是會溺死。

「…………」

氣泡「咕嚕咕嚕」地冒向水面。

在淤塞的水中即使睜開眼睛也只能看到混濁的黑水，視野極差。

當然，我也無法發聲詠唱《話語》。

因此我為了不要被壓碎內臟而把力氣注入腹部的同時，默默禱告。

心中浮現的景象是光與清澄。

就在下個瞬間，明光乍現，使周圍約百公尺見方內的水中汙物消失，變化為透徹的清水。

──是《清淨的禱告》。

如此確保視野並睜開眼睛後，我便清楚看到大水蛇(Serpent)們在水中游動的身影。

好幾條水蛇正朝落入水中的我聚集過來。

「……！」

我趕緊把腳縮起來躲過咬向我腿部的一條水蛇，又揮動手臂甩開另一條企圖纏住我胸部的水蛇。

好難活動。全身就像是被水拉扯一樣。

若繼續這樣在水中纏鬥，我肯定遲早會輸。

……不過，我已經看到突破這個困境的方法了。

一條水蛇從正面朝我的喉嚨衝過來，但被我一把捉住，當場撕開。

我抓住牠的上顎與下顎，靠蠻力連皮帶肉將牠撕裂。

「──～～！」

大水蛇有如發瘋似地在我手中掙扎，水蛇的血在清水中漸漸擴散。

我緊接著用一手壓住咬著鎖子甲不放的水蛇，用另一手拔出腰帶上的匕首割開牠喉嚨。

大量鮮血流出，使水變得混濁。

——其他水蛇們紛紛開始朝流血的那兩條水蛇咬去。

畢竟牠們並不是魔獸，單純只是體型巨大的水蛇——換言之，牠們並不是因為包含魔獸在內的怪物特有的過剩攻擊性，而是為了獵食才攻擊人的。

……既然如此，其實根本不需要跟牠們奮戰到底，只要準備更虛弱的獵物、更容易攻擊的目標就行了。

我接著又解決了幾條攻擊過來的水蛇。在屏住呼吸的狀態下連續激烈活動，讓我漸漸變得難受起來。

但我還是忍了下來，撐到水蛇們的注意力都從我身上轉移到衰弱的同族之後，才開始游向水面。

吸飽水的衣物無比沉重。

我拚命撥水往上游，總算在船的旁邊露出臉。

「噗哈——！」

究竟我在水中戰鬥了多久的時間？空氣真是美味。

「威爾大人！」

祿立刻朝我拋出繩索。

於是我抓住繩子，好不容易回到船上。

全身上下不斷落下水滴。

「吁……吁……」

我把手撐在甲板上，反覆急促的呼吸。

整個身體都在渴求氧氣。

「威爾！」

「你沒事吧？」

朝擔心呼喚的大家點頭回應的同時，我看到剛才快要落水之前放手的《朧月(Pale Moon)》。

啊啊，還好它沒有掉到水中。我一邊想著這樣的事情，一邊調整呼吸——

「《破壞顯現(vastare)》。」

朝水面狠狠放出攻擊魔法。

這次就不偏不倚地在水中產生了破壞漩渦。於傳導率極高的水中流竄的衝擊力道襲向水蛇們，輾肉碎骨。

船身也劇烈搖晃起來。

「呼……」

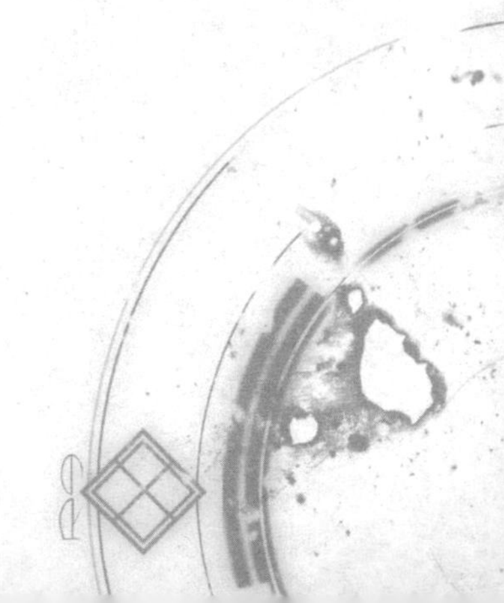

這樣就行了。我總算鬆了一口氣。

沒過多久，許多水蛇的屍體便浮上水面。

「還真不留情啊……」

梅尼爾一副傻眼地如此呢喃。

當然啦，畢竟又不能放著會積極攻擊船隻的對手不管嘛。

「梅尼爾，我們快移動吧。另外，雖然我想應該大致上都收拾掉了，但大家還是要保持警戒。」

「好。」

「了解。」

「呃、那個……剛才河水忽然變得很乾淨，請問那是？」

「嗯？就只是《清淨的禱告》而已啦。」

「咦？」

祿看起來一副搞不懂我在講什麼的樣子，而我也搞不懂他在疑惑什麼。

「呃～所謂《清淨的禱告》通常應該是一瓶水，頂多一池水的程度……」

「哦哦……」

原來他是指輸出率上的問題啊。

梅尼爾對一臉困惑的祿輕輕拍了兩下肩膀。

「那單純只是蠻幹而已，習慣就好。」

「咦？」

「這傢伙雖然一副正經八百的樣子，基本戰術卻總是像蠻族一樣硬幹啦。習慣就好。」

「………」

「像我就已經習慣了。」

對依舊困惑的祿，梅尼爾露出一臉彷彿已經領悟什麼事情的表情如此說道。

「什麼叫像蠻族一樣硬幹？講得太過分了吧？」

「那你倒說說看要怎麼形容啊。」

「我無論手法數量或輸出力道都比蠻族強，所以應該是超越蠻族的硬幹才對。」

聽到我一臉得意地這麼說，梅尼爾卻默默搖頭，祿則是露出複雜的表情對那樣的梅尼爾點點頭。

「嗚，你們那是什麼表情啦……！」

「無奈的表情啦，超蠻族大人。」

就在我們如此開著玩笑鬥嘴的時候──

「……問題在於這個地形變化啊。」

雷斯托夫先生的呢喃中斷了我們的閒聊。

確實，這一帶的地形和兩百年前的地圖或情報比較起來，已經變化太多了。淤塞的河川改變流向，完全淹沒了從前是森林的地方。河邊都是潮溼的溼地，找不到可以讓船順利靠岸的場所。再加上還有像剛才的水蛇那樣危險的生物棲息其中。

……我深深體認到，兩百年來無人踏足過的黑暗領域果然不是隨便講講的。

「……葛魯雷茲，你有看到什麼眼熟的東西嗎？」

「不。」

葛魯雷茲先生搖搖頭回答。

「這樣看起來什麼也……」

「啊！」

就在這時，祿忽然大叫了一聲。

「葛魯雷茲，你看那個怎麼樣？」

大家紛紛好奇地往祿所指的方向望去。

他的手指比向水面。

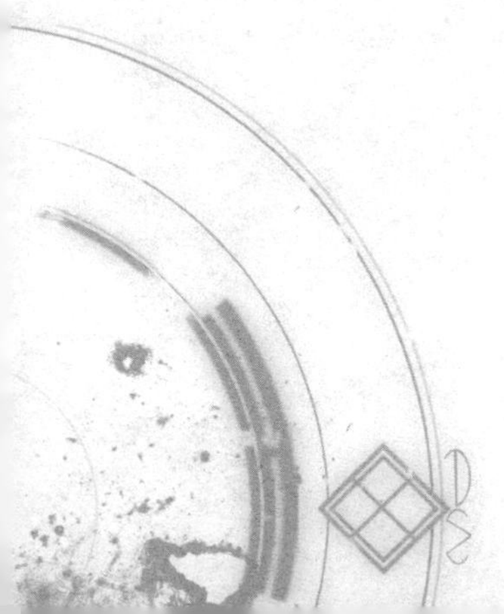

仔細一看，因《清淨的禱告》而變得清澈的水底，搖曳的水面下，排列有幾棟建築物的遺跡。

葛魯雷茲先生看著那些遺跡，稍微思索。

「…………」

「唔……」

「如何？」

「那建築樣式……在下認為應該是精靈族的屋子不會錯。」

「哦～幹得好啊！」

「虧你能發現。」

「嗯，大功一件呢。」

「哪裡，這沒什麼的……」

聽到大家誇獎，祿頓時靦腆地笑了一下。

「那麼，這裡大概是地圖上的什麼位置？」

「應該是這附近……」

於是我們讓船遠離水蛇們的屍體，並看著地圖討論起來。

判斷出大致上的位置後，我們再度開始移動。

然而，附近一帶因為被《忌諱話語(taboo word)》汙染過的緣故，靠《順風(tailwind)》咒語吹帆並不

順利。

即便我用《清淨的禱告》使周圍的風與水變得清澈，衰弱的靈精也沒辦法立刻恢復。

如果靠梅尼爾身為妖精師的實力再加上身為《森林之主》候補的力量，或許可以有所改善。但是——

「大規模的變化會有被惡魔們發現的可能性。」

在雷斯托夫先生這樣很有道理的注意下，我們決定依靠更原始的手段。

也就是靠船帆的航行到此為止，接下來放下船槳靠划船的方式。

梅尼爾負責在船尾操舵，並出聲指示。

其他人則是配合他的聲音，分別在左右舷划槳。

黑暗淤塞的水。

立在周圍的蒼白枯樹全都是樹齡不下數百年的巨木，讓人感覺有如身處古代神殿的柱廊。

「…………」

除了偶爾會有水棲生物發出教人毛骨悚然的叫聲之外，沒有任何其他聲音的死寂森林。

四周不知不覺間被薄薄的白霧籠罩，《鐵鏽山脈（Rust Mountains）》也變得只能看到模糊的山影。

伴隨船槳的軋軋聲與撥水聲，我們的船緩緩前進。

剛開始還多少有點對話，但後來也漸漸變少。

彷彿是被周圍陰沉的氣氛感染似的，就在大家終於完全不發一語的時候——

「？」

我感受到右舷方向的水面有某種氣息。

於是我把視線望過去，看到許多氣泡「咕嚕咕嚕」浮上水面的同時——好幾隻手從水中冒了出來。

「嗚！」

從淤塞的黑水中伸出來的蒼白手臂。

有的腐敗，有的只剩骨頭。

那些手就像在掙扎求救般，紛紛抓住我們的船。

船身頓時軋軋作響。

「唔。」

「…………」

在不斷搖晃的船上，雷斯托夫先生和葛魯雷茲先生分別握起各自的武器。

他們那些在死者之街翻新過的武器都是魔法武器，想必對不死族也非常有效果。

「……是敵人嗎？」

梅尼爾則表現得特別冷靜，雖然擺出隨時可以拔出武器的動作，不過還是先向我詢問了一聲。

「不是。」

我搖頭回應。

「他們只是很痛苦而已。」

我把手伸向其中一隻抓住船身的手臂。

被水泡得腫脹的手臂散發出一股腥臭味。

我輕輕握住了那隻手。

「……！」

祿驚訝得噤了一口氣。

「沒事了。」

我抱著希望心意能夠傳達的想法，開口說道。

「已經沒事了。」

你們不用再受苦了。

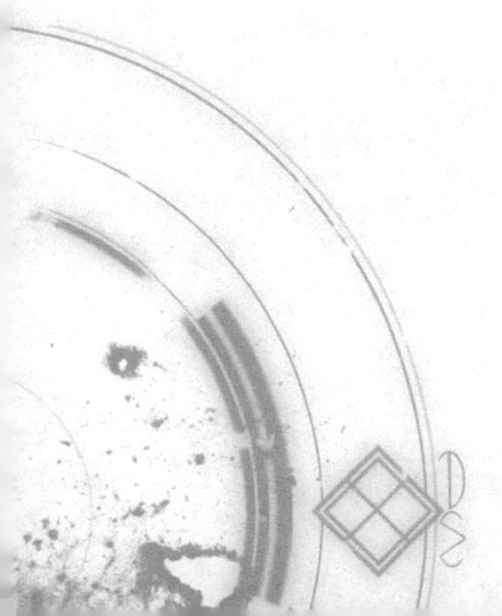

不用再怨恨了。

不用再繼續勉強了。

「你們不需要再詛咒誰，不需要再作祟，不需要再折磨人了。」

被我握住的手臂……以及周圍的其他手臂，都漸漸放鬆力氣。

「——剩下的事情，我們會盡力解決。」

你們不用再努力了，沒關係。

不用再挺身守護了，沒關係。

不用再戰鬥了，沒關係。

不用再背負責任了，沒關係。

可以放下重擔了，沒關係。所以——

「請好好休息吧。」

我一字一句緩緩說道。

接著獻上禱告。

「燈火之神葛雷斯菲爾……請給予安息與引導吧。」

在陰暗的天空點起一盞燈火，是《神聖燈火引導》(divine torch)。

飄浮在虛空的奇蹟燈火將徘徊四周的靈魂漸漸引導向輪迴之中。

許多蒼白的靈體緩緩浮現。

編綁整齊的美麗秀髮，讓人聯想到竹葉的尖耳朵，秀麗的五官。

「——」

他們默默朝我們高雅行禮。

「哦哦……」

葛魯雷茲先生發出顫抖的聲音。

想必那些靈體們的外觀就是昔日《昴星之枝（Remmirath）》的精靈們的模樣吧。

「——」

他們大概是想說些什麼，開口準備講話——

卻無法如願。

「…………」

或許是沉眠在水底的緣故，讓他們被剝奪了話語。

雖然教人心痛，不過他們依然表現得高雅。

優美地聳聳肩膀後，用美麗的手指比向某個方向。

至於轉動手指的動作，應該是想表達「盡快」的意思吧。

「請問是往那邊去就可以了嗎？而且要盡量迅速。」

對方點頭回應我。

接著，在最前頭的一人將兩根手指併攏豎起，然後再握起拳頭，放到左胸前。

動作相當流暢。

「威爾，那是……」

「沒問題，我知道意思。」

我用同樣的動作回應。

——那是帶著親近意思的道別動作。

「願燈火的祝福跟隨你們。」

就這樣……

《昂星之枝(Remmirath)》的古代精靈們隨著柔和的笑臉，身影漸漸變淡、消失。

「…………」

「…………」

「…………」

就在祿、葛魯雷茲先生和雷斯托夫先生都沉默不語的時候……

「走吧。」

梅尼爾唐突說道。

「往那個方向全速航行。現在馬上，快點！」

「咦？」

「不要相信精靈族的時間感覺！」

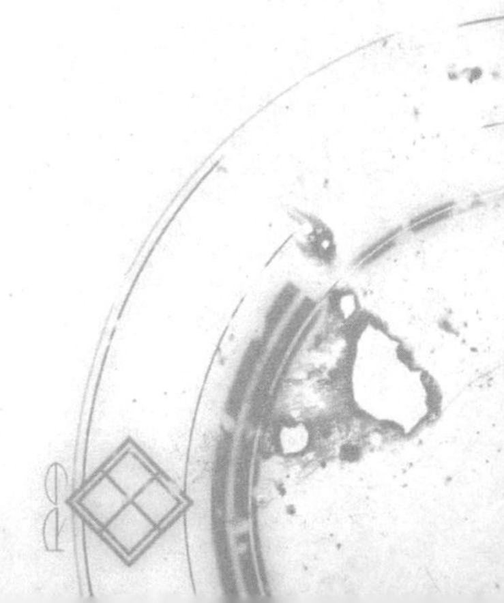

梅尼爾態度焦急地如此說道後，用相當強硬的語氣呼喚妖精們，再度施展《順風(tailwind)》的咒語。

而且還很慎重地對自己施加《水上步行(water walk)》的法術之後，又再度大叫：

「精靈族說『稍等一下』是指『一年後再來』的那個笑話，是真的啊！」

船身以驚人的速度開始航行。

撥開淤塞的黑水，在薄霧中快速前進。

「時間感覺這麼隨便的那群傢伙，現在卻叫我們要『盡快』！也就是說……」

從白霧的另一頭忽然傳來尖叫聲。

「——該死，果然是這樣！」

梅尼爾臭罵一句後，宛如打水飄的石子般在水面上迅速奔去。

「嗚、哦哦哦——！」

梅尼爾一邊吶喊一邊衝進白霧中。

他平常戰鬥時都不太會發出很大的聲音。

雖然吶喊可以使人湧出力氣，也能使恐懼消散，不過那是戰士的戰鬥方式，並不是獵人的戰鬥方式。

梅尼爾通常都是悄悄移動，悄悄攻擊。

而那樣的他現在卻故意大聲吶喊，應該是為了讓那位發出尖叫的人能知道他的存在，同時讓追在後面的我們不要跟丟他的位置吧。

梅尼爾留下聲音做為路標，並往前越跑越遠。

「我們划槳，快點！」

因為聽到慘叫聲的時間點太倉促，梅尼爾除了自己以外來不及對其他人施加《水上步行》的咒語。

而且在妖精的庇佑如此稀薄的場所，想必他也沒有餘力靠一次咒語就對所有人施加法術吧。

在這樣的緊急狀況下，讓掌握狀況最正確的梅尼爾先趕往現場是很理所當然的決定。

我們奮力划槳，看到前方有河岸越來越近。是零星長有幾株瘦小植物、難以區別河岸境界的溼泥地。

「把槳收起來!不然會陷在泥裡！」

我大聲指示，把槳收回船上。

大家都知道接下來該怎麼做，而紛紛跳下船，在深及大腿的水中合力把船推上岸。

「——！」

緊接著立刻抓起各自的武器，往前奔出。

即使腳會陷入泥濘中，也還是勉強衝刺。

這場地太差了。一旦開始戰鬥，或許會在移動上受到很大的限制。

我一邊感到不妙，一邊與大家並肩前進——

「喝、啊——！」

忽然傳來切骨斷肉的聲音。

在白霧之中，從沼澤冒出來撲向梅尼爾的一條無眼巨蛇被梅尼爾用長劍當場砍下頭。好漂亮的一劍。

巨蛇的頭在半空中旋轉，最後落到泥地上。

另外可以看到有個陌生的人影倒在一旁。

大概原本是編綁起來卻被弄散的金色長髮，如竹葉般的長耳朵。

是精靈族——倖存者嗎！

「梅尼爾，那個人沒事……」

「還沒結束！」

梅尼爾簡短大叫一聲。

緊接著，從他左右兩旁的泥地中又跳出無眼巨蛇。梅尼爾立刻躲開那兩條巨蛇的啃咬，綁起的銀髮隨之甩盪。

他雖然順著閃躲動作朝其中一條巨蛇揮出長劍，但劍刃卻沒能完全砍斷蛇的身體。

長劍因此卡在蛇身上——就在下個瞬間，發生了教人吃驚的事情。

剛才應該已經被砍斷頭的那條蛇竟然逼近梅尼爾，企圖纏住他的腳。而且是在無頭的狀態下。

「呿！」

梅尼爾在不得已下只好放開長劍，一腳踹開打算纏住他的無頭蛇之後，用力一跳拉開距離。

施有《水上步行(water walk)》之術的他，即便在泥地也依然動作輕快。

「要來了，準備迎擊！」

梅尼爾順勢扶起倒在泥地上的那位金髮精靈，並退回到我們身邊。

從蛇群隨後追來的動作中——我總算看出了全貌。

那並不是什麼蛇**群**。

在泥地底下。

好幾條沒有眼球、如男性的軀體般粗壯的蛇頭，其實是連在同一個更為巨大的蛇身體上。

多頭巨蛇露出泛黃的利牙，不斷吞吐紅色的舌頭，向我們威嚇。

「這是？」

「沼澤地的王者……」

「多頭蛇(Hydra)啊。」

大家都掌握了對手的真面目，對那外觀奇異的巨大身體提高警戒。

就在這時，剛才被梅尼爾砍斷的頭「咕嚕咕嚕」地冒出水泡，緩緩準備生出新的頭。

「《火焰箭矢(sagitta flammeum)》！」

我立刻放出《話語》。

透過《話語》創造出來、由瑪那生成的火焰箭矢不偏不倚地命中了準備重生的頭。

爆炸聲響傳來。多頭蛇痛苦扭動身體的同時——發出讓周圍空氣震盪的強烈咆哮。

「嗚喔……！」

「嗚！」

梅尼爾與被救出的精靈小姐，聽覺特別優秀的那兩人不禁摀住耳朵。

但我沒有餘力去擔心他們，趕緊觀察蛇頭。

被火焰燒焦的組織停止再生了。

「火焰有效！祿、葛魯雷茲先生、雷斯托夫先生！請負責前衛！」

憤怒抓狂的多頭蛇朝我們逼近。

大家紛紛拔出武器，架起盾牌往前進。

「梅尼爾，你帶那個人往後退！」

「好！」

梅尼爾則是與前衛替換，退向後方。

我不能擔任前衛。

如果要清楚看到往前後左右散開的大量蛇頭，一旦有人砍下蛇頭便立刻阻止再生，就必須站在視野較廣的後方。

因此……

「……我擔任後衛、嗎。」

我向來都是在前方衝鋒陷陣，也一直以來都靠這樣解決了敵人。

站在這個位置戰鬥是很稀奇的一件事。雖然現在沒時間讓我感慨，但我還是不禁有種意外的新鮮感。

「只要砍下蛇頭，我就燒掉！前方交給各位了！」

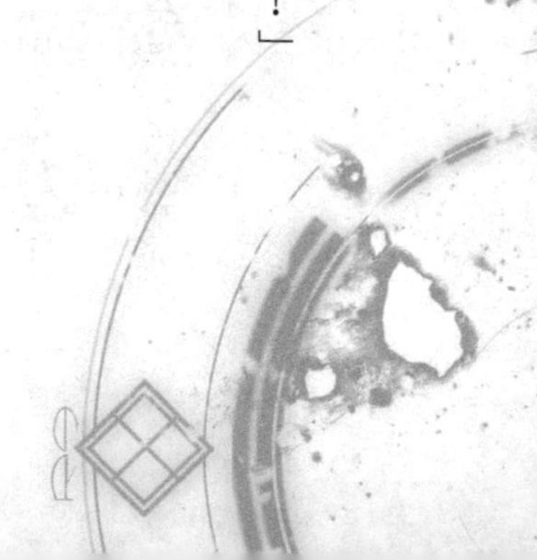

「是！」

「了解！」

「交給我們吧。」

大家紛紛回應。就這樣，戰鬥開始了。

犀利中帶有強勁力道的一劍砍下了多頭蛇的頭。

是雷斯托夫先生的攻擊。

把粗如成人身體，而且不斷動來動去的蛇頭連肉帶骨一劍砍斷。絕非尋常的鍛鍊與實力能夠辦到的事情。

像梅尼爾的實力已經算相當厲害，但剛才還是失敗過一次，讓劍被搶走了。

然而雷斯多夫先生卻能一副理所當然似地接二連三砍下蛇頭。

我也配合他的步調，不斷射出《火焰箭矢（sagitta flammeum）》。

他那教人寒毛直豎的精湛劍技一點也沒有衰弱的跡象。

再加上——

「喝！」

伴隨雷斯托夫先生犀利的一聲叱喝，在他的劍應該無法觸及的高度準備攻擊的一個蛇頭當場被縱向砍成兩半。

是古斯幫雷斯托夫先生的愛劍新刻上的《記號》所發揮的效果。

我猜那效果恐怕是以《劍刃延長(extension)》與《銳利(sharpness)》為基礎，獨自創造出來的《記號》吧。

我身為魔法師的感覺告訴我，那是利用瑪那形成瞬間性的利刃，使劍能夠切開比劍身長度更遠的目標。

古斯的著眼點果然很高明。那是非常適合雷斯托夫先生的優秀改良。

既然使用者的實力已經高到某個程度以上，與其冒然增加使用者的力氣或者噴出火焰或雷電之類，不如單純創造『能砍得更遠的鋒利刀劍』還比較實用。

這樣會變得從劍的外觀上難以判斷攻擊距離，對敵人而言非常棘手，對自己人而言則是相當可靠。

「《火焰箭矢(sagitta flammeum)》！」

我立刻對被砍斷的蛇頭追加射出火焰之箭。

……這次的戰鬥中如果狀況沒有什麼特別的變化，我打算就靠這招攻擊到底。

配合敵人的細節狀況使用各種《話語》的攻擊方式，雖然乍看之下很聰明，讓人感覺像是很優秀的後衛。

然而實際上那樣做需要經過「看見、思考、判斷、使用」的四個步驟，顯得拖拖拉拉。

相較之下，只靠「看見、使用」兩個步驟連續施展有一定程度效果的簡短魔法還比較好。而且對前衛來說，知道從自己後方會飛來什麼玩意也能比較安心吧。

多餘的笨想法不如不要想。

——至少在「戰鬥」這樣變化激烈的狀況中，凡事單純直接反而比較不會有破綻。

我連續施放《火焰箭矢(sagitta flammeum)》的同時，右手透過古斯訓練出來的雙重魔法投射(double-cast)描寫《記號》，誘導魔法不要誤射前衛的夥伴們。

同樣的話語，同樣的文字。因為是反覆相同流程，所以連續攻擊中不會停頓也不須遲疑。甚至越是重複速度就越快。

火焰之箭連續命中目標。

多頭蛇剩下的頭紛紛發出憤怒的叫喚。

最旁邊的蛇頭如鞭子般揮甩，企圖橫掃我方三名前衛。

「奴喔喔喔！」

架起大盾對抗攻擊的，是葛魯雷茲先生。

他利用矮人族特有的低矮但結實如酒桶的身體，斜向架住盾牌。如果從側面看，盾牌與身體形成一個「人」字。

多頭蛇堅硬銳利的鱗片在金屬大盾上「喀啦喀啦」地一邊爆出火花一邊滑動。

那不是正面硬擋，而是讓攻擊力道往斜上方偏開的動作。另外兩人則是在葛魯雷茲先生後面壓低身子，使得多頭蛇的攻擊撲了個空。

「哦哦哦哦！」

戰槌強烈的一擊緊接著命中多頭蛇變得毫無防備的身體。

多頭蛇雖然再生能力很強，但內臟承受到強烈的衝擊還是會受不了。牠當場退縮似地扭動身體，好幾個蛇頭嘗試抵抗。然而葛魯雷茲先生有如扎根在地般，絲毫不為所動。

除了矮人族特有的體格之外，或許那套《碎劍》的護具上也施有可以讓使用者能堅守崗位的某種魔法吧。

「公子，趁現在！」

「好！」

就在多頭蛇的注意力被葛魯雷茲先生引走的時候，祿衝了上去。

將《金剛力》的長柄戰斧握在身後，從斜下方往上撈起般擊中對手。

「……嗚哇。」

骨肉碎裂飛散，發出嚇人的聲音。

那根本不是砍斷之類，而是用「打爆」來形容可能比較正確。是炸裂造成的結果。

多頭蛇的其中一個蛇頭幾乎被撕裂一半，往後仰開。

「喝啊啊啊！」

祿把長柄拉回來，順勢再揮出一斧。這次就完全把頭扯斷了。

和雷斯托夫先生砍出來的平整切口不同，而是有如被巨人靠蠻力扯斷似的悽慘斷面。

不管哪邊看起來都很恐怖啊。我如此想著，並再次射出火焰之箭。

「啊～這下沒我出場的分啦……」

反正我也不想浪費箭，就算了吧。梅尼爾在後方如此嘀咕著。

戰局走勢早已大致底定了。

◇◆◇◆◇◆

葛魯雷茲先生保護著祿不受多頭蛇攻擊，同時靠紮實的打擊累積對手的傷害，弱化敵人。

祿則是保持在葛魯雷茲先生能夠順利保護的位置，並確保自己能大幅揮動武器的空間，砍下多頭蛇的頭。

而在攻擊與攻擊間的空檔，神出鬼沒的雷斯托夫先生展現他精湛的劍術。進出攻擊範圍的技巧厲害到我都想拿來參考了。

……如此這般，我的工作頂多就是觀察他們的行動，然後連續施放《火焰箭矢（sagitta flammeum）》。

「喂，妳振作點。」

「嗚……」

至於梅尼爾則是激勵著似乎受了傷的精靈小姐，同時警戒四周狀況。

雖然看起來像是在偷懶，但其實故意不出手而負責戒備的工作也是有必要的事情。

在像是戰鬥這樣的緊急狀況中，有戰鬥能力便會忍不住想參戰是人之常情——但如果一次有太多人加入攻擊，誤射或誤傷自己人的危險性也會增加。

因此為了讓自己人能夠專心在眼前的戰鬥上，不需要擔心會有其他敵人忽然冒出，故意選擇在一旁待命也是很重要的判斷。

雖然我認為應該不會有其他存在會想介入與多頭蛇的戰鬥之中，但畢竟這裡是人類未曾踏入過的黑暗領域，誰也不曉得會有什麼東西潛伏在四周。

「《火焰箭矢（sagitta flammeum）》！」

就這樣，三名前衛持續給予多頭蛇傷害，我則是從頭到尾用《火焰箭矢(sagitta flammeum)》攻擊——

多頭蛇全部的頭都被砍斷後沒多久，牠就連臨終的慘叫都發不出來便默默沉入沼澤中了。

「成、成功了……？」

「不要大意。多頭蛇的毒可是靠一般的奇蹟也無法解毒的劇毒啊。」

「沒錯。這類的蛇形怪物有時候就算把全部的頭都砍斷也還是會繼續掙扎。」

「把、把全部的頭都砍斷還會動嗎？」

「是啊。要是被牠的臨死掙扎搞到受傷，可一點都不好笑了。」

我確認那三名前衛都沒有鬆懈大意後，把視線轉向後方。

「梅尼爾。」

「威爾，拜託你立刻過來！她被咬了！」

「！」

我趕緊在泥地上一個箭步衝了過去，確認梅尼爾抱在手中的那位精靈小姐的狀況。

金色秀髮散開來被泥水弄髒，雪青色的眼睛恍惚無神。

雖然身上穿著沾滿泥巴的粗獷行裝，不過端正的鼻梁也好，柔滑的下顎線條也好，容貌上看起來就是個典型的美麗精靈女性。

如果是在平時遇到，我搞不好會看得入迷吧。

若不是像現在這樣，因為受劇毒侵蝕而流著口水不斷抽搐的話啦！

「嗚、啊……」

「振作點！」

這也難怪梅尼爾會無法放下她，沒有加入戰局。

我如此理解的同時，趕緊準備進行《解毒的奇蹟》的禱告。可是……

「嗚……已經、不……行了……」

精靈小姐卻伸出她發抖的手，想要制止我。

「多頭蛇……劇、毒……」

「唔……」

不妙。

包括《解毒的奇蹟》在內，凡是具有治療能力的禱告，如果被對方拒絕就有可能無法發揮效果。

這是因為善良諸神們不希望治療能力被使用在受救者本人所不希望的延長壽命或拷問上──畢竟療傷或解毒等能力如果用在做壞事上，多得是可以利用的方法。

……現在這位精靈小姐想必連講話都很吃力了，卻還是拒絕接受沒意義的治療，選擇死亡。精靈族真的是自尊心很高的種族。

就在我思考著該怎麼說服她的時候……

「妳別講話了。」

梅尼爾抓住精靈小姐的手，讓她放下。

「不……北方……同伴、的……聚落……」

「啊～……夠了！妳不要囉囉嗦嗦，乖乖接受治療啦，同胞！」

「同、胞……？」

精靈小姐睜大焦點不定的眼睛，看向梅尼爾。

看向他翡翠色的眼睛。

「這傢伙可不是普通的神官。森林的朋友啊，妳會得救。所以乖乖接受奇蹟的治療啦。」

「啊……」

梅尼爾用不由分說的強硬語氣如此說道。

然後抓著對方的手……

「禱告吧。」

聽到他那樣的話語……

意識已經變得模糊的精靈小姐確實微微點頭回應。

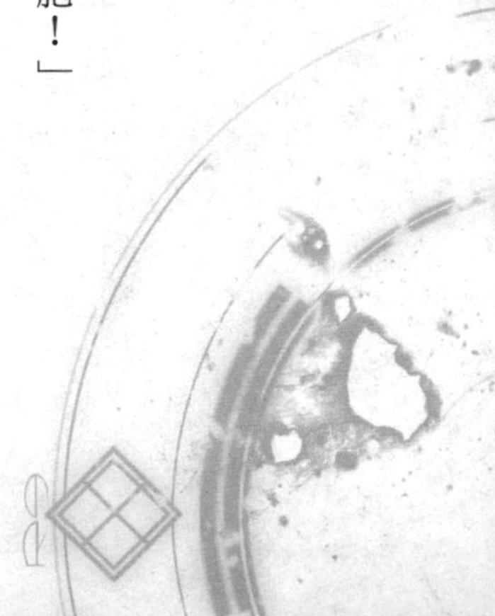

因此我便開始向神明禱告。

——神啊，請治癒這位自尊心強的精靈吧。

禱告化為奇蹟，奇蹟化為淡淡的光芒注入精靈小姐的體內。

沒過多久，失去意識的精靈女性便漸漸恢復正常的呼吸。

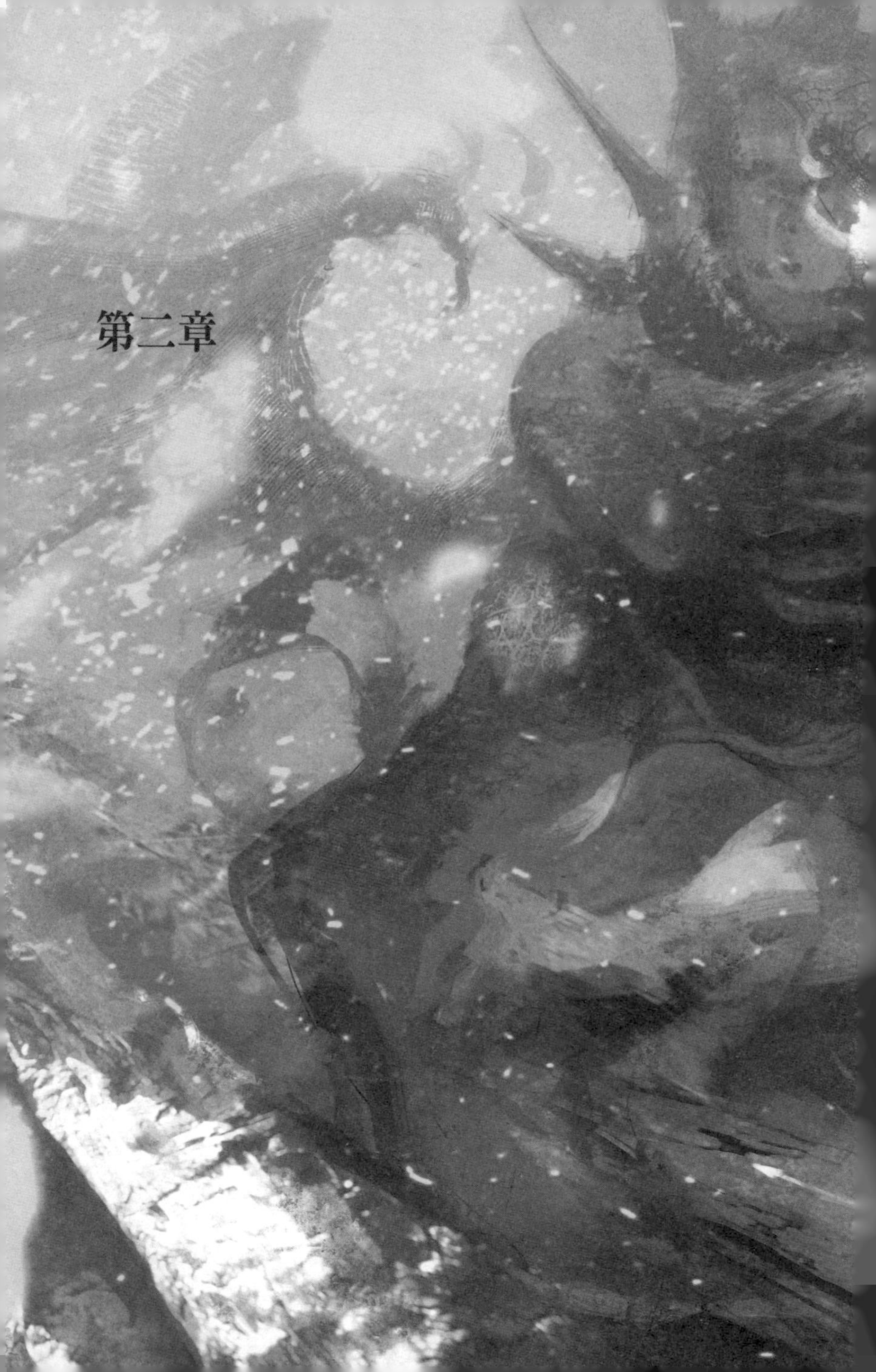

第二章

確認多頭蛇已經死亡，精靈女性也已經治療完成後，我將自己的武器交給祿，並拉起精靈女性的手臂，蹲低身子——

「嘿、咻。」

將她扛到自己的肩膀上。

這是前世的消防員或救生員在搬運受救者時會使用的消防員式搬送法（Fire-man's Carry）……有點像柔道中「肩車」的方式。能夠輕鬆扛起，快速移動。

我們必須盡快移動場所才行。

畢竟剛才那樣大肆戰鬥，讓血液濺得到處都是。

像現在就已經有一群外型怪異的鳥類嘎嘎叫著，為尋求死屍肉而盤旋在陰暗的天空中。

要是我們不快點離開現場，肯定會遇上被血的氣味吸引來的新敵人。

「等我一下。」

就在這時，梅尼爾從多頭蛇的屍體回收剛才被搶走的長劍，並叫住了我們。

「沒多少時間囉。」

「很快就好啦。」

梅尼爾對一臉感到奇怪的雷斯托夫先生如此回應後，用一塊布包住自己的手，在多頭蛇的屍體旁拔出短劍，不知道在做什麼事情。

他小心翼翼地把劍刺入上顎牙齒的根部，以人類來講就是從臉頰到耳根的部位。

「好。」

接著將多頭蛇流出來的黑色液體裝入他隨身攜帶的小瓶子中。

那是──

「從毒腺、取毒？」

「畢竟接下來的行動中可能會用到啊。」

「你小心點喔。」

我雖然也有向布拉德和古斯多少學過一點，但「毒」這種東西用起來真的很難。必須在能夠保持毒性的狀態下好好保管，而且想要在關鍵時刻巧妙活用其實意外地很困難，也需要足夠的知識。

「放心，我知道。」

不過梅尼爾是個優秀的獵人，森林戰士。

對於使用由來自動植物或魔獸的毒物上，他比我更擅長得多，應該不需要我擔心。

「抱歉，花了點時間。我們走吧。」

隨著他這句話，我們在溼地上開始朝船的方向邁出步伐。

以體型和裝備來講，祿與葛魯雷茲先生感覺應該很難走動，不過其實我也是，因為要加上精靈小姐的體重，讓腳沉入泥中更深，同樣很難走路。

但我依然憑著蠻力硬是撥開了泥土。肌肉在遇到這種狀況時也能派上用上。有鍛鍊起來真是太好了！

「多頭蛇……真是強大的對手。」

走著走著，祿忽然小聲呢喃。

他的手在微微發抖。仔細想想，這是他第一次和如此強大的敵人交手啊。

「就是說啊。要不是咱們聯手攻擊，早就輸啦。」

「傳說中的勇士伯克利據說是幾乎只靠一個人就解決了多頭蛇。」

伯克利剛勇傳。是碧偶爾也會唱的古老英勇傳說。

在世界上到處還能看到神話時代留下的痕跡，眾多惡神的眷屬們四處橫行的時代。

於古代王國打響名聲的勇士──流浪戰士柏克利。

信奉審判與雷電之神沃魯特，既勇敢又高尚，為無辜的人民們發揮強大的力量，討伐了許許多多的怪物。

不過因為喜好女色，有一天在命運的捉弄及惡女的嫉妒中埋下了招致破滅的原因──在各種意義上都像是英雄代名詞的人物。

「如今親眼看過多頭蛇，都讓人想懷疑啦。單獨對付那種怪物根本是不可能……

不。」

梅尼爾說著，忽然把視線轉過來。

「什麼啦？」

「沒什麼，我只是想說如果是你，有沒有可能單獨討伐多頭蛇……這樣。」

「……」

其他人也用很有興趣的眼神望過來，於是我試著認真思考。

如果用強力的《話語》從多頭蛇的攻擊範圍之外將牠打倒或許很輕鬆，但是多頭蛇棲息的場所是霧氣瀰漫的沼澤地，想要單方面捕捉到對手的身影並攻擊有點不切實際。

那麼應該設想的狀況，就是在溼地的遭遇戰。

在與多頭蛇的戰鬥中，假設身上有好好準備刻有火焰類《記號》的武器等等——

用優秀的魔法盾牌保護自己，並且在初期盡可能砍下多一點的蛇頭。

或者就像柏克利那樣把比較靠邊緣的一個蛇頭抱在腋下當成盾牌，一邊拖著多頭蛇的身體一邊戰鬥，或許就有辦法應付吧。

只要對自己多施加幾重增強身體能力（physical enchant）的魔法與祝禱術，應該就能辦得到。

當然，在沼澤地單挑多頭蛇還是隨時都會有瀕死的危險。

即便如此，就算不用上「拔出《噬盡者(Over Eater)》搞拖延戰」這種禁忌手段……

「我想……應該還是有機會獲勝吧。」

梅尼爾頓時用非常誇大的動作仰望天空，對沃魯特懺悔起自己剛才懷疑勇者偉業的事情了。

大家渾身泥巴地回到船邊。

將武器放回船上的同時，我們拿出墊布與毛毯裹住那位依然昏迷中而不知名的精靈小姐，以免她身體受涼。

接著大家又再度浸到深及大腿的泥水中，把船推回河上。船身順著水流緩緩開始移動。

「唔……」

「噁~仔細看看，真的全身都是泥巴啊。」

「嗚哇！吸血蛭！」

「把牠燒下來。」

「我去準備清水之類的！」

因為大家都受過了一番沼澤的洗禮，於是我們利用祝禱術、妖精術與魔法等等沖掉身上的泥巴並徹底清潔身體。

萬一在這種地方染到疾病可不只是感到麻煩就能了事的，因此清潔非常重要。畢竟就算可以靠祝禱術治療，在痊癒之前消耗的體力也難以恢復。而且有些疾病一開始不會有明顯症狀，要潛伏一段時間後才忽然發病，相當棘手。

「這樣就行啦。」

等到我們大致都清潔乾淨，戰鬥的善後工作就全部結束了。

雷斯托夫先生默默地率先握起船舵，警戒四周。

「話說，這位精靈小姐……」

我再度看向毛毯包裹的那位精靈女性。

她有著一頭精靈族應該會很喜歡的茂密金髮。工整的面容微微發青，看起來相當憔悴。雪青色的眼睛雖然依舊沒有睜開，但確實有在呼吸。

……現在總算可以歇一口氣來討論關於這位女性的事情了。

雖然考慮到像水蛇的案例，其實船上也很難講是安全地帶。不過比較上已經算好了。

在這種黑暗地區，不能期待什麼完全安全的場所。

「請問、是精靈族的倖存者嗎？」

「哎呀，我們在這邊講來講去也沒用啦。」

梅尼爾的個性上一點都不客氣，「喂，起床啦」地拍打起精靈小姐如藝術品般的臉蛋，發出「啪啪」的聲響。

而且看到對方依然不醒來，就把一個小瓶子放到她柔軟的嘴脣上，將清醒用的高度數蒸餾酒毫不留情地灌進口中。

效果非常迅速。

「……！咳！咳！」

因為強烈的刺激，金髮精靈小姐被嗆得立刻睜開眼睛，全身彈了起來。

面對搞不清楚發生什麼狀況而東張西望的精靈小姐——

「哦，醒啦醒啦。」

梅尼爾露出像個淘氣小鬼的笑臉如此說道。

我們則是被梅尼爾這樣誇張的處理方式嚇得當場僵住。

「！……你、你做什麼嘛！」

「我只是用刺激的親吻叫醒妳而已啦。身體感覺如何啊，森林的同胞？有沒有覺得噁心或是頭痛啥的？」

「你、你講話怎麼這麼粗鄙！聽得我耳朵都被汙染、頭都痛起來了！」

即使有用祝禱術治療過，但這位精靈小姐畢竟是剛從瀕死狀態中恢復過來。想必體力上應該消耗得很嚴重才對，可是她卻表現得非常好強。

「哦，講話能那麼有精神，應該就沒問題啦。」

「等等，你剛才說……親、親吻什麼的……你、該不會……！」

「放心，是跟酒瓶。」

「～～！」

精靈小姐當場變得面紅耳赤，用精靈語對梅尼爾一句接一句地快嘴說了起來。靠我的語言能力雖然沒辦法完全聽懂，但至少可以知道她是在強烈諷刺與挖苦梅尼爾。

然而梅尼爾卻始終當耳邊風，右耳進左耳出。

祿和葛魯雷茲先生應該是不擅長精靈語而跟不上他們的對話，雷斯托夫先生則是握著船舵露出一臉事不關己的表情。

就在我覺得差不多該言歸正傳而猶豫該不該插嘴的時候，梅尼爾其實也很明白這點。

他趁著精靈小姐稍歇一口氣的瞬間，將手放到自己的左胸前……

「『吾等相遇之時，繁星閃耀。』」

擺出文雅的動作，用古代精靈語問候。

「……！」

精靈小姐皺了一下眉頭後，立刻停下犀利的言詞，以同樣文雅的動作依循規矩回應問候。

收到對方的回應後，梅尼爾聳聳肩膀。

「抱歉害妳嚇到了。畢竟我這人沒啥教養——我是《銀月之枝(Ithil)》的梅尼爾多。」

「……我是《昂星之枝(Remmirath)》的蒂內琳德。銀色之皎月下，迅疾翔翅的天鵰。」

「願這場相遇得到祝福。閃爍之繁星下，沉默妙音的淑女。」

如音樂般優美的話語，依循禮法而像韻文詩一樣的對話。

「…………要做還是做得到嘛。」

聽到蒂內琳德小姐語氣無奈地如此說道後……

「精靈族的禮儀不合我個性啦。就別要求我更多了。」

「真是拿你沒辦法。」

梅尼爾聳聳肩膀，惹得蒂內琳德小姐瞇起雪青色的眼睛，苦笑一下。

她接著看向在一旁完全沒有跟上對話的我，並切換為稍微有點古老的西方共通語。

是對我來說很熟悉的、布拉德與瑪利那個時代的語言。

「請恕我失禮了。請問你就是這個集團的首領嗎？初次見面，我名叫蒂內琳德。」

「我叫威廉·G·瑪利布拉德。」

「多虧各位讓我救回了一命——本人由衷感激。」

她說著，用優美的動作對我們行了一個禮。

黑暗渾濁又淤塞的河水緩慢流動著。

穿梭在讓人聯想到荒野白骨的枯樹之間，我們的船順著水流緩緩往北航行。

船帆微微被風鼓起。

因為妖精的力量有稍微增強的緣故，梅尼爾又再度施展了《順風（tailwind）》的咒語。

「因此就是說——」

大家都自我介紹完，並說明我們是為了討伐邪龍瓦拉希爾卡與山中的惡魔們而來到此地後，蒂內琳德小姐表現得非常驚訝。

「就五個人而已嗎？你們是認真的？」

「妳覺得會有人只為了開開玩笑就跑到這種偏僻的地方來嗎？」

「……如果是你搞不好就會做，但這位威廉先生應該就不會了。畢竟他感覺認真又老實呀。」

「妳的意思是我既不認真也不老實囉？」

「請你自己捫心自問吧……不過話說回來，這真的太亂來了。」

「我們也很清楚這很亂來。但即便如此，我們還是必須這麼做。」

「…………這樣呀。真是勇敢呢。」

蒂內琳德小姐雖然似乎也懂相當程度的西方共通語，但畢竟她的母語還是精靈語，因此主要的交談對象就是我和梅尼爾了。

「話說回來，請問蒂內琳德小姐為什麼會在那種地方被多頭蛇攻擊呢？」

「這個嘛，說明起來可能會花上一點時間……」

「既然這樣，我們先吃飯吧。精靈口中的『一點時間』不能信任啊。」

梅尼爾如此說道。

確實，我們現在是在這樣的危險地帶，趁著能吃飯的時候先吃也比較好。

而且萬一船不小心翻覆，食物就會全部泡湯啦。

「祿，那邊應該有燻鹿肉吧？」

「有是有……但請問沒關係嗎？」

「沒有問題。我可以吃的。」

就像祿會感到疑惑這樣，果然大家對精靈族是吃素的刻板印象都很強烈的樣子。

「在精靈族中不吃肉的，頂多就是特別累積修行讓靈精的性質變得比較強烈的人而已。」

其他精靈平常也會狩獵，也不忌諱吃魚吃肉的。蒂內琳德小姐如此說著。

「透過狩獵、捕魚，維持動植物平衡。這也是管理森林的精靈族該負責的工作之一。」

為了保持生態系的平衡，要適度給予壓力。

很有精靈族風格的想法。

……就這樣，我們在船上享用起聖餐麵包以及在死者之街燻製的鹿肉。

雖然因為不能用火所以餐點都是冰冷的，不過冷掉的鹿肉吃起來煙燻味洽到好處，其實也挺美味的。

「…………」

蒂內琳德小姐則是一臉稀奇地吃著聖餐麵包，而且對撒鹽的燻鹿肉驚訝得瞪大眼睛。

「……等等，你們平常到底都吃些什麼？」

看到她對食物那樣的反應，梅尼爾頓時皺起眉頭。

蒂內琳德小姐帶著諷刺聳聳肩膀。

「……你應該可以想像得到吧？」

濃烈的死亡與汙穢氣息，渾濁的河川與溼泥地。

到這邊為止看到的生物頂多就是像蛇之類的存在……雖然不難想像，但我實在不願意主動去想。

「關於我為什麼會在那種地方，你應該也已經想像到了吧？所以才會講說要先吃飯，把食物分給我。」

「…………」

被蒂內琳德小姐如此一說，梅尼而頓時不太高興地閉上嘴巴。那是他被人戳破想法時的反應。

蒂內琳德小姐語氣平淡地接著說道：

「你猜得沒錯……就是為了削減扶養人口。」

梅尼爾的眉頭皺得越來越深了。

削減撫養人口，意思是說——

「請問妳身體有哪裡不好嗎？」

就像前世的民間故事『棄老山』一樣，通常說到要削減撫養人口，都是從無法成為勞動力的人開始捨棄的。

畢竟如此一來可以使食物的提供和消費取得平衡，讓集團全體能夠存活下去。

無論是前世的歷史或今生的這個世界，遇到飢荒時都是從老人或病人先淘汰起，留下健康的人與家畜……可是……

眼前這位蒂內琳德小姐雖然臉色有點差，但怎麼看都應該很健康才對。

「不是那樣。」

「咦？」

「威爾，你那不是精靈族的思考方式。」

梅尼爾皺著眉頭對我如此說道後，蒂內琳德小姐也點點頭。

「是呀，沒錯。」

「……呃，什麼意思？」

沒有什麼意思啦，講起來很單純。梅尼爾表情複雜地說道：

「**高尚的精靈族不會捨棄弱者。**」

他的聲音中帶有確信。

「無論生活再怎麼困苦，精靈絕不可能捨棄老人或病人。照狀況看起來，那應該是個周圍都是危險區域、完全孤立的聚落。」

這附近一帶都只有淤塞的河川和溼泥地綿延不斷。

「每當糧食產量減少的時候，想必是還能動還能戰鬥的人會自願離開聚落到外面去吧。

……如果能從某個方向脫離出去，抵達有人居住的地方請求救援當然最好。即使沒有成功至少也能消滅聚落的人口。」

就是這樣沒錯吧？梅尼爾如此確認。

「是呀，沒錯──話說，把弱小的人趕出去根本是笨蛋才做的事情吧？」

蒂內琳德小姐一臉認真地這麼說道。

弱小的存在必須保護，強大的存在要率先犧牲。

她講得相當自然，認為這是理所當然的事情。沒有狂信或盲信的感覺，真的表現得非常自然。

「這就是精靈族啊……」

「你那是什麼意思？是在誇獎還是在貶低？」

「我在誇獎啦，受不了。」

梅尼爾的眼神彷彿是在凝視什麼耀眼的存在。

「…………」

精靈族很高尚。

這句話我聽過好幾次，大家都是這麼說。

原來如此，就是這個意思。

「……精靈們一直都沒變啊。」

葛魯雷茲先生小聲呢喃。

他臉上的傷疤被揚起的嘴角擠得微微扭曲。

接著我們又談了幾項細微的事情後，我重新提到：

「蒂內琳德小姐，可以請妳帶我們到妳的聚落去嗎？只要能告訴我們前往山脈的路徑，我們也會盡可能提供你們協助的。」

「叫我蒂娜就可以了。」

她把剛才被多頭蛇弄散的金髮撥起來，在脖子的高度固定好之後……

「求之不得。真是幫上我們一個大忙呢。」

對我點點頭，並如此回答。

後來船又航行了一段時間，在溼地中沿著狹窄的支流而下……到太陽快要下山時，我們看到了一片深林。

然而，那並不是像葛魯雷茲先生所描述的那樣美麗的森林。

感覺就像被重病侵蝕的末期患者一樣，飄散濃密的死亡氣息。

樹木的樹幹到處都變成教人毛骨悚然的顏色；無力而下垂的樹枝上是大半已經枯成褐色的葉子。

我們順著水流划船，漸漸進入森林深處。

「……………」

雖然很稀薄，但可以感受到有毒的霧氣。

四處傳來有如殺氣般的凶猛生物氣息。

大家都不禁皺起眉頭。

即便早有預想到，不過這狀態明顯不正常。

「好悽慘啊。」

「是呀，實際上真的很悽慘。」

對於掌舵的雷斯托夫先生率直的呢喃，蒂娜小姐很乾脆地回應。

「森林徹底被汙染，就像壞死般年年都在縮小範圍。野獸全都是彷彿發了瘋的奇怪存在。四周被霧氣和泥地包圍，根本不曉得往哪裡去可以遇上其他正常的勢力……再加上唯一可以拿來當路標的山，是惡魔與龍的巢穴呀。」

就在她如此小聲說道的瞬間……

從西方再度傳來龍的低吼聲。

怪鳥嘎嘎地四處亂飛，森林中可以感受到奇怪的野獸們恐懼退縮的氣息。

「……而且到最近又是這種狀況。甚至都有人在講說大概準備要完蛋了。」

「這是《忌諱話語》(taboo word)造成的影響嗎——應該不只吧。」

「是呀。還有邪龍的瘴氣(miasma)。」

「……邪龍的？」

龍應該在山中才對，為什麼會影響到這邊——

「是矮人族挖出來遍布地底的隧道。」

聽到蒂娜小姐這個回答，祿和葛魯雷茲先生頓時表情扭曲。

「我們《花之國》(Lhoth dhol)的精靈與《黑鐵之國》的矮人們不論好壞都是鄰居。無論地表上還是地底下，都有許多道路彼此互通。因此毀滅了《黑鐵之國》後沉睡在地底遺跡的龍所釋放出的瘴氣(miasma)就會沿著隧道釋放到森林各處——到現在依然繼續在擴散。」

「這……」

「……」

「……不要在意，我並不是在埋怨你們矮人族，只是在說明現況，僅此而已。」

蒂娜小姐態度乾脆地揮揮手後，又繼續說明。

「這附近一帶的妖精力量變得很薄弱，水、空氣和食物中都含有毒氣……越是活得久的人，體內就累積越多的毒，漸漸走向死亡。現在已經有很多人臥病在床，無法動彈了。

美麗的《花之國（Lhoth dhol）》早已是過去的存在。雖然我們並沒有接受毀滅，也沒有拋棄驕傲的打算……但現在的狀況形容得再好聽也像是個半死人了。」

我們的船繼續行進。

前方漸漸可以看到幾處柵欄與屋子。

骯髒、破舊、失去光彩的白色房子。

看到我們這艘沒見過的船隻，好幾名精靈陸陸續續現身。

「——所以說，我們根本沒想到會有打算討伐邪龍的勇者從外地來呀。」

簡直像做夢一樣。

蒂娜小姐這句呢喃之中，聽起來摻雜了各種情感。

在今日我們到來之前……

想必有許多人受病魔侵蝕而喪命吧。

因為漸漸縮小的森林，漸漸減少的糧食，想必有好幾人為了尋求與外面世界的接觸而踏上了不歸的旅程吧。

——而這些人之中，肯定也有蒂娜小姐認識的對象。

如果邪龍的問題能更早被發現，更早著手進行探險計畫，搞不好就有人能因此獲救了。

正當我開始想著這樣沒有意義的事情時——蒂娜小姐用輕盈到讓人感受不到體

重的動作走向船艏，再轉回身子面向我們。

「歡迎蒞臨《花之國（Lhoth dhol）》。」

將右手掌放到左胸前。

把腳微微往後縮並低下頭的古老問候方式。

「——勇者大人們，誠摯歡迎各位到來。」

她臉上浮現的笑容，美麗得有如盛開的花朵。

後來我們慌忙了好一段時間。

蒂娜小姐簡短說明完狀況後，我便立刻拜託他們讓我治療重病患者。

——讓一群忽然冒出來的陌生人物看到虛弱的同胞們應該不太好吧？

精靈聚落的主要人物們雖然因此感到猶豫，不過我再三低頭，請求他們讓我治療後——

「咳……帶著如此優秀武裝的戰士，咳，咳！都說到這個地步了。不要害人蒙羞。」

留著古老的傷疤、滿頭白髮的精靈長老看著我們身上的武裝，答應了我的請求。

而且過程中還不斷嚴重咳嗽。

「請讓我治療你的咳嗽吧。」

「咳！等等，比起我，有更需要接受治療的——」

「我全部都會治療的。」

只不過是先後的問題。

我本來就打算把所有看到的精靈們都治好。

「別說蠢話。透過祝禱術進行治療會消耗施術者的氣力和集中力。怎麼可能治療那麼多——」

「如果是一、兩百人程度就沒有問題的。」

「一兩百……！」

包含蒂娜小姐在內，現場的聚落精靈們都驚訝得瞪大了眼睛。

「我全部都會治療，也全部都會治好。」

說著，我開始禱告。

微微沉下眼皮，集中精神，向燈火之神大人請求協助。

霎時，一盞朦朧的光芒浮現，長老的咳嗽消失了。

見到這大約幾秒間的情景，精靈們便有的騷動起來，有的啞口無言。

一次呼吸間達到深沉的禱告。這是我在瑪利的教導及日復一日的反覆禱告之中自然達成的境界。

即便是獲賜奇蹟的神官，若沒有反覆鍛鍊使自己能辦到這點，就無法闖入激烈的戰鬥之中了。

「——請讓症狀嚴重的人集合到這裡來。如果是無法集合的人，我會依序去拜訪。」

我看向周圍如此說道。

「請別擔心，我全部都會治療的——以葛雷斯菲爾的燈火立誓。」

聽到我把手放到胸前如此表示後，精靈們便互相點頭，開始行動。

分配好各自負責的區域，奔向聚落各處。

……就這樣，等到我治療好聚落中所有人的時候，太陽早已徹底下山了。

「呼……」

而我現在則是在聚落的邊緣、淤塞的水流邊歇息。

從村落的方向微微可以聽到音樂的聲音。

畢竟原本衰弱到只能等死，或甚至手腳麻痺的重症患者們都陸續康復，得以起身。

大家因為自己的身體能夠再度活動而歡喜落淚，不論彼此是否熟識都興奮相擁、大聲歡呼，然後紛紛拿食物、拿飲料、拿樂器過來，自然而然地辦起了一場宴會。

被拱為主賓的我徹底被大家簇擁在中心，灌了好幾杯水果酒。

葛魯雷茲先生和祿也不斷被精靈們搭話攀談，雷斯托夫先生則是靜靜地與精靈們共飲。

梅尼爾甚至被完全喝醉的蒂娜小姐拉來扯去，在營火前跳起不熟悉的舞蹈。

微陰的天空使得月光也顯得朦朧，真是美妙的夜晚。

「…………」

就這樣繼續享受恰到好處的醉意當然很不錯——但我還是用《去毒的禱告》消除了血液中的酒精。

誰也不曉得何時會發生戰鬥。

因此我還不能讓自己完全沉浸在酒精之中。

……這時，我忽然聽到振翅的聲音。

一隻大烏鴉拍打著翅膀，停到我身旁一棵枝幹扭曲的樹上。

帶有光澤的黑色羽毛，使人莫名感到不祥的紅色眼睛。

【——旅途可順遂？】

是不死神斯塔古內特的使者烏鴉。

「嗯，還算可以……呃、痛痛痛……」

腦中頓時響起燈火之神的警告，讓我感到頭痛。

不好意思，神明大人，請祢冷靜下來。沒問題的。

【哈哈哈，你真的很受葛雷斯菲爾疼愛。】

大烏鴉敲響鳥喙笑了起來。

接著頓了一拍後，歪頭說道：

【……要不要也受我疼愛啊？】

「祢真幽默。請問有何貴幹？」

我看向對方紅色的眼眸。

……沒什麼，只是來警告你罷了。漆黑的烏鴉如此說道。

【如果要回頭，現在恐怕是最後的機會了。】

同時，大地開始震盪。

有如來自地底深處的低吼聲傳來。

——隆隆隆隆隆隆隆隆隆隆隆隆隆隆隆……

從西方的山脈可以聽到吼聲。

彷彿靈魂都會被掐住般恐怖的聲響。

隨著吼聲結束，四周陷入一片沉默。

原本從精靈村落傳來的愉快音樂聲也像是對吼聲感到畏怯似地停息。

【我再強調一次——你若執意挑戰，會死。】

紅色的眼睛強而有力地朝我盯來。

【只要挑戰龍，你將難逃一死。】

不死神語氣平淡地說著。

【蓄積你的力量。】

「要是我那樣做，祿他們想必會死吧……那些矮人們認為在這場龍的災害中，首先應該由矮人族獻出鮮血。」

【確實沒錯，矮人們會死。然後等邪龍清醒後，不分人類、精靈或者矮人，肯定會有好幾百、好幾千條性命犧牲……然而隨著邪龍造成的傷害擴大，你與你所信奉的葛雷斯菲爾也將得到眾多信仰。】

諸神的力量泉源是人民的信仰。

確實，隨著邪龍釀成的災害增加，抱著求助的心信仰神的人想必也會增加。

希望除去邪龍的祈禱。

藉此所產生的力量，也將直接影響到我的戰力。

只要獲得信仰而增強了力量的神，將那力量透過庇祐再賜予我，肯定就能成為足以討伐邪龍的強大戰力。

【一旦龍造成災害，懷抱野心且有實力的戰士或術師也會為了藉討伐揚名而從各地聚集於此。受善良諸神託付使命的使徒們也是。

只要力量恢復的葛雷斯菲爾所庇祐的你率領這些英雄們，便能夠讓你的利刃砍下邪龍的首級。】

祂說的話依舊非常有說服力。

【對我來說，這樣的提議也非我所願……然而現在應當要容忍犧牲才行。這不是膽小怕事，而是有勇氣的抉擇。】

是非常有說服力的正確言論。但是——

「恕我無法服從。」

【為何？你就那麼想要拯救一切嗎？】

使者烏鴉彷彿感到焦躁似地在樹枝上動起身子。

【……確實，假設你現在因為不想捨棄任何人而挺身進攻，或許會有那麼一點點的可能性可以拯救一切。但只要你失敗，接著將犧牲的性命可不只是一、兩萬，而且在短期間內也不會馬上出現足以匹敵你的英雄。

即便如此，你依然要執著於為了保護數千或數萬的生命，而讓十倍、百倍的生命暴露於危險之中嗎？簡直無謀至極。】

我也覺得祂說得沒錯。

「……不死神斯塔古內特，祢這些主張想必都很正確。」

事實上的確是無從挑剔。

若要尋求最佳的解決方式，應該就是如祂所說了。

【既然你這麼認為……】

「可是當我那樣決定的瞬間，成為我立足點的誓言與信仰就會當場崩壞。」

不死神頓時瞪大眼睛。

——沒錯。唯一的問題就是這點。

「而祢是在明知這點下對我說那些正確言論的。」

【…………】

為了讓我的心折服。

為了把我拉到自己的陣營中。

——就好像將活祭品貢在祭壇上以獲得力量的邪教儀式般。

說服我放棄、忽視、以血肉為代價換得力量。勸告我那才是最佳的決定。

「請問我有說錯嗎？」

【…………】

不死神以沉默回答。

「……不死神斯塔古內特。」

【怎麼樣？】

「……我是個懦弱的人。我很清楚自己有一顆容易為了怕麻煩而妥協、折服、放棄、變動的心，只是個普通的人。」

我不會說自己轉世重生之後就有了改變之類的話。

我想我的心，我靈魂的本質，肯定和前世都沒有改變。

因此只要我選擇了忽視什麼，放棄什麼，便會當場屈服。

又會找藉口告訴自己：那是沒辦法的事情。

因為沒有契機，因為已經無法挽救。就只會不斷累積這些讓自己放棄的理由。

一次又一次地為自己找藉口，然後墮落下去。這點我很清楚。

「即便如此，神還是給了我重新來過的機會。允許我再次振作起身，往前邁進。」

我凝視著不死神紅色的眼睛。

述說自己對燈火女神的心意。

「我邂逅了重要的家人，獲得了重要的朋友與夥伴們。也找到了自己應當作的事情，想要做的事情。這些我曾經失去、曾經放棄的東西，是神賜給了我機會再度伸手尋求。」

我根本不知道自己該怎麼感謝才足夠。

那位戴著兜帽、沉默寡言的神明，真的賜給了我非常寶貴的東西。

正因為如此——

「所以我要貫徹到底，遵守誓言，秉持信仰。繼續做為祂的手、做為祂的劍，直到喪命倒下的那一刻。」

就算那樣並不是最佳的選擇。

就算那是難看而笨拙的做法。

我依然認為自己只能這樣做。

我相信那就是在神的燈火照耀下，我唯一的一條路。

「——向葛雷斯菲爾的燈火立誓。」

【…………】

不死神依然沉默。

不發一語地盯著我——然後深深嘆了一口氣。

【……唉，看來我又拉攏失敗啦。】

從遠處再度傳來精靈聚落的音樂聲。

雖然剛才被龍的低吼聲中斷，不過看來他們又重新開始宴會了。

清澈的豎琴聲有如在彈跳般愉快地演奏著。

【沒錯……自從第一次見面時我就注意到了。你的靈魂並不算強韌。你只要放棄就會屈服，墮落。就只是那種程度的靈魂。】

我回想起初次見面時感受到的絕望。

當時不死神那樣強烈誘使我動搖的發言，果然是因為祂已經看穿我這個人的緣故。

【我完全沒想過你能成為什麼英雄，認為你頂多只是那三英傑的附屬品，只不過是透過鍛鍊讓能力技巧變得比較突出的脆弱靈魂罷了。】

而事實上也真的是那樣沒錯。

若沒有瑪利斥責激勵。

若沒有神賜予恩寵。

當時的我想必就會在不死神面前屈服、崩潰了。

【然而，你顛覆了我的預測——沒有放棄，沒有屈服，甚至還振作起來，挺身挑戰並擊敗了我。】

不死神的使者烏鴉笑了。

笑得非常愉快。

【反過來講……脆弱的靈魂啊，或許正因為如此，你才成為了英雄吧。】

「我根本沒想過要成為英雄。」

【哈哈哈。明白自身的脆弱，因此更加不放棄、不屈服，為了自己的信念甚至不惜一死。】

遠處傳來精靈族的音樂聲。

而不死神就像是配合著音樂般流利地不斷說著。

【——對於那樣的存在，人們就是稱為英雄，威廉・G・瑪利布拉德。將過去我曾冀望得到的三人的一切都繼承下來的人啊。】

我一時不知道該如何回應才好。

但不可思議的是，我的心情莫名平穩。

明明現在和我講話的對象，是曾經一度把我推入絕望之中，在我重新振作起來後又互相敵對，賭上生死交戰過的惡神。

然而我的心卻像在禱告時一樣，非常平靜。

【我就對你再說一次……到我這邊來吧。】

我想那肯定是……

【我會讓你坐上我的右席。無論永恆的庇祐或者不死的軍團，我全部都會賜給你。一同殺掉龍，擊敗英雄，贏過所有神明，征服這個世界吧——靠你和我的力量。】

是因為包含思想、謀略、慈悲以及其他一切在內——不死神斯塔古內特這尊神明真的是值得尊敬的存在吧。

然而，也正因為如此……

「不死神斯塔古內特，請容我拒絕祢的好意。」

我將手放到左胸前，表示謝絕。

帶著內心由衷的敬意。

【……果然不行嗎。】

我也知道會這樣啊。烏鴉如此說著，笑了。

「是的。」

我點點頭。

「——畢竟祢也**不想看到墮落的英雄**對吧？」

聽到我這麼說的瞬間，使者烏鴉停下動作。

不可思議地，我回想起許許多多的東西。

「要是我失去對葛雷斯菲爾的信仰，成為了祢的東西——到時的我肯定不會再是祢所期待的存在了。」

【……！】

不死神斯塔古內特曾經說過。

祂希望創造一個永遠溫柔的世界。

祂無法忍受看到靈魂被拖累、陷害，在苦惱與後悔之中漸漸失去光輝。

「不死神斯塔古內特，祢是值得尊敬的敵手，偉大的神格。」

我是發自內心如此認為。因此……

「我不會接受祢的引誘。我會繼續與祢為敵——因為我尊敬祢。」

我雖然無法與祢產生共鳴。

雖然從相識以來就是敵人。

但我明白祢的偉大。

我知道祢有祢深深的慈悲心。

正因為如此，我希望對祢獻上最大的敬意。

——透過不成為祢的東西，繼續與祢為敵的方式。

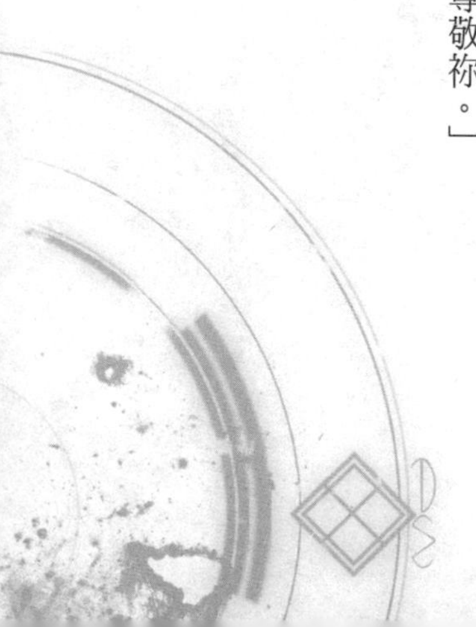

【…………真傷腦筋。】

不死神沉默了好一段時間後，小聲呢喃。

【我還是第一次被人類看透到這種地步……你這人看似耿直，其實意外敏銳啊。連神意都能看穿，你已經可以自稱為賢者了。】

「不敢當。」

對於那樣直率的誇獎，我一時不知該如何反應而這麼回答。

【但實在可惜的是，你要死了。被龍撕裂而死。】

不死神的使者烏鴉語帶諷刺地笑著。

【若你回心轉意，隨時歡迎你叫我一聲喔？我會眨眼間就讓你成為最高等的不死族。即便是在即將喪命的那一瞬間，或者腦袋已經被砍下之後也無妨。對了——如果沒了腦袋，就封你為無首的騎士王（Dullahan Lord）如何？】

還是說你比較喜歡不死之王（Nolife King）啊？不死神愉快地如此說道。

我則是聳聳肩膀。

「這次對手可是龍。要是我輸了，全身都會被消滅啦。」

【哈哈哈，說得沒錯！】

我們互相笑了一場後——

【那麼，我要走啦。葛雷斯菲爾也差不多要發脾氣了吧。】

確實，雖然我腦中響起的警告啟示已經停息，但總有一種不滿的壓力持續在累積的感覺。

燈火之神平時基本上都很有神明的樣子，可是只要和不死神扯上關係，就會變得不知道該說是孩子氣還是說有像人類的感覺。

【那麼，再會啦——我愚蠢又聰明的敵手，燈火的聖騎士（Paladin）啊！】

留下這句話後，使者烏鴉便在暗夜之中不知飛到何方去了。

就在我目送祂離開，不經意微微露出笑臉的瞬間——

「嗚！痛痛痛！」

彷彿被擰了一下的痛覺忽然傳來。

……好、好過分啊，神明大人！

與不死神意外邂逅及對話的隔天。

在宴會後的精靈聚落中，一大清早就響起爭執的聲音。

昨晚不但施展過多次祝禱術又和不死神對話而感到有點疲憊的我，揉著惺忪的睡眼從分配到的小屋走出來一探究竟。

「不要囉囉嗦嗦的，讓我去就對啦！」

「我就說不能讓你去嘛！」

結果發現是梅尼爾和蒂娜在爭吵。

我用還沒清醒的腦袋想了一下——

「搞什麼，是情侶吵架啊。」

得出這樣的結論，並打算回到小屋中繼續睡回籠覺。可是我兩邊的肩膀卻忽然被用力抓住。

「喂，給我等等。」

「你剛才說了什麼？」

好有魄力的聲音。

我的睡意頓時消散，同時噴出了一身冷汗。

「……啊、啊哈哈。」

神啊，我現在究竟該怎麼回答才好？

就在我笑著含糊過去後，蒂娜小姐深深嘆了一口氣。

「……在這種時候，怎麼可能為了男女感情的事情沖昏頭嘛。」

哎呀，這麼說也對。

畢竟現在是攸關聚落存亡的關鍵時期，不管怎麼想都有比感情更應該優先的事情。

「就是說啊。」

梅尼爾也對蒂娜小姐的意見表示同意般點點頭……

「如果不是在這種時期就好了。實在可惜。」

就在他聳聳肩膀如此說道的瞬間，我清楚看到蒂娜小姐動搖得抖了一下肩膀。

「如果不是在這種時期，你就會有所表示了嗎？」

「嗯？那當然啊，她這麼漂亮。」

「……！」

我忍不住延續這個話題後，蒂娜小姐深深皺起她秀麗的眉毛——並用力把臉別開，準備對梅尼爾說些什麼的時候……

「至少也會隨口稱讚個一兩句當成問候吧？」

她聽到梅尼爾接著講出口的話而當場僵住，然後又全身顫抖起來。

梅尼爾……

「我實在無法理解你那種思考方式……」

「倒不如說是你太不熟悉怎麼對待異性，都讓人感到不安啦。」

在對女性甜言蜜語的技巧地位上，我和梅尼爾之間有相當大的差距。

或許就跟前世的日本人和義大利人差不多吧。

……不過，那樣的梅尼爾有時候也會很遲鈍。

「在《銀月之枝（Ithil）》的精靈間，能夠當著女性面前唱上一首情歌才稱得上獨當一面的說……」

「就是因為那樣，《銀月之枝（Ithil）》那群人才會被說是不知檢點啦！」

蒂娜小姐用雪青色的眼睛瞪了梅尼爾一下後，梅尼爾輕輕聳了聳肩膀。

「要那樣講，《昴星之枝（Remmirath）》的傢伙就是一群潑辣的烈馬吧。」

「你說什麼！」

不知不覺間，他們又開始吵了起來。

那兩人持續展開激烈的舌戰，精靈語越講越快，搞得我都聽不太清楚了。

而且精靈在這類爭執的場面中經常會使用諷刺或暗喻的表現方式，讓人更加難以理解。

然而不知道為什麼，蒂娜小姐好像莫名愉快的樣子。

……這時，我不經意回想起昨天剛抵達這個聚落的時候，那群精靈們陰暗的表情。

在《大崩壞》的戰亂之中失去眾多優秀的戰士與妖精師。

與外界文明斷絕了來往。

森林被詛咒與毒侵蝕、孤立、患病、衰微。

為求與外界接觸而啟程離開的勇士們最終沒有一個人回來，就這樣過了兩百年──

那想必是一段連和人鬥鬥嘴的行為都會忘記的艱辛歲月吧。

「你這人真的是■■呢！」

「要那樣講妳才■■■啦。」

「～～！」

話說回來，他們這些罵人的話，到底是什麼意思？

……就連那個古斯都沒教過我的詞彙，應該是相當誇張吧。

等他們吵架稍告一段落後，我介入其中拉回話題。

「然後呢？什麼要不要去的，你們倒底在講什麼？」

「就是《森林之主》啊。」

梅尼爾不太高興地如此回答。

「這裡的《森林之主》，我應該稍微可以治療才對。」

的確。

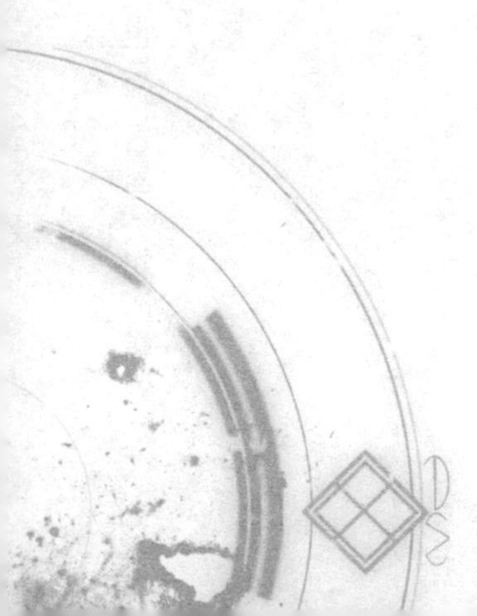

昨天是因為光治療病患就忙得不可開交了，不過我本來也是打算今天起床後要找梅尼爾商量這件事，問他是否能夠稍微改善這片森林的現況。

然而——

蒂娜小姐卻表現得相當抗拒。

「怎麼可以讓你們去嘛。」

「絕對不行。」

「我說妳啊……」

梅尼爾皺起眉頭，但蒂娜小姐依然交抱雙臂，擺出堅決不答應的態度。

確實，所謂《森林之主》是森林的中樞，堪稱最大要害的存在。

就像之前《獸之森林》(Beast Woods)差點被科爾努諾斯汙染一樣，萬一讓抱著惡意又力量強大的存在接觸了森林之主，將會使狀況變得很嚴重。

即便是多少有恩的對象，但身為森林居民的精靈族想必還是不會那麼輕易就讓外來人物進到那樣的地方吧。

「呃，不過梅尼爾是值得信賴的人物。這點我可以發誓。如果需要什麼保證，我願意當人質……」

聽到我這麼說，蒂娜小姐卻對我搖搖頭，像在表示：不是那樣。

「……我很信任你們的。」

「咦？」

「不但很信任，也非常感謝。畢竟光是昨天一個晚上，就不知拯救了我們多少人的性命了。

只要你們有所要求，我們都希望盡可能答應。若要求提供戰力，我們就會派出戰士；若需要有人領路，我們也會樂於帶路。」

「既然這樣，那又是為什麼？」

「……如果你們要求帶路，而我們能夠安全帶你們到《森林之主》的地方就好了。」

蒂娜小姐說著，沉下眼皮。

「然而現在《森林之主》的附近一帶已經成為了魔獸的地盤，不是屬於我們的領域。」

因此我們沒辦法帶路。蒂娜小姐如此說道。

不過……

「既然如此，那就——」

「那就更應該要拜託你們，是嗎？」

蒂娜小姐歪著頭，露出笑臉……

「對於拯救了性命、幫忙找回了希望的恩人，對於接下來準備前往戰鬥的你們，難道我們可以毫不顧慮對方的狀況，強加要求更多的戰鬥嗎？因為我們很傷腦筋，因為我們自己無力解決，所以拜託勇者大人幫幫忙這樣……要求你們把原本要做的事情往後延！」

她聳聳肩膀……

「我才不願意呢。那麼不要臉的請求，我提不出來。」

這並不是說受別人救助會覺得怎麼樣之類的問題。

她的意思是指：不希望因為依賴恩人，而給了對方更多的負擔。

我頓時不知該如何回應，忍不住看向梅尼爾尋求幫助。

呃、什麼、這是……這是什麼狀況？

梅尼爾露出非常複雜的表情對我說道：

「看，很有精靈族的樣子對吧？」

我不得不點頭表示同意了。

這真是無比高尚又無比麻煩的個性。這下我非常能理解大家為何會那樣說了。

……我想這樣的性情或許是因為他們是長壽不老的種族吧。

基於幾乎不衰老的性質上，聚落中需要別人保護的小孩和老人就很少，在體能上年輕的人口會比較多，才形成了這樣的特質。

轉眼間就會衰老的人類實在沒辦法像他們這樣啊。

「就是這樣，總之你們沒有必要為了幫助我們而花費太多的精力。」

這下該怎麼辦才好啊——正當我這麼想的時候，葛魯雷茲先生緩緩現身了。

他帶有傷疤的臉雖然平常總是表情嚴肅，但現在因為還是大清早，看起來似乎有點睏的樣子。眼皮也才睜開一半而已。

「怎麼回事？」

「呃，就是……」

聽我說明完狀況後，葛魯雷茲先生露出感到有趣的表情。

「……精靈族真是一點都沒變啊。」

「請問該怎麼辦呢？」

唔。他點點頭說道：

「咱們自己動手便行。」

原來如此，不愧是老將。講得真有道理。

「那我們就自己行動吧。梅尼爾，你能知道《森林之主》的位置嗎？」

「雖然變得很虛弱，不過勉強可以探測到。」

「葛魯雷茲先生，麻煩你去把祿和雷斯托夫先生也叫過來。要全副武裝。」

「好。」

「等集合之後，我們吃完早餐就出發。」

蒂娜小姐頓時「咦？咦？」地困惑起來。

「呃、等等……等一下。怎麼講得好像只是去散散步消化一下似的，你們到底在說什麼？」

「就是去討伐魔獸啊。」

「可、可是，我們……！」

「反正也沒規定說如果你們沒要求我們就不能行動吧？就當是我們雞婆，愛多管閒事啦。」

梅尼爾一派輕鬆地如此說道後，輕輕戳了一下我的手臂。

「再說，我跟這傢伙怎麼可能虛弱到只是對付個普通的魔獸就消耗精力嘛。」

這跟餐後散步其實也沒什麼兩樣，而且要是放著不管我反而會很傷腦筋。

畢竟我發過誓，要成為神的手拯救受苦的人。

……在這個神明確實存在的世界中，立下嚴格而強力的誓言是很有分量的。

甚至很接近前世愛爾蘭神話中所謂的誓約（geis）。

要是刻意打破誓言，不難想像會招致不太好的結果。更何況萬一我們回程時發現這個聚落被毀滅，可就不只是晚上睡不好覺而已了。

因此就像葛魯雷茲先生所說，我們擅自多管閒事，出手幫忙吧。

「然後咧？自尊心那麼高的精靈小姐在遇到恩人打算擅自前往危險地區時，打算怎麼做啊？」

「～～！啊啊，真是的！」

反正照他們的講法也沒資格制止我們，再說以實力上他們也無法阻止我們。

「你們等一下，我去找幾個能夠馬上動身也有實力的人過來！不要擅自走掉，知道了嗎！」

蒂娜小姐說完，便快步跑走了。

我、梅尼爾和葛魯雷茲先生則是互看一眼後，當場大笑起來。

精靈族居住的森林在世界各地通常都被視為不可侵犯的領域。

雖然可以列舉出很多理由，不過當中最單純也最強力的一項，就是因為守護森林的精靈族多半都是優秀的獵人，同時也是妖精師。

在森林中與精靈族敵對，將意味著自身悽慘的死亡。

若具體來講，就是會像獵物一樣被追著到處跑，連休息睡個覺都沒辦法，而且還會被妖精迷惑，最終成為野獸的食物。

因此精靈族的森林不可侵犯，是受到各個種族敬畏的聖域。

然而，在這個《花之國》(Lhoth dhol)的精靈聚落中卻沒有什麼強大的戰士或妖精師。

這也是當然的。據說他們主要的獵人戰士與妖精師們在那個《大聯邦時代》(Union age)崩壞的時代，都勇敢挺身與惡魔們奮戰，犧牲了性命。

對於長壽而不太生育小孩的精靈族社會來說，那是相當重大的損失。

而且之後又因為《忌諱話語》(taboo word)使森林受到詛咒，《黑鐵之國》遭攻陷後變得孤立無援，就使情況更加嚴重了。

徘徊於周圍的怪物與毒氣讓聚落無法獲得充足的食糧，再加上妖精力量衰弱的環境之中，實在不可能培育戰士或妖精師。

僅存少數有本事的精靈們又據說在嘗試與外部接觸的行動中失敗，沒有再回到聚落。

……這麼說來，之前在那條淤塞的河川看到的溺死屍體中，有些只是剛腐敗沒多久而已。

如果是兩百年前的遺骸，不管怎麼想都應該只剩下骨頭才對……換言之，就是那麼一回事。

另外，因為《黑鐵之國》淪陷造成武器方面無法得到充足的供給，金屬製品似乎也變得相當貴重。甚至有人就像石器時代一樣，使用石頭製的箭頭或槍頭。

在這樣的狀況下，若《森林之主》的王座被魔獸們占據為地盤，他們確實也無力奪回吧。

或者應該說，他們即使被逼到這樣的絕境也依然能保持聚落的秩序，而且始終不放棄與外界接觸而把人送出去。我覺得光在這點上其實就很厲害。

若換作是人類聚落，應該早就遠遠超過崩壞的界限了。

「……然後，把王座占據為自己地盤的是蟲類魔獸……好像叫魔蟲吧？」

陰暗的天空下，我們走在一片到處都是枯樹的森林中。

蒂娜小姐最後找來四名精靈獵人，和我們同行。

「首先是身上覆蓋有甲殼的大蠼螋（Earwig），防禦能力很棘手……」

「啊，請問就是這個吧！我會加油！」

「唔，公子，這是很好的訓練對象啊。」

敵人才剛現身，就被祿用《金剛力》的長柄戰斧當場擊扁。

遺漏的部分也被葛魯雷茲先生的《碎劍》戰槌敲得粉碎。

「從空中會有紫毒蛾（Purple moth）……」

「好。」

梅尼爾拉開手中泰爾佩瑞安的《銀弦》之弓，發出清脆優美的弓弦聲。

朝我們襲來的巨大毒蛾被弓箭不偏不倚地射中要害，掉落到地上。

「啊，小心有毒的鱗粉……」

「了解。」

梅尼爾甚至沒有詠唱，一陣風就彷彿隨著他的意思吹散了鱗粉。

「…………」

我方幾乎不費吹灰之力。

看到那三人一路痛宰巨大魔蟲們的情景，蒂娜小姐變得說不出話來了。

其他精靈們也同樣表現得非常吃驚。

不過其實這也沒什麼好驚訝的。

這些魔蟲連已經被大幅削弱力量的精靈聚落都沒能攻陷。現在的我們可沒弱到面對這種程度的威脅就會陷入苦戰的地步啊。

「我們好像沒事可做呢。」

「在後方待命也很重要。」

我露出苦笑如此說道，結果就被雷斯托夫先生開口告誡了。

的確，就是因為有我們在背後保持警戒，祿、梅尼爾和葛魯雷茲先生才能把注意力都集中在前方大顯身手。

因此在後方待命也是很重要的任務。

然而，我們始終都沒有改變隊形就攻進了王座。梅尼爾接著將到處都是繭與幼蟲的噁心現場一掃而空。隨後把他的幾分力量注入《森林之主》中，使毒氣消散，森林恢復力量，精靈們大聲歡呼——

到了這個階段依然沒事可做的我，該怎麼說呢？總覺得身體蠢蠢欲動啊。

「要是剛才也跟著大鬧一場就好了……」

「你這人明明外表看起來斯斯文文的，有時候卻血氣很盛啊。」

被這麼一說，我忍不住把視線別開了。

原本被噁心嚇人的蟲子附著、幾乎快要枯死的巨樹稍微恢復了生命力後……

精靈們雖然表現得相當開心，但那份喜悅卻又漸漸消失。

不知不覺間，他們臉上都露出羞愧的表情。

「……威廉，這樣真的沒問題嗎？」

蒂娜小姐代表那些精靈們向我如此問道。

「什麼問題？」

「做這種事情，要是讓龍或惡魔們察覺到——」

「應該會很麻煩吧。」

我點頭回應。這的確會很麻煩。

雖然我們現在已經來到山脈的東邊山腳，敵人應該來不急把布署在西側的戰力一口氣轉移到東側來，但風險依然很高。

「既然這樣……」

「不過。」

我伸出手掌，打斷似乎想繼續講些什麼的蒂娜小姐。

「比起那種事，我們現在更不能對這個聚落見死不救。畢竟在我們回來之前，誰也不曉得會有多少人喪命。」

毒、怪物、糧食、物資。這個場所會造成誰犧牲性命的因素多到不勝枚舉。

另外，我們也有無法再回到這裡的可能性。

當然我們是抱著要獲勝的想法前往戰鬥，但如果因為這樣就完全不考慮落敗後的事情是很愚蠢的行為。

「因此，這樣就好。」

一如我之前對不死神提出的宣言，我並沒有為了獲勝而拋棄任何人的想法。

那就是我立下的誓言，而我也希望一直遵守下去。

而且正是因為這樣，神才會賜給我如此超乎尋常的庇祐。

事到如今，根本沒必要再去思考要不要打破誓言之類的問題了。

「……真的？」

「以女神的燈火立誓。我絕對沒有後悔。」

對，我沒有後悔。

雖然從後頸微微刺痛的感覺看來，現在狀況應該變得不太樂觀，但我本來就已經做好覺悟了。

從我選擇了這種人生的那天起。

只是……

「──祿、雷斯托夫先生、葛魯雷茲先生，很抱歉因為我個人的因素拖累你們了。」

梅尼爾還姑且不說，但其他三個人和這次的事情根本沒什麼關係。

搞不好他們內心其實不太高興，因此我低下頭向他們道歉。

「您會這麼做我們都很清楚，所以請不用在意……更何況要是沒有威爾大人，我們應該連抵達這地方都辦不到。」

恐怕到半路就已經喪命啦。

祿這麼說著，笑了起來。

「公子說得沒錯。」

葛魯雷茲先生用一如往常的嚴肅表情緩緩點頭。

「沒錯，事到如今沒必要再講那些了……現在更重要的是，照你的個性應該是打算就這樣直接啟程對吧？」

我已經抱著那樣的打算準備好行囊過來了。雷斯托夫先生如此說道。

他真的很理解我的行動模式。實在感謝。

「咦？直接啟程的意思是……」

「是的。可以麻煩妳帶我們到最近的地底入口嗎？

……哦哦對了，我們的船就丟在這邊，帶不走的物資和糧食就請你們自由處分。船上也留有簡單的地圖。」

如果說是要送給他們，他們有可能不會接受。因此我就當是硬塞給他們，把船丟在這裡。

……只要有哪位精靈利用我們的船沿河逆流到上游的湖泊，抵達湖畔的城鎮，剩下的事情交給古斯肯定就沒問題了。

畢竟我家爺爺很精通精靈語，也知道我們的城鎮位於河川下游。

「…………」

「若已經被敵人察覺我們的行動，接下來的關鍵就是速度。請快點。」

「我明白了。」

蒂娜小姐點點頭後，與她背後的精靈們似乎在確認什麼事情似地對視一眼。

接著又轉回頭……

「我們只派一個人回去聚落告知大家就好……所以也帶我們一起去吧。應該至少可以當誘餌或肉盾才對。」

露出做好覺悟的表情如此說道。

梅尼爾雖然似乎想對她說些什麼，但我立刻制止之後——

「不需要。你們實力不足。」

當場拒絕了他們的覺悟。

「………！」

他們的疾病雖然已經治好，但也只是把體內的毒素或瘴氣(miasma)去除而已。

長期以來受毒侵蝕而衰弱的體力，光靠祝禱術是無法恢復的。

即便是從聚落精挑細選出來的這幾位精靈，臉色看起來也不算太好。

「我們並沒有餘力帶著包袱在身邊。」

聽到我如此斷言，蒂娜小姐的臉變皺了起來。

「受了你們這麼多恩惠……我們卻只能眼睜睜看著你們前往死地嗎？」

「是的。」

「真是屈辱……」

眉頭深鎖如此呢喃的蒂娜小姐，表情看起來就像是吞下了什麼極苦無比的東西。

「不過、我明白了……就遵從你們的判斷吧。」

「可是蒂內琳德……」

「這也未免……」

「——你們難道要對自己的無力視而不見，丟更多的臉嗎？」

背後的精靈們紛紛想出言抗議，但蒂娜小姐再度把頭轉過去，讓他們閉嘴。

「現在的我們不管再怎麼虛張聲勢都只是一群患病的弱者。是弱者呀……」

這句話彷彿是在說給她自己聽似的。

「——往這邊。跟我來吧。」

她說著，踏出步伐。

我瞥眼看到她那雪青色的眼睛滲出了不甘心的淚水。

梅尼爾悄聲對我說道：

「喂，威爾。像那種發言就讓我……」

「不，應該由我來說。」

或許梅尼爾本來打算要站出來扮黑臉的。

但我總覺得，那樣未免太殘酷了。

那是裝在一道石造巨大拱門上的神奇金屬門板。

矮人風格的造型與精靈風格的裝飾互相融合，還有用古代字體刻了好幾道的《記號》。

從門縫中不斷溢出不祥的瘴氣(miasma)。

「《西門》……沒想到能有一天再次來到這裡。」

葛魯雷茲先生感慨萬千地如此呢喃。

「這就是、《黑鐵之國》的、入口……」

祿也望著那道門，緊閉起嘴脣沉默了好一段時間。

大家什麼話也不說。

對葛魯雷茲先生而言，這是睽違兩百年的返鄉。對祿而言，這是他初次來到故鄉。

「……你們真的要進去？」

「是的。」

我向每個人都施加了好幾道耐毒類的魔法與祝禱術。

梅尼爾也叫來風的妖精，將新鮮而清淨的空氣集中到我們周圍。

雷斯托夫先生毫不鬆懈地注意著四周狀況，葛魯雷茲先生和祿也專心為武裝進行最終檢查。

在他們進行作業的這段時間，我觀察著眼前的門板。

花朵造型的金屬製大門環，附近刻有大大的《記號》。我小心謹慎地解讀那些已經被嚴重磨耗的文字。

「《敲打（pulsate）》、《門即開啟（et aperietur）》……《為諸位（vobis）》。」

仔細觀察，這道門不但是用現在精鍊方法已經失傳的除魔金屬製成，而且還施加有好幾道的祝福。

惡神的眷屬們別說是叩門了，光是貿然靠近就會受到非常嚴重的傷害。

這是透過《大聯邦時代（Union age）》的高等技術製成、靠現在的技術水準還無法重現的門扉。

「祿……你敲敲門，那就是暗號了。」

我對心地善良的黑髮朋友如此說道。

「威爾大人……請問、由我來敲嗎？」

「祿才適任啊。」

如今已失落的《黑鐵之國》真正的繼承者就是他。

因此有權利打開這道門的——除了祿以外沒有別人。

「應該由你來打開它。」

「……是。」

祿感到猶豫似地沉默了一下，最後緊閉雙脣，站到門前。

他雖然以矮人來講個頭算高，但與這扇巨大的門相比起來還是難免顯得矮小。

深吸一口氣後——

「——……」

祿抓起門環，舉止慎重地叩了兩下門。

噹！噹！門板發出響亮的兩聲。

刻在門上的《記號》頓時發出光芒，門板周圍微微作響。

有如張開雙臂迎接我們進去般，巨大的門沉重地、緩緩地打開——就在那瞬間，一股強烈的寒意襲來。

「……！」

我當場全身僵硬，後頸寒毛直豎。

一個畫面彷彿硬塞進我腦袋似地出現在腦海。

——筆直凝視著我們、如爬蟲類般的一隻金色眼睛。

在那視線緊盯之中，心臟就像是被緩緩掐緊一樣感到越來越難受。

雙腳開始發抖，感覺隨時都要癱坐到地上。

「吁……吁、吁………」

呼吸變得凌亂而急促。

本能用全力揪起理性的胸襟，發狂大叫。

──快逃。快逃快逃、快逃！丟下一切現在馬上逃啊！贏不了的！

「……！嗚……」

不知不覺間，我發現夥伴們也都按著自己的胸口跪在地上。

那些精靈中有幾位甚至已經失去意識了。

在腦海的畫面中，金色的獨眼伴隨著殺氣漸漸瞇細。

壓力變得更加強烈。

不安與恐懼擾亂著我的心。

我忍不住快要跪下膝蓋──

「……嗚！」

但又立刻咬緊牙根。

對全身肌肉注入力氣，睜大眼睛，把雙腳踏穩在地面上。

鎮定混亂的心，強硬調整呼吸──

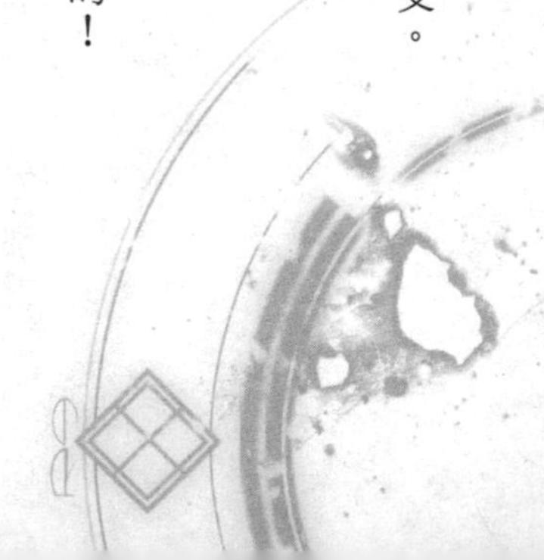

「《勇氣(fortia)》！」

大聲說出意思為勇氣與力量的《話語》。

《話語》的威力如波浪般往周圍空間擴散的同時——強大的壓力與黃金獨眼的畫面也像是被彈開般消失。

「吁……吁……」

最後只留下彷彿在咧嘴奸笑的氣息。

「……果然、還是、被發現……了嗎。」

這不是惡魔搞的鬼。

即便是將軍，不，甚至是王等級的惡魔，想必也辦不到這種事情。

自從不死神的《木靈(Echo)》以來，從未感受過的絕望與重壓。

而且只靠一道視線。

——這絕對是龍搞的鬼沒錯。

連諸神也不敢小覷，不死神也預言會致我於死的，神話時代的邪龍。

「《災厄的鐮刀》，邪龍瓦拉希爾卡……」

對付惡魔還姑且不說，但我本來就不認為靠小伎倆能夠騙得了牠。從淨化《森林之主》的前後時，我後頸部就感受到微微刺痛，因此多多少少知道我方已經被察覺了。

雖然知道——但萬萬沒料到是如此超越常理的程度。

「……嗚、呼！該死……！」

梅尼爾大口喘氣，不斷拍打自己顫抖的雙腳。

「吁～……呼～……」

雷斯托夫先生緩緩調整呼吸，緊緊握住手中的劍柄。

葛魯雷茲先生和祿則是把身體靠在門上，勉強沒有倒下。

——我回頭一看，發現那幾位精靈們除了蒂娜小姐以外全都昏過去了。

「啊、啊……！」

就連意識還算清醒的蒂娜小姐也癱坐在地上，全身發抖，眼淚直流。

光是從地底傳來的視線與殺氣，就造成了如此嚴重的傷害。

「……！」

這就是龍。這就是與龍為敵。

……即便早有預料，但這樣超越常理的力量還是讓我不禁戰慄。

和亞龍完全是不同等級。甚至和那個不死神的《木靈(Echo)》相比起來，以戰鬥力來講更強大吧。

「你們……你們打算要挑戰、這樣的存在……？」

蒂娜小姐愕然地如此呢喃。

「是的，我們就是來挑戰這樣的存在。」

我抬頭仰望已近在眼前的紅褐色山脈。

……腦海中浮現《白帆之都》（White Sails），以及《燈火河港》（Torch Port）的和平情景。

在河川或海面上來來往往的白色船帆，充滿朝氣的船歌。

每天賣力工作的人們發出的喧鬧聲。

今後也應當延續下去的日常生活。

「為了奪回山脈，為了找回平穩的日子。」

我重新握起《朧月》（Pale Moon）的槍柄。

如今已使用多年的這把槍，就跟初次握到手中時一樣，彷彿會吸附在手上似地合手。

接著詠唱一句《話語》，點亮槍頭的光。

……我什麼話也沒說，大家便已經重整好了狀態。

手握武器，振作精神，站挺身子。

大家表情都很好啊。我不禁這麼想。

各個都是已做好覺悟的、戰士的表情。

「所以，我們要出發了。」

「唉呀，總會想辦法活著回來啦。」

「沒錯，要做的事情都一樣。」

「……我會加油的。」

「嗯。」

大家各自如此說完後，一同面向門口。

敞開的大門另一側就像教人毛骨悚然的一張嘴巴，只能看到一片黑暗的隧道等待著我們。

「……等等。」

蒂娜小姐的聲音傳來。

於是我轉回頭，看到她站起發抖的雙腳，筆直望向我們。

即便臉色發青，也依然用優雅的動作將手心放到自己左胸前——

「——我們《花之國》(Lhoth dhol)的精靈們絕對不忘此恩。我在此向祖神蕾亞希爾維亞發誓，必定有一天會報答這份恩情。」

她有如在祝福我們般露出笑容。

「願你們的路途上常有善良諸神以及勇氣靈精的保佑。」

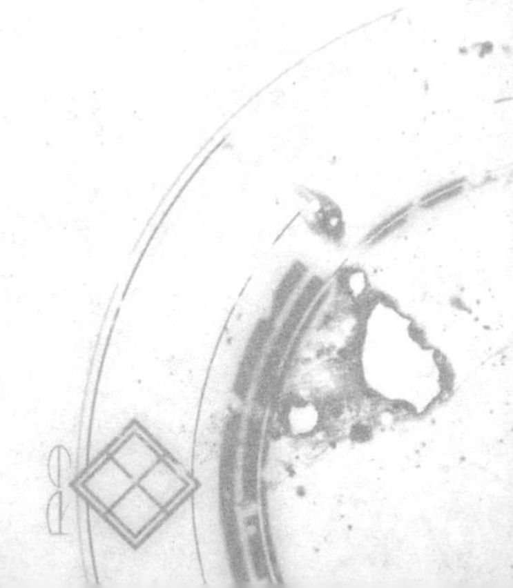

於是大家也同樣笑著點頭回應。

就這樣，我們踏出了步伐。

朝石頭建造的矮人隧道。

朝《鐵鏽山脈(Rust Mountains)》的地底。昔日繁華的《黑鐵之國》的遺跡。黑暗的下坡——

頭也不回地往前邁進。

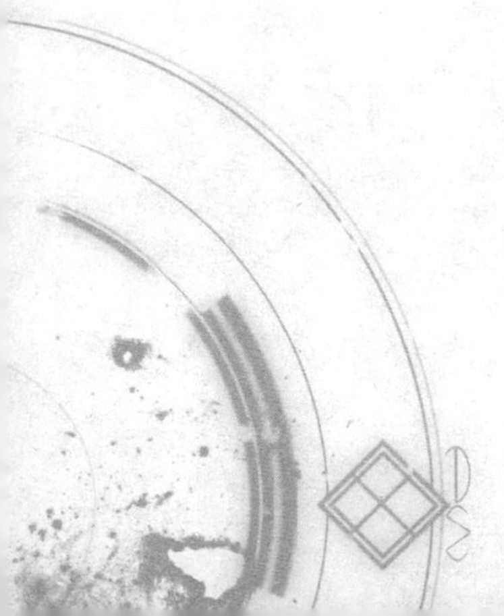

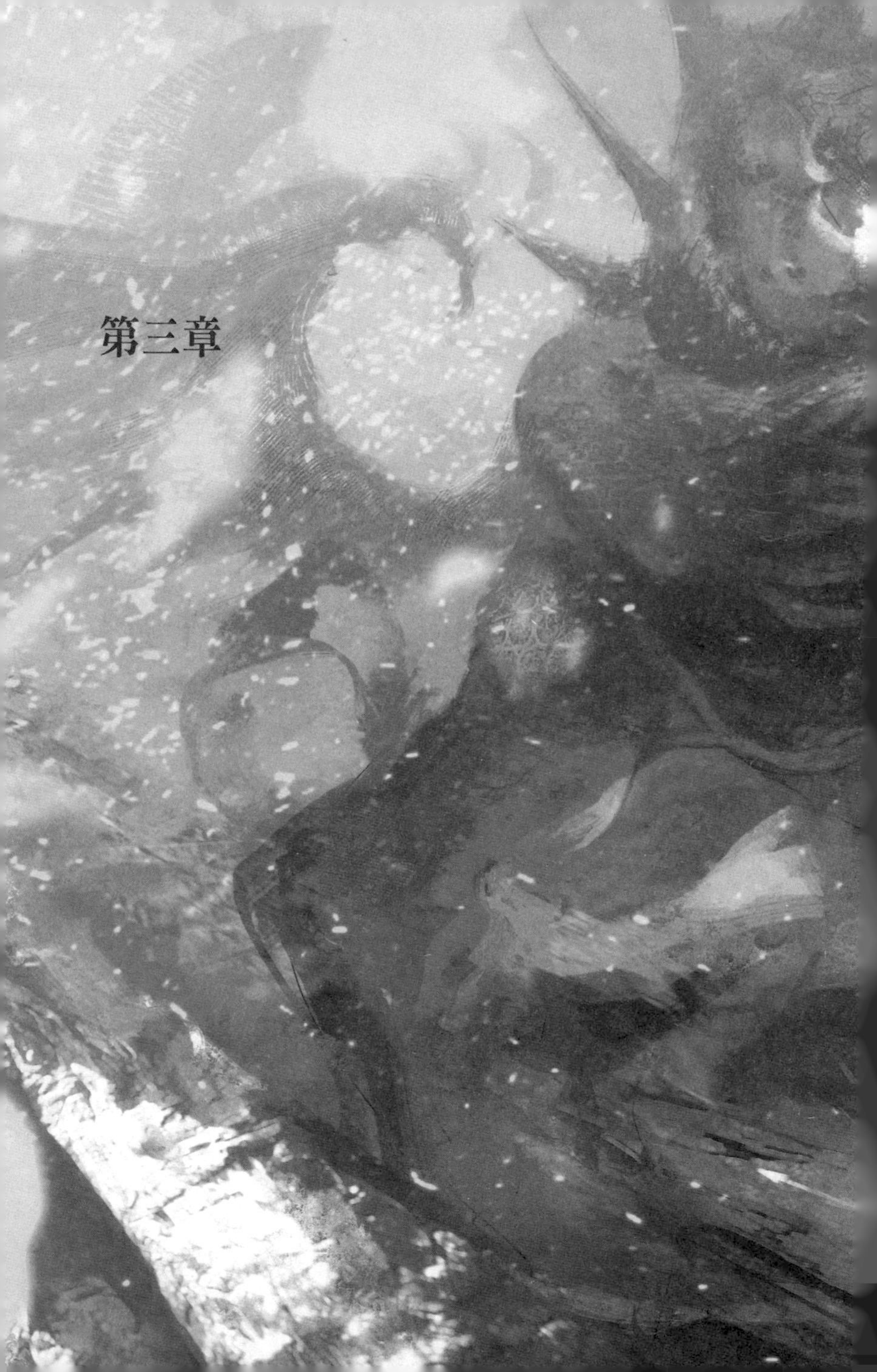

第三章

石頭組成的牆壁，石板鋪設的地面。

進入《西門》後，隧道內部一路看到都是給人堅硬冰冷印象的石造通道。左右寬敞，天花板也很高。想必因為這是與精靈之國交易往來的重要路徑吧。兩百年的空白期間，讓通道內積了厚厚的灰塵。

正常來講，照這狀況就算隧道中布滿蜘蛛網，或者變成蝙蝠、野獸的巢穴而堆積糞便應該也不奇怪才對，然而實際上卻完全沒有那樣的痕跡。

——原因就在於像煙霧般瀰漫在周圍的黑色霧氣，也就是邪龍的瘴氣。

「嗚噁……」

「這地方讓人不想久留啊。」

即使我們身上有施加多重耐毒的奇蹟與魔法，在感官上還是會覺得不舒服。

而且瀰漫的瘴氣也讓視野非常差。

「……真怕會突然遭遇敵人或誤觸陷阱呢。」

「不只是惡魔們的陷阱而已，昔日滅亡的同胞們所設的陷阱沒有被觸發而保留到現在的可能性也無法否定。」

對於祿的擔憂，葛魯雷茲先生也如此點頭同意。

的確，既然當時《黑鐵之國》的矮人們想要擊退入侵的惡魔，想必也設置了許多防衛用的裝置吧……既然如此，恐怕就不只是單純的警報陷阱而已，而是一旦觸動就會當場被殺死的類型。

「關於照明手段，要點火嗎？」

「我想還是不要吧，畢竟可能會有不好的氣體積在這裡。」

雖然照基本觀念來說應該準備魔法燈光與一般燈火兩種光源，以便當其中一邊熄滅時還有另一邊可以照明……但現在這裡是礦坑遺跡，點火搞不好會引燃累積的瓦斯氣體。因此這次我不點火，而是除了《朧月（Pale Moon）》之外也準備幾顆刻有《光的話語》的小石頭，凝聚瑪那後分發給大家。

梅尼爾將那小石頭放進有遮簾的提燈中，方便調整亮度。

那是考慮到可以降低亮度進行斥候偵查的技巧。

「隊伍要怎麼排？」

「梅尼爾，麻煩你走前面，警戒陷阱和惡魔。葛魯雷茲先生也跟在後面。」

由耳朵靈敏、能探查陷阱的梅尼爾負責帶隊。

接著是基於種族特性能夠在黑暗中看得清楚，對地底環境熟悉，而且知道當年《黑鐵之國》內部構造的葛魯雷茲先生。

「我和祿在隊伍中央。雷斯托夫先生就麻煩殿後了。」

隊伍最後方由經驗豐富的雷斯托夫先生負責，警戒來自後方的攻擊。

至於能夠使用魔法而身為最大戰力的我，以及物理性攻擊力很高的祿就安排在隊伍中央，臨機應變。

「對手是惡魔，當中也有會能爬在牆上、天花板上，或者長翅膀能夠飛行的個體。」

因此要注意從意想不到的方向來的奇襲。聽到我這麼說後，大家都點頭回應。

接著我們便出發前進，結果祿一直在東張西望小心四周，於是我小聲補充說明：

「哦哦，我的意思並不是指隨時注意所有方向喔。」

「是這樣嗎？」

「嗯，畢竟那是不可能的事情。」

行住坐臥，能夠無時無刻都全方位不露破綻的人只存在於幻想之中。

畢竟人終究是人，對後方的知覺還是不如前方，而且在敵方地盤中持續保持警戒也會疲憊。

正因為如此，才需要由兩人以上互補警戒方向。

「不過，光是把這念頭放在腦中，反應時的速度就會比較快了。」

當人從出乎預料的方向遭受奇襲時，有沒有在事前聽過「可能會從意想不到的方向遭受奇襲」這點，反應速度上就會有差異。

畢竟遭遇自己完全沒有預想到的狀況時，只要是人無論誰都會一瞬間停止思考，無法動彈。

而我就是為了避免這樣的事情，才保險起見提醒大家的……但仔細想想，祿是第一次參加像這樣的冒險啊。

「現在有梅尼爾和葛魯雷茲先生警戒前方與腳下，有雷斯托夫先生警戒後方，所以我們就把注意力集中在上面跟左右。至於奇襲之類的，只要記在腦海角落就行。另外，這種行動很容易造成精神疲憊，因此我們偶爾要輪班看哨讓其他人休息喔。」

「是！」

我重新淺顯易懂地說明後，祿便很有精神地點頭回應。

他的學習速度真的很快。

畢竟他在近身戰的技巧上進步神速，想必對這類探索行動的基本知識也很快就能習慣了吧。

「——……」

後來我們沿著筆直的通道走了好一段距離，路上大家都默默不語。

梅尼爾偶爾會向背後伸出手掌讓全部人停下，然後豎耳傾聽或者拆除陷阱。

雖然設置型的弩弓之類因長年劣化失去張力而已經不具傷害性，但陷阱穴或刺球等等就並非如此。

梅尼爾總是可以輕易發現這類有害的陷阱，在發動地點做記號或是拆掉機關，非常熟練地使陷阱失效。

「差不多快到《岩石大廳（Rock Hall）》了。從那裡開始會分成相當多岔路。不過……」

葛魯雷茲先生看著梅尼爾解除陷阱，同時簡短地小聲說道……

「真是意外。」

然後又附加了這麼一句話。

我也感到同意地點點頭。

「沒錯……**路上居然都沒有遇到惡魔襲擊**。」

而且是一次都沒有。

明明我們很明顯已經被龍發現，敵人卻遲遲都沒有出來迎擊的跡象。

「呃、請問、那代表龍和惡魔之間並非團結一致的意思嗎？」

「現在還不能斷定啦。搞不好是聚集在那個《岩石大廳（Rock Hall）》埋伏我們吧？」

在寬敞的場所半包圍起來齊射箭雨解決對手之類的，可說是慣例啊。梅尼爾如此說道。

的確，將敵人引誘到自己陣營深處再包圍殲滅，是相當有效的手段。

「反過來講，要是在《岩石大廳(Rock Hall)》也沒遇上埋伏——」

「嗯，那就代表祿的推測沒錯了。」

畢竟葛魯雷茲先生剛才說過，從《岩石大廳(Rock Hall)》會分成很多岔路。

要是讓我們進到那些岔路中，惡魔們就會難以捕捉我們的下落了。因此無論任何指揮官肯定都會把迎擊戰力安排在《岩石大廳(Rock Hall)》才對。

如果沒有那樣安排，唯一的可能性就是惡魔的指揮官根本還沒察覺到我們入侵。

換言之，那就是剛才那視線的主人瓦拉希爾卡和惡魔陣營之間並沒有合作的最好證據。

正當我如此思考並繼續前進時……

「…………等等。」

梅尼爾向背後伸出手掌，讓大家停下腳步。

接著朝微彎的通道另一頭豎耳傾聽。

「怎麼了？」

「有聲音。鏘鏘的金屬聲響，還有走來走去的腳步聲。」

我們小聲交談。

「……有人埋伏？」

「不知道。唯一可以確定的就是那裡絕對有什麼東西。」

「前面就是《岩石大廳（Rock Hall）》了。」

「呃，也就是說，那個……」

是惡魔陣營的埋伏。這樣判斷應該沒錯。

於是大家互相點頭後，握起武器。

「我和葛魯雷茲先生拿盾牌當前鋒。」

我說著，取下背後的大盾。

只要用這塊幾乎可以把身體大半都遮掩起來的盾牌與葛魯雷茲先生互相掩護，即使穿出通道的瞬間就遭到對手半包圍射擊應該也能撐住。

而我就趁機掌握敵方的戰力，判斷接下來是要直接衝進去用魔法掃盪對手，還是退回通道再應對攻勢，臨機應變吧。

「梅尼爾從通道邊掩護我們，祿和雷斯托夫先生在通道待命，伺機行動。」

我簡短指示大家各自的任務。

重組隊形後，我們降低照明亮度，盡可能放輕腳步聲往前行進。

「…………」

在《岩石大廳（Rock Hall）》入口前停下之後，我把握著短槍的手舉到大家都能看到的高度，豎起一根手指。

接著豎起兩根、三根手指的瞬間——我和葛魯雷茲先生架起盾牌往前衝刺。

進入寬敞的空間，瘴氣變得較稀薄了。

那是一塊宛如天花板挑高的巨大圓柱形空間。牆壁上可以看到像螺絲孔般的螺旋狀階梯，各處通往許多通道。

然後——

「哦哦……！」

「是矮人，矮人來了。」

「還有人類……連精靈也有。」

「難道《花之國(Lhoth dhol)》沒有淪陷嗎！」

「你們沒事吧？是從哪兒逃來嗎？」

「有沒有受傷？放心吧兄弟，這裡很安全的。」

大量的聲音在《岩石大廳(Rock Hall)》中響起。

「哦、哦……」

葛魯雷茲先生頓時表情扭曲。

「嗚……」

我也忍不住咬起牙根。

「戰局如何了？」

「總之你們先到這邊來。」

「沒錯，一路上肯定吃了不少苦吧。」

許許多多的骸骨對我們如此說著。

聚集在堅固的防禦柵欄內。

身穿鎧甲，手握戰斧，背負盾牌，戰意相當高。

恐怕是被生前的執著吞噬了大半理性之下成為的不死族。

至今無法理解自己的現況，長年來持續戰鬥。

——為了守護他們其實早已失去的故鄉。

「……大家、啊。」

葛魯雷茲先生緊緊閉起雙脣，不斷吸氣、吐氣後，勉強擠出聲音般如此說道。

「哦哦。」

「這不是葛魯雷茲嗎。」

「你不是脫逃出去了？」

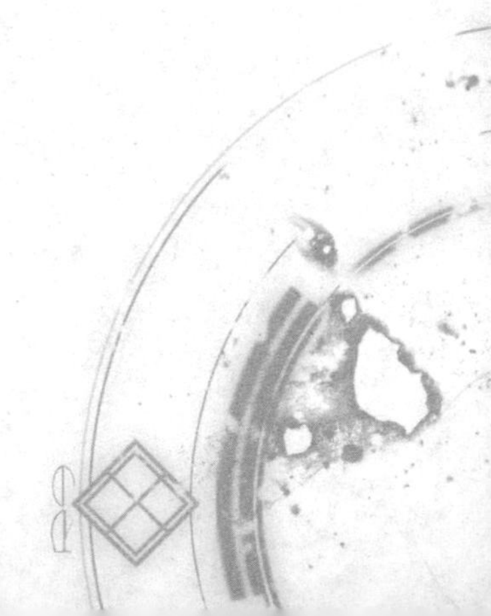

「其他人民呢？大家可平安無事？」

「為什麼你會在這裡？」

缺少眼球的骸骨們並沒有正常的視覺能力。

想必是靠某種超乎常理的知覺進行判別的吧。

「你總不會是脫離隊伍自己跑回來的吧？」

「哈哈哈，真像你的作風。」

「小心被隊長們揍啦。」

「不過，勇氣可嘉。」

「沒錯。只要有你在就可抵百人之力。來，一同戰鬥吧。」

骷髏人們咯咯地笑著。

葛魯雷茲先生則是想說些什麼，卻又把話卡在喉嚨，最後什麼也講不出口。但想必誰也無法怪他。

「…………」

是不是應該由我將他們送返輪迴？

就在我如此想著並準備往前踏出一步時，我的肩膀忽然被人抓住。

我回頭一看……

「……祿。」

是祿。溫道祿夫站在那裡。

他的表情前所未有地嚴肅。眼眸中綻放出凜然的光芒。

「由我——應該由我來說。」

祿說著，邁出步伐。於是我目送他往前走去。

因為我覺得自己沒有必要插手了。

「君主？」

「奧魯梵格爾大人？」

「不對，他不是君主。君主應該在王座之廳才對。」

面對那群騷動的骷髏人們，祿挺身踏出一步。

「我名叫溫道祿夫！」

將《金剛力》的長柄戰斧敲到石板地面上。

「吾乃繼承《黑鐵之國》最後的君主——奧魯梵格爾血脈之人！」

聽到他這句宣告，骷髏人們更加騷動了。

「最後？」

「才不是最後。」

「只要我們還在。」

「沒錯。」

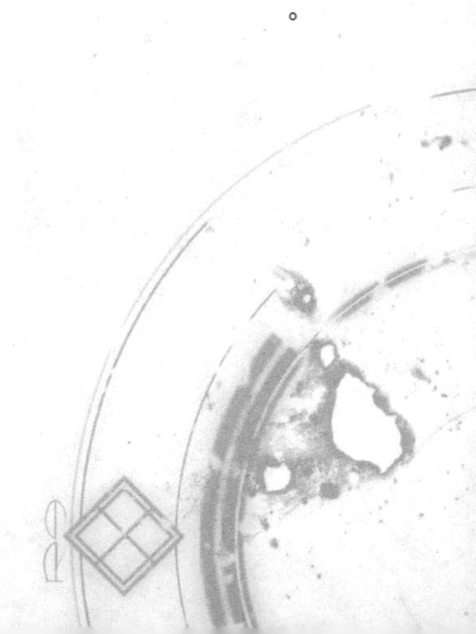

「看哪，咱們依然士氣高昂。」

「只要咱們還站著，《黑鐵之國》便不會滅亡。」

「沒錯，不會滅亡。」

「不會滅亡。」

對於四處傳來的大喊聲，祿沒有回應，而是轉頭環視周圍。

「真是出色的防禦柵欄——構造精良。想必是持續修建、改良的成果吧。」

他的臉上浮現出難以用一句話簡單形容的複雜表情。

在自己從未到訪過的故鄉眼見的這片情景，究竟他現在心中作何感想？

「那當然。」

「這可是傾盡了咱們的技術精華。」

「絕對不會讓那群惡魔們從《西門》入侵。」

「《黑鐵之國》絕不滅亡。」

「對，絕不滅亡。」

他們口口聲聲不斷否定滅亡的聲音。

「這樣啊——可是。」

祿將那些聲音全聽進耳中，接著……

「可是，即便如此！《黑鐵之國》依然滅亡了！」

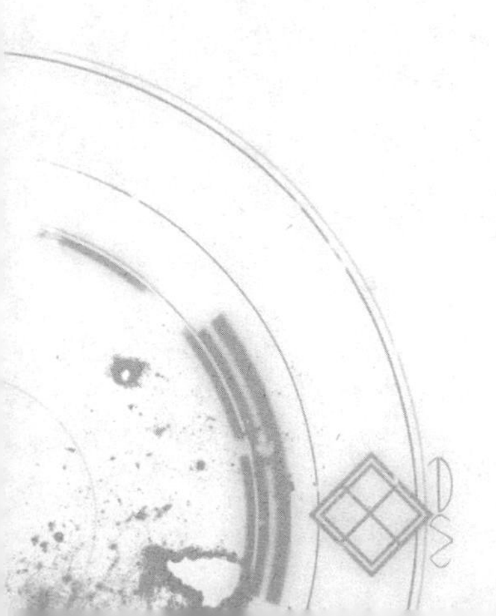

如此大叫。

是伴隨身體撕裂般劇痛的吶喊。

「戰士們全死了！君主奧魯梵格爾死了！《花之國(Lhoth dhol)》悲慘凋零，《黑鐵之國》化為了龍與惡魔棲息的《鐵鏽山脈(Rust Mountains)》！」

葛魯雷茲先生、梅尼爾與雷斯托夫先生。

大家都不發一語。

「那種事情、怎麼、可能？」

「絕不會滅亡。」

「《黑鐵之國》絕不會滅亡。」

「不會滅亡啊。」

只有骷髏們發出宛如呻吟般的聲音——

「各位也早就知道了！勇敢的矮人戰士們，不要逃避現實！」

但祿的話語持續衝擊著他們。一次又一次。

……不知不覺間，骷髏們的聲音也漸漸消失。

在他們根本已經沒有表情可言的臉上，我感覺好像看到了絕望。

「不過……」

祿深吸一口氣，發出更加響亮的聲音。

「不過，戰士們！」

他再次用《金剛力》的長柄戰斧敲打石板地面。

透徹的聲響使人不禁挺直腰脊。

「我祖父奧魯梵格爾對邪龍報了一箭之仇，奪去了牠一隻眼睛！這可是連神明也讚嘆的英雄事蹟！」

祿嘹亮的聲音響徹《岩石大廳》。

「而我，溫道祿夫，決心繼承祖父的偉業而來到了這裡！隨同這群當代的英雄們！」

他的背……已經完全不駝了。

「各位戰士們！《黑鐵之國》已亡！

確實已經滅亡了！但是，吾等的祖神布雷茲，以及燈火女神葛雷斯菲爾啊！請在諸神的聖座上聽我說吧！」

沮喪低頭的骷髏人們又紛紛把頭抬起來。

「——我在此發誓！向善良諸神以及眾多祖靈們發誓，我必定會讓《黑鐵之國》找回昔日的繁榮！」

彷彿在胸口中點亮一盞火，飽含熱量而強勁有力的話語。

原本總是畏畏縮縮的駝背矮人，如今已不在了。

「爐火尚未熄滅！藉燈火點燃擴散的火焰必將鐵鏽去除，使《鐵鏽山脈》再次成為《黑鐵山脈》！」

在我眼前的，是一名王者。

「哦……」

「噢噢、噢……」

「啊啊……」

祿接著親自走向每一位骷髏人面前。

握起他們的手，讓想哭的臉露出微笑，對他們說道：

「所以，已經夠了，你們休息吧……辛苦大家了。」

聽到他這麼說，骷髏人一個接著一個化為塵土。

好一段時間中，《岩石大廳（Rock Hall）》內不斷響起戰斧、盾牌與鎧甲掉落到地面的聲音。

最後一名骸骨崩落之後，祿轉過頭來。

他的表情與以前判若兩人。

是至今各種經驗改變了他，還是剛才那一瞬間改變了他，或者也許兩者都有吧。

人雖然都有總是難以改變的部分，不過偶爾也會有轉眼間彷彿變了一個人的時候。

「公子，太好了……您說得太好了……」

葛魯雷茲先生感動不已地如此說道。

「就讓咱們擊敗那群惡魔，務必達成所願。在下即便要賠上這老骨頭的性命，也絕對會守護公子……」

「你要是賠上性命，我會很傷腦筋的。」

祿苦笑說道。

「我還有好多好多事情要跟你學習啊。」

像是關於這座山的事情，關於戰鬥的事情。

就在祿態度輕鬆地如此說完時，梅尼爾拍了一下他的肩膀。

「什麼復興國家，居然立下那麼麻煩的誓言，你也太傻了吧。」

其實你只要稍微意思一下就好的說。對於如此表示的梅尼爾，祿搖頭否定：

「不，一點都不傻。」

「欸？」

「跟威爾大人或梅尼爾大人的誓言比起來，至少還有個明確的終點，所以還不到兩位的程度啊。」

聽到祿開的玩笑，梅尼爾也「這下是我輸啦」地笑了起來。

接著，雷斯托夫先生用一如往常的態度點點頭。

「為了實現誓言，首先必須獲勝，然後活下去才行。」

「是！」

祿對雷斯托夫先生點頭回應後，重新看向我。

「……威爾大人，讓您久等了。」

我們出發吧，請下指示。

對於他這樣謙卑的態度，我不禁苦笑。

「你不用再叫我大人了啦。」

「咦？」

「再怎麼說也不能讓一位國王當自己的從者吧。」

畢竟有體面或權威之類的問題。

既然祿立志要奪回國家成為君王，我總不能讓他一直表現得這樣謙卑。

因此騎士和從者，師父和徒弟的關係就到這邊為止吧。

聽到我這麼說，祿忽然慌張起來。

「咦！不，可是威爾大人……！」

「我就說不要再叫我大人了嘛。你剛才的決心和誓言總不是騙人的吧？」

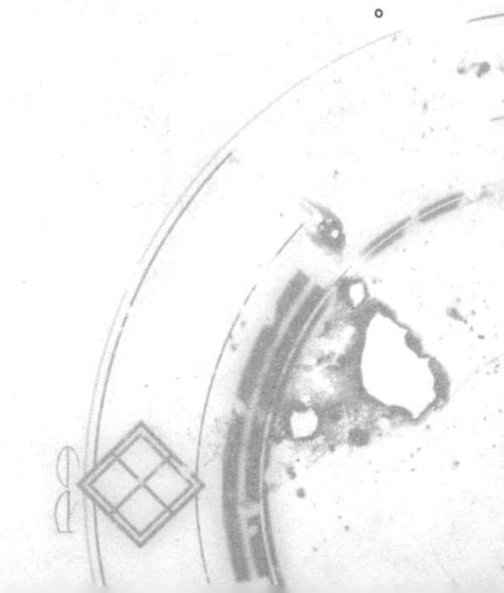

「那當然！」

他立刻回答我後，邁步走過來抬頭看向我。

「對神與祖靈立下的誓言絕無虛假。不過……」

用堅定的語氣……

「即便如此，威爾大人還是威爾大人……是我由衷尊敬，獨一無二的騎士。」

加上尋求依靠似的眼神被他如此一說，我也不由得心軟了。

他的手握在我送給他的布拉德那把短劍的劍柄上。

「……這樣啊。」

「就是這樣。」

就算成為了君王，這份尊敬的心也不會改變。

如此表示的祿看起來意志相當堅定。

「那就沒辦法啦。」

「是的。」

「另外，祿。」

我露出笑臉，拍拍他的肩膀。

「你做得很好，表現得非常出色……他們肯定走得很幸福的。」

「是！」

祿用開朗的笑臉點點頭後……像是忽然想到什麼事情似的，浮現出複雜的表情。

「……請問我是不是也應該多少感謝不死神呢？」

「…………」

對於信奉燈火之神的我來說，這問題很難點頭同意。不過……

那些人能夠帶著幸福離世，毫無疑問是因為有斯塔古內特的庇佑。

然而，害他們兩百年來都被執著蠱惑的也是不死神的庇佑。

因此我只能露出複雜的表情。

「如果只是稍微感謝一點點，應該沒關係吧。」

聽到我這麼說，祿也露出苦笑，稍微對不死神也禱告了一下。

雖然我總覺得神明大人應該不會有好臉色，但我也只能在心中道歉，請祂諒解了。

我們接著休息一下後……

「好啦。」

「嗯。」

對話告一段落，大家各自重新握起武器。

各處通道可以感受到有氣息從遠方接近。

沉重的腳步聲。輕盈的腳步聲。

物體拖在地上的聲音。軋軋作響的聲音。奇怪的鳴叫聲。

「雖然是有必要的事情，但我們似乎拖了一點時間啊。」

看來惡魔們總算也察覺到我們入侵了。

不過，已經太遲啦。

「來，我們走吧。去奪回《黑鐵山脈》，奪回矮人的國家。」

我高舉短槍，如此說道。

接下來的事情非常單純。

我們只要前進，不斷往前邁進。

然後殺敵、殺敵再殺敵。

「向葛雷斯菲爾的燈火立誓！」

往前刺出的短槍把我眼前細如鐵絲的惡魔像蝙蝠般的翅膀當場貫穿。

「！」

接著在對手掉落下來時狠狠一腳踹開。

護腳傳來強烈的衝擊。毫無疑問是踢碎了敵人的頭部。

但我並沒有特地去確認，而是繼續揮舞《朧月(Pale Moon)》。

「喝！」

把好幾隻小型惡魔一併橫掃，甩到牆壁上撞死。

雖然是沒有什麼招式技巧可言，完全靠蠻力的一擊，不過在混戰之中與其花腦筋想東想西，不如硬拚蠻幹還比較有效。

只要有經過鍛鍊的肌肉所發揮的暴力，面對大致上的問題都有辦法解決啊。

接著順勢把剩下的零碎敵人都解決掉，擊退了來自隊伍後方的襲擊後，我轉回身子一看。

大家正強力壓制著隊伍行進方向前的一群惡魔。

……前後夾擊雖然是相當強力的戰術沒錯，但如果沒有足夠夾殺對手的力量，就會變得單純只是把自己的戰力分散，被對手分別擊敗的份而已。

在橫幅寬敞的石造通道中，惡魔們接連化為粉塵散去。

「呼……！」

在隊伍前頭表現得特別勇猛的，是雷斯托夫先生。

他簡直可以說是不斷前進的死亡化身。

只要遇上敵人就立刻衝進攻擊範圍內，從基本架式使出神速的突刺殺掉對手。

就算在極少情況下被對手撐住，或是遭到複數敵人同時攻擊，他也能靠不容分說的連續攻擊全數解決。

——雷斯托夫先生所做的事情，簡單來講其實就只是這樣。然而也正因為如此，使他能如此強大。

無論遇上什麼對手，總之就是先發制人，總之就是一擊必殺。

遇敵的當下就使出自己最強的一擊收拾對手，絕不讓對手掌握戰鬥步調。

非常單純，就是不斷『用自己的強大壓制對手』的類型。

若真的想讓他露出破綻，只能靠極為高明的奇策，不然就是單純在實力或人數上凌駕雷斯托夫先生的處理能力。然而雷斯托夫先生可是等級相當高的用劍高手。

而且現在又加上古斯的《記號》增強，使雷斯托夫先生慣用的那把愛劍變得更加凶猛了。

像剛才有幾隻惡魔企圖從雷斯托夫先生的攻擊範圍之外使出射擊和魔法，卻當場被那把劍『會伸長的突刺』從喉嚨貫穿到脊隨，崩散為粉塵。

對方根本束手無策。

「喝啊啊啊啊啊！」

而祿則是從雷斯托夫先生那樣的戰鬥方式中學習到相當多的東西。

他的學習能力本來就很好，有如海綿吸水般總是能立刻吸收各種招式或觀念。

不過現在的他比平常更加厲害。

就像是把雷斯托夫先生乾脆直接的攻擊態度完全複寫到自己身上似的，祿毫不猶豫便衝進敵人密集的地方，趁對手還來不及反應就揮出《金剛力》的長柄戰斧一口氣橫掃。

又粗又厚、外觀像前世的交通標誌之類的戰斧伴隨劃破空氣的巨響接連砍殺惡魔們的畫面，看起來相當壯觀。

無論怎樣的敵人現身，總之就是靠自己異於常人的怪力與厚重的武器壓制對手，粉碎一切防禦手段擊敗對方。

這大概就是祿從雷斯托夫先生身上學習到的戰鬥模式吧。

像剛才有三隻惡魔同時撲向他，卻被大動作揮舞的長柄戰斧一併砍成兩半了。

簡直有如一個小小的旋風。

「……接下來應該會有岔路，往右走。」

相對地，葛魯雷茲先生倒是不太出手。

他始終只是在後面看著雷斯托夫先生與祿以驚人的速度不斷製造惡魔屍體，並適時指示要前進的道路。

然後偶爾會緩緩做出動作——

「哼！」

對還有一口氣的惡魔給予致命一擊，或是架起大盾掩護雷斯托夫先生和祿較細微的破綻。

……行動一點也不顯眼。

不過隊伍中有這樣一個保存餘力的預備戰力，當遇上萬一的時候可以前後替換接手，是相當重要的安心要素。

雷斯托夫先生和祿能夠像那樣盡情戰鬥，也要歸功於有葛魯雷茲先生在後方支援吧。真是低調帥氣。

「多虧這些強勁的前鋒，讓我輕鬆多啦。」

梅尼爾開著玩笑的同時，射出弓箭。

《銀弦》奏出輕快的聲音，真銀製的箭頭在空中劃出一道閃光。

從通道深處的一片黑暗與瘴氣中傳來慘叫。我們接著繼續前進，便看到《隊長級(Commander)》的惡魔被貫穿心臟死亡的屍體，正漸漸化為粉塵。

長有翅膀的妖精們呼應梅尼爾的口哨聲，嬉鬧似地在空中飛舞，將射出的弓箭回收到梅尼爾手中。

收下弓箭的梅尼爾一反他臉上的表情，視線倒是絲毫也沒鬆懈。

一下操縱土妖精絆倒危險的惡魔，一下又透過風妖精使對手無法發出《話語》。

在關鍵時刻靠妖精們進行的支援行動都精準無比，徹底發揮出他身為游擊手的本領。

「而且也多虧惡魔成群湧來，讓我省得注意陷阱啦。」

惡魔們一群接一群出現，其實也並非完全是壞事。

既然是惡魔們能夠成群來襲的通道，就表示前方危險的陷阱都已經被拆除，或者即便有剩下也已經被惡魔的小兵們觸動過了。

我們接著再通過，危險性就很低。

也正因為如此，我們才會解除原本的隊形，讓突破能力較強的祿和雷斯托夫先生擔任最前鋒。

「威爾，那邊靠你一個人沒問題嗎？」

「嗯。從後方的攻勢沒那麼強，靠我一個人就行了。」

雖然敵方為了給予我們壓力，偶爾也會從隊伍後方來襲，但這些都由我一個人負責，全數排除掉了。

……由惡魔組成的軍團會比起人類的軍團更加棘手。畢竟《士兵級》(Soldier)的惡魔各個都是不怕死的凶猛戰士，《隊長級》(Commander)更是有許多會使用魔法或祝禱的對手。

若是在寬敞到某個程度的場所，被大量不怕死的《士兵級》(Soldier)惡魔帶入混戰，然後《隊長級》(Commander)或《將軍級》(General)的惡魔從遠距離反覆攻擊，就算是我搞不好也會難以對付。

正因為如此，我才會在入侵都是隧道的《黑鐵之國》之前，採取了那種攻其不備的奇襲手段。

只要讓戰況發展成現在這樣，我方就會有十足的勝算。

剛才也有說過，前後夾擊的戰術如果沒有足夠夾殺對手的力量，就會變得單純只是把自己的戰力分散，被對手分別擊敗的份而已。

「自己一個人殿後還那麼游刃有餘，你這傢伙還是這麼超乎常人啊。受不了。」

「也沒那麼誇張啦。」

要是今天只有我一個人，再怎麼說也差不多要因為精神疲勞的累積而開始犯錯了吧。

就是因為有可以託付自己背後的夥伴們，我才能如此亂來的。

「葛魯雷茲先生，現在我們到哪裡了？」

「咱們避開容易遭敵人包圍的主要通道，抄近路來到第三層了。接著很快就會抵達《光之間》……然後龍恐怕就在更深處的《大空洞》。」

我們單調反覆地擊敗來襲的敵人並繼續前進。

惡魔們的將領究竟在什麼地方，我們並不清楚。

不過在這座矮人族的地下王國中，能夠讓龍長年沉睡的場所很有限。

「咱們的祖先過去將地底湖淤積的水抽掉所造出來的《大空洞》……是《黑鐵之國》中相當於根部的場所。」

龍恐怕就坐鎮在那裡，等待我們。

——那隻黃金獨眼的《災厄鐮刀》。

然後……

「惡魔們應該也已經察覺到我們正朝龍的地方行進……如果要迎擊我們呢？」

「應該就在前面的《光之間》了。那是昔日的君主奧魯梵格爾發表最後演說的王座大廳。」

「……要奪回來才行。」

祿小聲呢喃，而我也點點頭。

「嗯，奪回來吧。」

把王座，還有王冠。

雖然只是單純的象徵，但也因此非常重要。

「想也知道會很麻煩的說，真是好事。唉呀，我也會支援啦。」

「沒錯……所有被奪走的東西，都應該搶回來。」

梅尼爾和雷斯托夫先生也點點頭，同時繼續打倒惡魔，往前邁進。

惡魔們雖然如雲霧般不斷湧出，但多半都是《士兵級（Soldier）》的小兵，再強也頂多只是《隊長級（Commander）》而已。

在這群資深的戰士面前，根本和稻草人沒兩樣。

蜿蜒、分歧，時而分成上下，或造有階梯的昏暗石頭通道，我們一段又一段地突破、前進。

忽然，在前方看到了光芒。

「……咦？」

是和地下空間格格不入的、強烈而溫暖的光。

從長方形入口散出來的光芒，彷彿是通往光明世界的入口——踏進其中，便來到一處明亮的地方。

排列有好幾根柱子的廣大空間。

白色的天花板，看不到接縫的光滑地板。

天花板上到處有將透徹的水晶切割之後，刻上《記號》製成的魔法照明裝置。

有如重現陽光般美麗而耀眼。

……不需要說明就能知道，這裡是君主的王殿——《光之間》。

從入口處一路排列的柱廊深處，正前方便是王座。

雕飾優美的王座上……

「……」

可以看到一隻惡魔的身影。

用沒規矩而缺乏品味的姿勢坐在王座上的惡魔，我該怎麼形容才好？

首先浮上我腦海的一句話，是『人類外型的昆蟲』。

如吉丁蟲般的綠色甲殼覆蓋在兩公尺高的健壯身軀表面，看起來就像是身穿鎧甲的武士。

手中握著一把粗到嚇人的刺棍(spiked club)。

狀如鉗子的嘴部完全就是昆蟲的口器，而長有觸角的頭上——不知是什麼惡劣的玩笑，竟戴著一頂王冠。

我記得那是《將軍級(General)》的惡魔——斯卡拉貝爾斯。

「……威爾大人。」

盯著那惡魔一段時間後……

「請讓我來。」

祿用嚴肅的表情對我如此說道。

「祿，不，溫道祿夫……祝你好運。」

「感激不盡。」

祿說完後，便頭也不回地往前走去。

「呃，喂！」

「沒關係，梅尼爾，讓他去吧。」

「等等，喂！那是《將軍級(General)》吧！再怎麼說也……」

「即便如此，這還是屬於祿的戰鬥。」

聽到我這麼斷言，梅尼爾便閉上了嘴巴。

雖然他似乎還不太能接受，不過——

「這是賭上王座的君王之戰啊。」

論戰士的驕傲，我絕不能讓任何人插手這場戰鬥。

在光線明亮的柱廊空間中。

祿朝著設置於高處的王座走去，腳步勇敢凜然。

「……」

相對地，甲蟲惡魔——斯卡拉貝爾斯則是讓慵懶坐在王座上的身體站了起來。

握在他手中的刺棍可以感受到瑪那漸漸凝聚的氣息。

即便是像昆蟲一樣缺乏表情的外觀，也能看出他對眼前這個小個子的挑戰者極度輕視，以及對自己的力量近乎傲慢的自信。

……就算自己的軍隊被對手如此砍殺，自己的地盤被如此蹂躪，只要靠自己的力量收拾狀況就一點問題都沒有。他大概是抱著這樣的確信吧。

「那張臉教人討厭。」

目送祿的背影離去的葛魯雷茲先生再度把視線看向斯卡拉貝爾斯，如此小聲呢喃。

我也認同他的講法。

然而，那惡魔近乎傲慢的自信也並非完全沒有根據。

那甲蟲惡魔實際上就攻陷了《黑鐵之國》。

即便有藉助於邪龍的力量，但他還是擊潰了當時不惜死戰的矮人軍團。

因此──

「他很強。」

如果那就是《上王》軍團派遣到《黑鐵山脈》的總指揮官，實力恐怕可以匹敵我在《柊木之王》的王座交手過的長角惡魔科爾努諾斯，甚至可能更強。

雖然以人類的狀況來說，指揮官的階級不一定與武力強弱成正比，但惡魔中階級較高的個體必定都較強且聰明。

……若交給我來對付，應該會比較有勝算。

即使對手看起來很硬，又帶有效果不明的魔法武裝，我想我還是可以硬拚過對方。

然而對祿來說——恐怕難度還很高吧。

「就為了什麼戰士的矜持，你要送他去死嗎？」

梅尼爾如此說著，露出苦澀的表情。

「……指導過那傢伙的，可不只有你啊。」

「說得沒錯。」

雷斯托夫先生也點點頭。

「但不管怎樣……」

「是的，我們大概也沒有餘力插手吧。」

就在祿逼近與斯卡拉貝爾斯之間的距離時……惡魔的口器忽然發出教人毛骨悚然的聲音。

同時，《光之間》原本耀眼的光芒變得陰暗下來。

是長有翅膀的惡魔們從各處飛落下來，遮住了刻有《記號》的水晶發出的光線。

「呿！」

梅尼爾發揮快到看不清楚的連續射擊，接連射穿好幾隻惡魔。

惡魔們紛紛落到光滑的地面上。

……沒錯。不管怎麼說，惡魔們都不會有只讓雙方代表單挑的情感，而且那樣對他們也沒好處。

想也知道他們肯定會在這裡包圍我們，所以我才會允許祿的要求。

「原來是這樣……！喂，祿，要是覺得打不過就想辦法撐到我們這邊打完，釘住那傢伙！別死啦！」

如果祿能打贏當然最好，但就算打不贏，只要靠我方『較弱的棋子』纏住對方『較強的棋子』，就能使戰局對我方比較有利。

今天若換成布拉德可能就是不抱任何打算，單純鼓勵單挑。但我對於戰鬥沒有追求浪漫到那種程度，而是抱著計畫打算的。

「謝謝您，梅尼爾大人！不過……」

不過，我也沒有輕視浪漫的意思。

驕傲、責任、使命——像這類無形的感情所產生的熱量，有時候甚至能發揮出推翻預測與打算的力量。

「我會贏的！我會贏過這傢伙！」

祿大聲吶喊。

「……對燈火立誓！對火焰立誓！山中居民必定將你討伐！」

隨著勇猛的戰士咆哮，祿朝著惡魔大將衝去。

「嘗嘗矮人之斧的滋味吧！」

長柄戰斧劃出弧線，砍向惡魔將領。

惡魔舉起棍棒迎擊長柄戰斧。

棍棒散出木片，當場架開了戰斧。

「啊啊啊啊啊！」

祿收回戰斧，緊接著揮舞，以強烈的氣勢連續攻擊。

以矮人來說身材較高的祿揮動起長柄戰斧，在攻擊距離上稍微比手握棍棒的斯卡拉貝爾斯要有優勢。

祿大概就是打算活用這點，徹底保持在對手的攻擊範圍之外連續攻擊，讓我忍不住回想起拿巨劍時的布拉德。

不過我也沒有餘力仔細觀戰。

在《光之間》中到處可以聽到大量的腳步聲與尖銳的武器聲響，以及呻吟與慘叫迴盪。

從剛才我們進來的入口處不斷有《士兵級(Soldier)》的惡魔群嘗試衝進大廳，卻接連被雷斯托夫先生和葛魯雷茲先生兩人擊敗。

雷斯托夫先生有如暴風般突刺、揮砍、橫掃瑪那形成的劍刃。

即使有少數個體突破那暴風圈，還是被待命在一旁的葛魯雷茲先生擋下、擊斃。

就好像獅子不會害怕成群的羚羊，野狼不會害怕成群的山羊般。

那兩名老練的戰士對多如蝗蟲的惡魔們絲毫不感到恐懼，反而將他們一群接一群殲滅。

「…………」

我也朝手握彎刀砍過來的惡魔架起短槍。

想必是事先埋伏在大廳各處的惡魔們陸續現身了。

大部分都是《隊長級(Commander)》——甚至有強度接近《將軍級(General)》的高等個體。

我揮舞《朧月(Pale Moon)》，將他們一隻不漏地刺穿、重擊、消滅。

就在這時，我忽然感到後頸發涼。

「…………！」

於是我靠直覺往後仰開後，某個東西劃過了原本我喉嚨所在的位置。

緊接著第二擊、第三擊，斬擊與突刺不斷攻來。我幾乎是靠直覺擋開，並往後一跳，拉開距離。

明明有感受到擋開了什麼東西的手感，卻還是什麼也看不見。

「《落下(cadere)》《蜘蛛網(araneum)》！」

於是我詠唱《話語》，放出魔法的蜘蛛絲(web)。

蜘蛛絲(web)在看似什麼都沒有的位置纏住了某種東西。

是靠《隱身的話語(invisibility)》隱藏身影嗎？或者本來就是看不見的惡魔？

但現在沒有時間確認了。我趕緊朝掙扎想要擺脫蜘蛛絲的那東西揮出短槍，當場擊斃。

「有看不見的敵人！」

「該死，有夠麻煩的！『諾姆與西爾芙啊，攜手共舞吧！黃土旋風，沙塵帷幕！』」

聽到我大叫之後梅尼爾便立刻呼喚風的妖精，讓大廳中颳起帶有塵土的強風。是《黃土沙塵(ochre dust)》的咒語。

他接著朝沙塵不自然扭曲的位置陸續射出弓箭或匕首，慘叫聲隨之而來。

與大家保持一定距離的梅尼爾穿梭在戰場各處，優先對付飛行類的惡魔、會使用咒語的惡魔或擁有像這類棘手特性的個體，以驚人的速度一一處理收拾。

多虧如此，讓我不太需要警戒敵人的特殊攻擊，能夠打正面靠蠻力硬拚對手。實在感激不盡。

然而，我也不能都不動腦子。

「《奔跑(currere)》《油(oleum)》！」

揮掃完短槍後緊接著吸一口氣，放出《話語》讓油脂(grease)灑滿地板，敵人中好幾個集團便滑倒在地上了。

全身沾滿油脂(grease)、想盡辦法要逃脫的惡魔們陸陸續續被我的槍頭貫穿。

古斯傳授的這些專門限制敵方集團行動的魔法，通用性依然是這麼高。

「呼……」

等敵方攻勢減緩後，我瞥眼確認了一下周圍狀況。

雷斯托夫先生與葛魯雷茲先生始終保持優勢。

至於祿則是——

「喝啊啊啊！」

靠他自身的怪力連續高舉武器揮下強烈的攻擊後，突然又改變軌道，使出犀利的掃腿攻擊。

說是掃腿，但他使用的可是帶有利鉤的長柄戰斧。

斯卡拉貝爾斯的左腳踝當場被砍個正著。

「■■■■！」

蠢動的口器發出異於人類的慘叫聲。祿接著又朝失去平衡的惡魔踏出一步。

長柄戰斧被高高舉起。

他想藉此一決勝負了。

——霎時，惡魔發出奸笑。

斯卡拉貝爾斯躲開戰斧，跳起身子。

彷彿腳踝根本沒受到重傷似的。

「……！」

不對，不是『彷彿』而已。

他的傷勢真的**消失了**。

簡直就像什麼奇蹟發生。

「祝禱……！」

當我察覺時已經太遲了。

——渾身解數的一擊遭對手躲開的祿，緊接著就被大笑的惡魔揮出棍棒擊中了軀幹。

「咳啊！」

祿的雙腳懸空，就這樣從背部用力撞上柱子。

同時有好幾條瑪那形成的鎖鏈忽然迸出，把祿的身體纏在柱子上——是刻有《束縛記號》的棍棒！

雖然打擊本身似乎靠祿身上的鎧甲撐住了，但還是難免對內臟的衝擊。即使他勉強還握著戰斧——但沒辦法靠蠻力破壞那些魔法鎖鏈。狀況危急！

惡魔們不但各個都是不怕死的戰士，高等的個體有時甚至會使用魔法，或是次元神迪亞利谷瑪的神官。

我應該早有想到對方可能跟我一樣會使用祝禱術的——

「嗚……！」

若狀況允許，我巴不得立刻幫祿施展《魔法消去的話語（dispel magic）》，但實在很難。

有兩隻惡魔從左右朝我襲來。於是我抓準他們攻擊速度上些微的差異，先踹開其中一隻，再立刻轉身刺擊另一隻。

然而在這時候下一隻惡魔已經攻擊過來，我趕緊揮動短槍將他擊倒。

我根本沒有時間出手支援祿。

「該死！」

梅尼爾同樣抽不出手。

雷斯托夫先生和葛魯雷茲先生為了應付蜂擁而至的惡魔們也已經竭盡全力。

從口器發出恐怖笑聲的甲蟲惡魔漸漸逼近被束縛在柱子上的祿。

「祿……！」

我忍不住大叫。

「……沒問題、的。」

在喧鬧的戰場中，我不知為何清楚聽到了聲音。

是依然被綁在柱子上的祿口中說出的話語。

聲音中帶有一股熱量。

「我、不會輸。」

軋軋。堅固的鎖鏈發出軋響。

「……為了誓言，為了同胞們的思念。」

祿滿臉通紅，使出渾身力氣扯動束縛他的鎖鏈。

被綁在一起的柱子開始扭曲、作響、出現裂痕——

「我……」

「——！」

發現這點的斯卡拉貝爾斯趕緊把刺棍（spiked club）高舉起來，但已經太遲了。

「我要奪回、屬於大家的故鄉！」

鎖鏈互相糾纏，柱子當場碎裂。

魔法鎖鏈扭曲鬆開。

為了迎擊棍棒而從下往上揮起的長柄戰斧，不知不覺間被火紅的烈焰包覆著。

我感受到神的氣息。不是燈火之神也不是不死神，而是雄壯英勇的氣息。

感覺那神明似乎揚起嘴角，露出了笨拙的微笑。

「哦哦哦哦哦哦哦哦哦哦哦！」

帶有神焰的戰斧劃出一道火紅的軌跡。

刺棍（spiked club）連同斯卡拉貝爾斯的手腕一起飛到半空中。

然而，那隻甲蟲惡魔也是身經百戰的戰士。

他完全不顧自己被砍飛的手，早已用另一隻手拔出短劍，仗勢甲殼的防禦力往前衝出。

但那行動卻是錯誤的判斷。

因為那是祿的攻擊範圍了。

「啊……」

祿一把抓住斯卡拉貝爾斯的手臂。

放低姿勢纏住手臂。是我以前教過他、把森林巨人(Forest giant)摔出去的動作。

「啊啊啊啊啊啊啊！」

巨大的身體被拋到空中。

……《黑鐵之國》的君王把身為侵略者的惡魔指揮官重重摔在地上。

就算對方有堅硬的甲殼保護，衝擊力還是會傳到裡面。

惡魔一時呼吸困難，但依然展現出纏人的耐力。

從他身體側面忽然冒出四條如昆蟲般的節肢，抓住了祿。

雙方就這樣倒在地上翻滾扭打——

「嘰！」一聲異質的叫聲傳來。

斯卡拉貝爾斯頸部的甲殼縫隙間被插了一把劍。

……是右側佩帶用的穿鎧匕首(stilett)。

布拉德加工過的那把愛用匕首，在這樣近的距離下是不容對手抵抗的。

只要匕首刺在脖子上，奇蹟的治療也無法發揮效果了。

「你奪走的一切！」

祿壓住掙扎的惡魔，把匕首越刺越深。

「……給我全部還來！」

惡魔激烈痙攣兩次、三次後——終於停止了動作。

布拉德那教人懷念的聲音霎時又湧現我腦海中。

——他們隨時都在思考一件事情。

——就是值得讓自己賭上性命戰鬥的理由究竟是什麼。

「敵方大將，已被我討伐了！」

——然後當找到那個理由時……

——他們便會燃燒自己的靈魂，帶著勇氣的烈焰挺身戰鬥，絕不恐懼死亡。

「啊啊……」

沒錯，布拉德。

你說得對。

真的是那樣沒錯。

——矮人族正是貨真價實的戰士啊。

當祿砍下斯卡拉貝爾斯的首級後，原本帶著如怒濤般的氣勢來襲的惡魔們都變得動作遲鈍起來。

或許他們到剛才都是被施加了據說惡神會賜予使徒的《狂亂的奇蹟》(frenzy)吧。

如果是故事情節，敵方陣營現在應該要全軍潰散了……但惡魔其實沒有單純到只是大將被擊倒就士氣全失、戰線崩壞的程度。

有幾隻《隊長級》(Commander)的惡魔立刻承接了現場的指揮任務，率領《士兵級》(Soldier)惡魔們展開頑強抵抗。

甚至還有幾隻蝙蝠翅膀的惡魔大概是為了奪回他們首頂的首級，在大廳中飛翔，衝向取了敵將首級後變得有點虛脫的祿。

「該死！」

其中大半都被梅尼爾的快速連射擊落，然而梅尼爾的箭筒這時也見底了。

剩下兩隻惡魔從上方朝著來不及動作的祿俯衝。就在那瞬間……

「嘿……」

我丟下盾牌扭轉身體……

「呀！」

使出渾身的力氣擲出《朧月（Pale Moon）》。

雖然《朧月（Pale Moon）》不是投擲用的長槍——但長年鍛鍊出來的身體以及用慣的武器，還是回應了我這樣亂來的要求。

兩聲慘叫接連傳來。

我擲出的愛槍帶著閃耀的槍尖、柔韌的槍柄在大廳中飛翔——漂亮貫穿兩隻惡魔的身體，將他們釘到對面的柱子上。

「祿，還沒結束！再撐一下！」

「嗚、是！」

布拉德以前說過，當打贏強敵、砍下首級的時候，就是戰士在戰場上最容易露出破綻的瞬間。

印象中我上輩子在某本描述戰國還是江戶時代的書籍上也看過，一幅擊敗對手準備砍下首級的武士反被其他敵人砍斷脖子的圖畫。

就是在獲勝的甜美瞬間，敗北與喪失更可能偷偷靠近。

我腦中漫無邊際地想著這些事情的同時，長年訓練出來的身體依然繼續在戰鬥。

一隻惡魔看我丟了武器便高舉雙手大刀砍過來，但我立刻朝斜前方踏出一步閃開，並且把手放到對方的刀背與握柄上，雙手畫圓。

感覺上就是讓對方的刀超過揮砍動作本來要停下的位置，繼續往下揮。

如此一來，對方在身體構造上自然沒辦法繼續握住刀柄——

「嘎！」

奪刀。

我同時順著對方揮落武器的勢頭，用奪來的刀從對方大腿深深砍到下腹部。

簡單講就是所謂的空手奪白刃。

時間上只有短短一瞬間。在那惡魔看來就是揮砍攻擊被對手閃開並逼近的同時，自己的武器忽然從手中消失，又被砍傷了腿。大概連發生了什麼事情都搞不清楚吧。

沒想到在實戰中居然會用上這種表演招式啊。我腦中想著這種事情，並且用奪來的刀追加攻擊，解決了敵人。

老實講，雙手大刀的重心有點偏，我不是很喜歡。

不過以前在布拉德的指導下，大部分武器的戰鬥方式我基本上都學過了。

只要不是像鎖鏈武器之類用起來很難的東西，各種用途的武器我大致都會使用。而且現在這種狀況下也不能挑剔太多。

我對緊接而來的惡魔故意露出些微破綻，引誘對方正面出手後，抓準時機往後退下一步閃開攻擊，並反擊一刀砍斷對方的手腕。

不愧是帶有重量感的大刀，只要砍到就能無視於骨頭或其他一切，當場把手腕砍飛。在這點上倒是很方面。

雖然我個人比較喜歡用槍，但也不難理解布拉德為什麼會愛用雙手巨劍了。

我接著繼續揮舞大刀，連續砍斷好幾隻惡魔的手腳軀幹後，確認一下周圍的狀況。

「吁……吁……」

雷斯托夫先生再怎麼說也拚過頭了，呼吸變得相當急促。

葛魯雷茲先生同樣在頭盔底下默默喘氣。

俯瞰整個戰場到處支援的梅尼爾也漸漸變得動作遲緩，祿則是強忍著決鬥時造成的傷，在旁護衛梅尼爾。

如果再繼續打下去，恐怕就要到極限了。

不過惡魔們也因為高等個體大半都被擊敗的緣故，開始畏怯起來。

差不多是時候了。

我衝向眼前最後一隻《隊長級(Commander)》惡魔，砍下首級後——

「《滾開》！」

朝大廳內的惡魔們大吼一聲《驅逐的話語》。

瑪那形成的透明波動以我為中心，如波紋般朝周圍擴散。

是戰局已定的狀況之下利用帶有強烈精神作用的《話語》給予敵方陣營的最後一擊。

惡魔們頓時身體一顫，停下了動作。

較弱的個體以及近距離受《話語》波及的個體之中，甚至有的當場化為粉塵崩散。

而其他大量惡魔們則是——終於開始潰逃了。

◇◆◇◆◇◆

惡魔們紛紛逃竄離去。

大概是已經到極限的祿當場癱坐在地上，慣於實戰的梅尼爾與雷斯托夫先生則是擠出剩餘的體力朝惡魔們逃離的背影射箭或揮劍，擴大戰果。

即便已經失去統帥，離群的惡魔還是可能成為騷擾近鄰的要素，因此能盡量削減數量當然是最好不過。

趁對手完全背對我方的時候，確實收拾掉。

葛魯雷茲先生負責警戒周圍狀況，而我總算歇一口氣後，開始為大家療傷。

「燈火女神葛雷斯菲爾啊，請賜予治療與活力——」

我交握雙手禱告。

大家的傷口頓時溢出溫暖的光芒，彷彿從一開始就沒受傷似地漸漸癒合。

……然而這不代表體力也會跟著恢復，因此不可過分依賴這個力量。

我們接著仔細確認周圍是否還有殘餘的敵人。

確定惡魔們都撤地被趕出《光之間》後——我們互相露出笑容。

大家很有默契地舉起手，默默擊掌。

「啪！啪！」幾聲輕快的聲音響起。

徹底疲憊的手臂、互擊的手掌上，留下些微的熱意。

——是勝利的熱量。

「哎呀～我還以為這次真的完蛋了。」

只靠五個人突擊惡魔的大據點果然還是太魯莽啦。梅尼爾如此笑著，把手臂搭在祿肩上。

「幹得好，你立下大功了。」

「呃、不，我不算什麼——」

「不，就是多虧你拖住了那個大將，我們才能那樣盡情戰鬥。」

雷斯托夫先生如此說道後，葛魯雷茲先生點點頭。

「要是讓那大將在敵陣後方指揮，咱們搞不好就被圍剿啦。」

在這點上我也完全同意。

「……是你把這座山、這頂王冠奪回來的。」

我從斯卡拉貝爾斯落在地上的首級取下王冠，準備遞交給祿。

然而，祿卻搖頭拒絕。

「不，還沒有——還沒有全部奪回來。」

聽到他用充滿覺悟的聲音如此表示，我也點頭回應。

沒錯。現在確實還沒有奪回整座山脈。

……還有龍要對付。

「不過，等一切都奪回來後，我希望能請威爾大人為我戴冠。」

「咦？那種事情應該由高等的聖職人員……」

「你不就是高等的聖職人員了！」

「咦……啊！」

講起來確實是那樣。聽到我這麼說，大家頓時哄堂大笑。

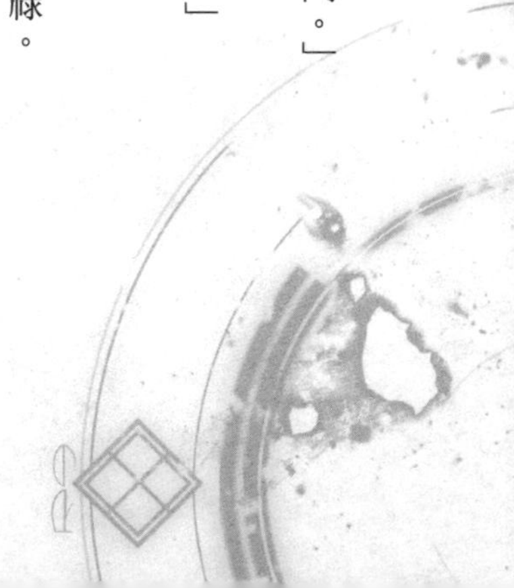

我也笑了。

……沒錯，我們能笑。

大家都還笑得出來。

對手是前所未有的強敵。

雖然現在我方的狀況稱不上萬全，但所謂的戰鬥本來就是這樣。

總會有什麼欠缺，總會有什麼不足。即便在這樣的狀況下，還是只能用手上現有的牌盡到完全。

體力上消耗得相當多，不過大家都士氣旺盛，決心絲毫無減。

既然如此，這就是我們現在的最佳狀況了。

「走吧。先把可以事先施加的魔法與祝福全部都……」

「——等等。」

雷斯托夫先生忽然皺起眉間。

「請問怎麼了嗎？」

「你們看那邊。」

他伸手所指的方向，是大廳的中央一帶。

大量的惡魔化為粉塵，到處堆積成小山。

「咦？」

祿也感到奇怪地歪頭後──臉色一口氣變得蒼白。

「不見了。」

「什麼不見了？」

「斯卡拉貝爾斯的身體！」

「啥？喂喂等一下，可是首級不就在這……」

首級的確在這裡，可是……**沒有化為粉塵**！

來自異次元的惡魔們當被殺掉後，就會化為粉塵。

雖然偶爾會留下武器或一小部分的身體，但這次的狀況不一樣。

「……逃走了。」

「等等，威爾，怎麼可能被砍下頭之後只有身體逃走……」

「如果那傢伙的身體是仿造昆蟲，就有可能。你有沒有見過即使斷了頭卻還能動的蟲？」

我記得上輩子有粗略讀過，昆蟲是從相當於大腦的頭部神經節延伸出梯子狀的神經索遍布全身。透過這樣的構造分散處理情報就是昆蟲的身體特徵。

換言之，如果那個甲蟲惡魔是連內部的身體構造都和蟲相似──

「即使斷了頭，身體還是逃跑了。雖然不清楚他現在能夠思考到什麼程度就是了……」

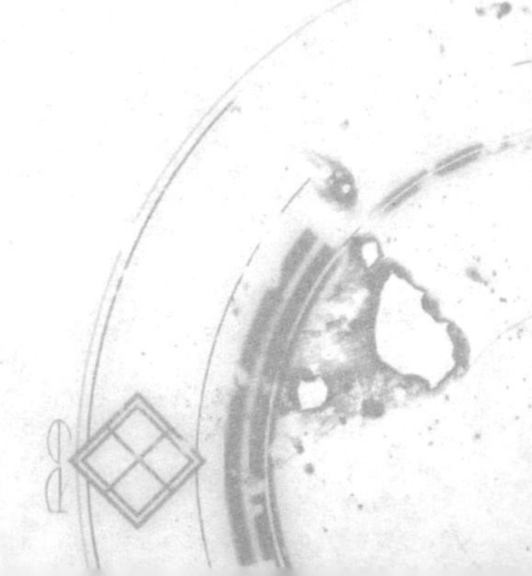

在高等的奇蹟中，有能夠使缺損部位重生的祝禱。

雖然我覺得能否重生頭部再怎麼說都值得懷疑，以人類的身體也不可能實驗檢證，但如果是惡魔能辦到也不奇怪。

「梅尼爾，追蹤痕跡。」

「了解！」

梅尼爾立刻開始沿痕跡追蹤，我則是趁這時候幫所有人施加輔助與增強的魔法。

萬一讓大將逃走又重新編組惡魔軍團可就不妙了。

下次我們可能真的會被圍剿。

「追擊！」

我一聲令下，大家紛紛大喊回應。

斯卡拉貝爾斯留下的痕跡從《光之間》順著通道往更深處延伸。

「這是──通往《大空洞》的路啊。」

「該不會是去向龍求救？」

「有可能。雖然也可能根本沒辦法思考那麼多，只是身體反射性地到處亂走而已。」

但願是後者的狀況。

考慮到與龍遭遇的可能性而施加了全套增強魔法的我們用魔法燈光照亮周圍，在複雜的石造通道中快步奔跑。

越往深處，瘴氣越濃。

如果這瘴氣是發自邪龍——代表龍就在前方不遠處。

「大家，提高戒備！」

我們瞥眼看著兩旁積滿灰塵的古老房間與大廳，穿過迴廊。

越過橫跨地底深谷的橋梁。

最後抵達的——是一間昏暗而巨大的空間。

甚至巨大到即使將《朧月(Pale Moon)》槍頭的燈光調到最大範圍與亮度，也無法照到盡頭的程度。

這裡原本大概是什麼巨大的作業場所吧。

熄了火焰、布滿冰冷灰塵的爐子有如巨大墓碑般排列在眼前。

「…………」

這地方從前想必在熊熊爐火的照耀中，吵鬧的槌子聲此起彼落，到處可以聽得到資深的工匠對徒弟們大吼大叫的聲音吧。

搬運礦石用的機關伴隨「喀啦喀啦」的聲響來來去去，也應該能聽到為了統一工作節奏而高唱的歌聲才對。

但如今爐火熄滅，槌聲止息，聽不到矮人的聲音，也沒有機關在運轉。

一切都被籠罩在黑暗與寂靜之中。

「……」

知道昔日光景的葛魯雷茲先生緊咬一下牙根。

「咱們追吧。」

「好。」

我點點頭，繼續追蹤惡魔的痕跡。

沒過多久，我們便發現了斯卡拉貝爾斯的蹤影。

他背對著我們，朝《大空洞》深處的一片黑暗不斷擺出動作。

失去頭部，擺出仰望上空的姿勢，如求助般張開雙臂——

霎時，惡魔被一掌壓扁。

被一隻覆蓋有鱗片、巨大到難以形容的手臂。

那個讓祿苦戰、在惡魔之中屬於高等存在的《將軍級（General）》個體……

竟然就像蚊子般一掌被拍死。

斯卡拉貝爾斯化為粉塵崩散的同時，從深處傳來不像人的笑聲。

【哈哈……實在懦弱。】

在昏暗之中，可以看到一個黑色的身影。

好巨大。

不，光是用『巨大』形容根本不夠。

我不禁聯想到與現在的狀況格格不入的畫面，就是前世的學校校舍。

從大門仰望的校舍——如果是活的生物，或許就是這種感覺吧。

黑影微微動了一下身子。

光是這樣一個動作，帶著熱度的瘴氣便迎面襲來。

在魔法燈光照耀下，影子周圍反射出金銀色的閃爍光芒。

【歡迎來到我的寢間。】

黃金色的眼睛直盯向我。

一股想要轉身逃跑的衝動當場湧出。

面對這樣的對手，自己究竟能做什麼？

「…………！」

我趕緊咬起牙根，對丹田注入力氣。

【弱小的存在，註定要死亡的存在——就讓我聽聽你的名字吧。】

有著黃金色的眼睛、全身瘴氣纏繞的黑龍。

——《災厄的鐮刀》瓦拉希爾卡緩緩抬起了牠的頭。

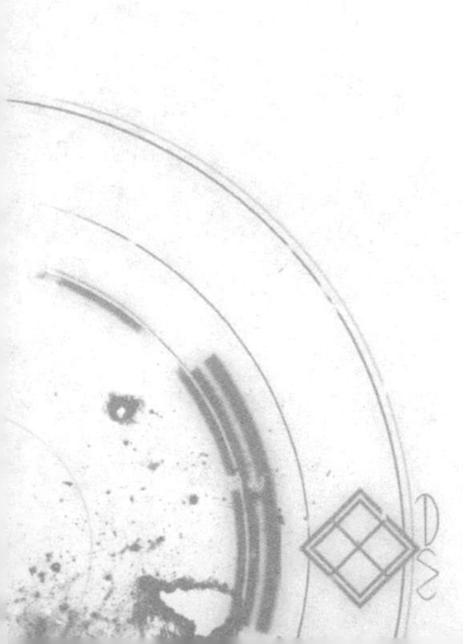

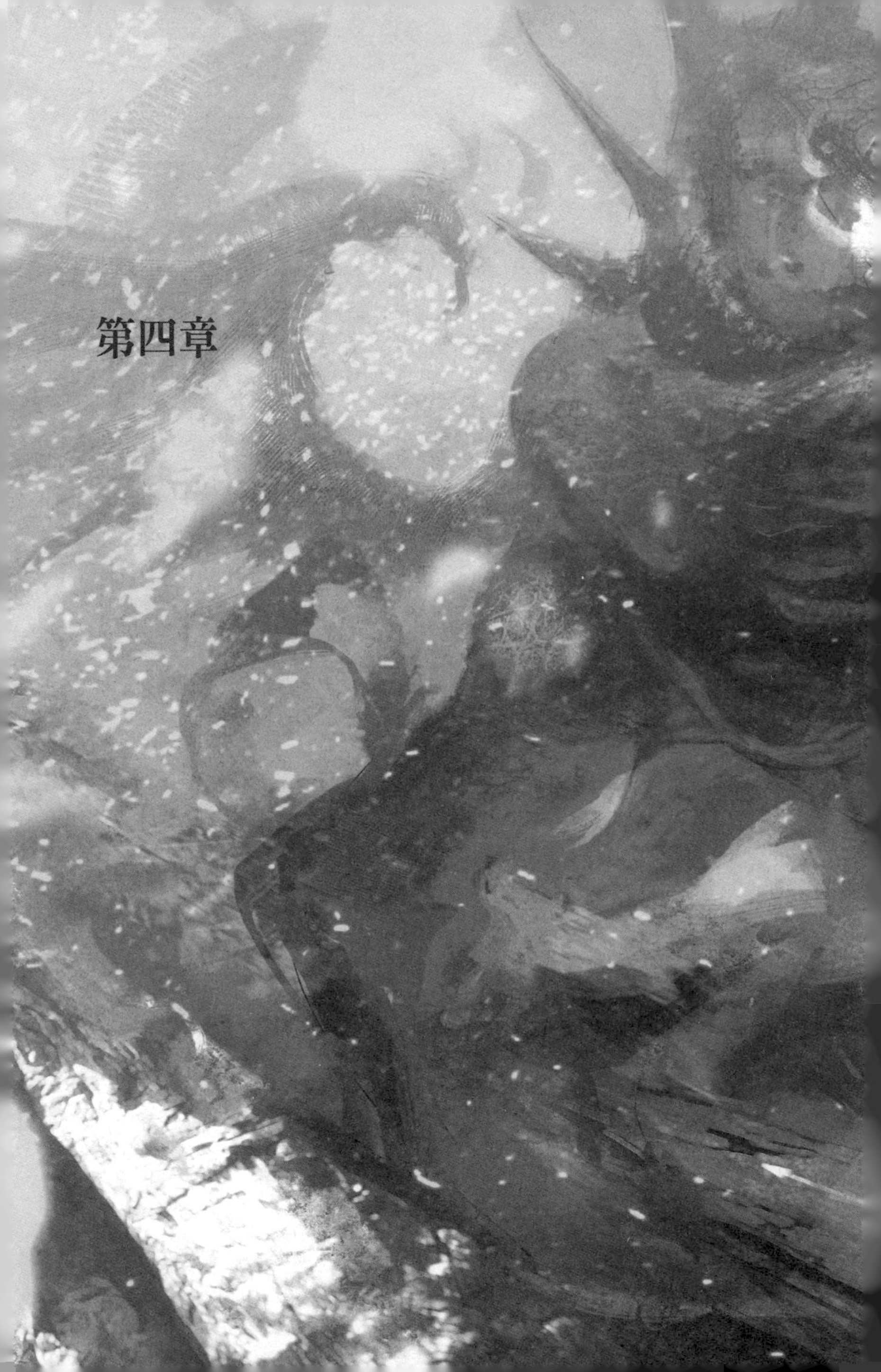

第四章

眼前所見，正是人們想像中「邪惡巨龍」的模樣。

在堆積如山的矮人族財寶上，龍悠然橫臥。

看起來就非常強韌的下顎。

彎彎曲曲的犄角。

粗壯卻又靈活的脖子。

堅硬鱗片覆蓋的身軀上，長有巨大的膜狀翅膀。

背上宛如刀劍般銳利的突起物沿著脊椎排列，越往尾部越小，一路延伸至長而優美的尾巴末端。帶刺卻又美麗。

……在黑暗中散發光芒的黃金色獨眼讓人感受到恐怖的猙獰與殘暴，同時也散發出聰穎的知性。

【……怎麼，不報上名字嗎？連聲音都發不出來了？】

面對這樣的威容，大家都一時無法動彈。

喉嚨感到刺痛。

心臟不斷加速。

本能與理性，所有感覺都在警告我快逃。

——壓倒性的獵食者就在眼前！

「…………」

我承認自己心中的恐怖。

所謂恐懼與不安，是越否定、越視而不見，反而會變得越強烈的怪物。

若不願承認「感到畏懼、沒有出息的自己」，假裝沒有看到而逞強，恐懼心只會在黑暗之中變得更加凶猛。

想要獲得自信所必要的並不是傲慢，想要表現勇敢所必要的並不是虛張聲勢。

——全部要從接受事實開始。

我回想起從前告訴我這些話的瑪利。

她始終都沒有背叛自己，親身體現了這一切。

【……嗯？】

我承認吧。我很害怕眼前的存在。

害怕到不行，巴不得立刻逃走。

然而我還是靠意志把變得急促的呼吸壓抑下來，緩緩吸氣，吐氣。

重新伸直背脊，縮起下巴，把力氣注入丹田。

接著抬頭仰望龍說道：

「在詢問別人之前，應該要自己先報上名字吧？」

我感到無比恐懼。

……不過我已經決定接受這份恐懼，但不逃跑。

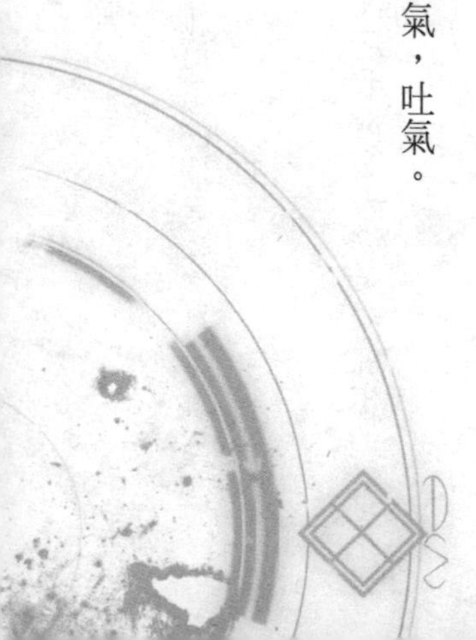

【哦？】

龍低頭看著我，從嘴角溢出不像呢喃也不像在講話、混雜瘴氣的龍息。

乍看下有如一團黑煙、伴隨高溫的瘴氣當場噴出。

【看來你們並非企圖掠奪財寶的凡俗匹夫。】

畢竟是把率領山中惡魔的斯卡拉貝爾斯的首級砍下，使之敗退的人物，仔細想想本就不可能只是平凡的戰士啊。龍如此呢喃。

【既然如此，我就報上名號吧。

我便是《諸神的鐮刀》、《災厄的鐮刀》。伴隨最後的星辰閃耀而生，活過無窮歲月的存在。瘴毒與硫磺之王，熔岩的同胞——】

龍慵懶地緩緩起身。

熱氣迎面颳來，瘴氣濃烈嗆人。

【——瓦拉希爾卡是也。】

神話時代的龍展開翅膀，以充滿威嚴的態度如此報出自己的名字。

【來，輪到你回答了，渺小的存在。】

對方有如古老詩歌的內容般，循格式報上名號。

那麼我也必須同等回應才行。

「我乃《徬徨賢者》之孫，雙親之中父為《獅子星的戰鬼》，母為《地母神的愛女》。」

我將手放到胸口，高聲說出自己的來歷。

邪龍的利牙忽然震動了一下。

「人稱《邊境的燈火》、《世界盡頭的聖騎士(Paladin)》——流轉女神葛雷斯菲爾的使徒，名叫威廉·G·瑪利布拉德。」

我對自己的名字抱著驕傲。

「初次見面，神代之龍。」

不要過分敬畏，不要過分謙遜。

聽完我抬頭挺胸報完名號，邪龍沉默一會……

【哈、哈哈……】

突然笑了出來。

【呵哈哈哈……如此教人懷念的名字，真是奇妙的緣分。】

瓦拉希爾卡低聲笑了一場後，如此呢喃。

「教人懷念……？」

【當年那些傢伙若是比惡魔們更早來到我面前，或許我就會與他們並肩而戰也說不定啊。】

龍的眼睛彷彿遙望著遠處。

或者說，牠是在遙望兩百年前《大崩壞》時的光景嗎？

……古斯的確也說過，將龍籠絡到自己的勢力也是一種手段。

【呵呵，你身上隱約可以聞到不死神的氣味，而且又自稱是燈火的使徒……原來如此，不符年紀的表現是這麼一回事。】

瓦拉希爾卡似乎光透過這些線索，就大致看出了我的身世。

【好啦，自報名號與互相試探，應該已經足夠了吧。】

「是的。」

我稍微往旁邊一瞥。

在這段對話之間，夥伴們看來也都好不容易適應來自龍的威迫，應該可以行動了。

於是我調整呼吸，準備開戰。但就在那瞬間……

【《世界盡頭的聖騎士(Paladin)》啊——你是否有意將我納入你的麾下？】

龍竟然說出了如此驚人的發言。

我的思緒不禁暫停了一瞬間。

相對於說話的內容，對方的聲音中帶有捉弄似的笑意。

【你在驚訝什麼？】

【山中的惡魔們被消滅，我也失去了能夠依靠的勢力。持續孤立對我而言不但危險也不自由──因此尋求可以投靠的陣營也是必然的。】

「喀啦喀啦」的聲音傳來。

是瓦拉希爾卡用爪子撈起眼前大量財寶的聲響。

態度看起來既珍愛又愉快。

【當然我也有私心，自然會索求相應的代價……不過放心吧，面對如你這般的勇士，我可沒有積極正面交鋒的打算喔？】

龍索求財寶的同時，笑了。

短期來講，這提議決不算差。

龍的力量強大，若加入我方將非常可靠。

但是……

「五十年後，你會殺掉我並破壞一切，然後又投靠其他勢力。」

我用乾渴的聲音如此說道。

想想剛才如蚊蚋般輕易被拍死的甲蟲惡魔。

「簡單講，這就是你的做法。」

聽到我這句話，龍沉默了。

牠的身體微微顫動。

正當我猜想對方準備出手的瞬間——

【呵哈哈！……厲害、厲害！正是如此！】

瓦拉希爾卡呵呵大笑起來。

【不過……】

接著緩緩停下笑聲後，歪斜腦袋——

【即便如此，這交易依然不壞吧？】

邪龍咧嘴奸笑。

「…………」

我不禁沉默。

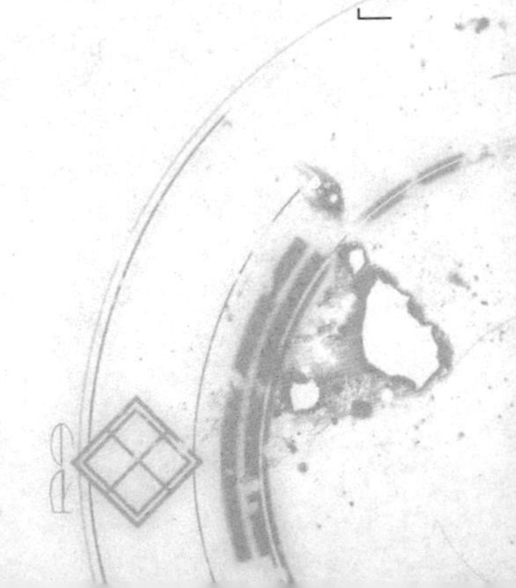

那樣講的確也沒錯。

只要我將瓦拉希爾卡納入自己勢力庇護，並持續保持對牠而言足以構成風險的戰鬥力，對這隻龍來說就有與我合作的理由。

牠或許會抱著些許忠誠，帶著些許怠惰，在至少不會敵對的程度下服從於我。

既然如此，我們現在就沒有必要打這場勝算微小而絕望的戰鬥吧？

不死神不是也說過，隨著我爭取到的時間越多勝算就會越大嗎？那麼何不把勝利託付給將來的自己呢？

【……沒錯。你本身又有多少理由必須與我一戰？】

那就像是惡魔的甜美誘惑一樣。

我很清楚，瓦拉希爾卡想必也是在理解自己所說的話帶有多少效果之下對我提議的。

【你並沒有什麼親近的對象遭到我直接傷害吧？也不是想搶奪我財寶的貪婪人物吧？看起來，你甚至對屠龍的名聲也沒有放在眼裡……只不過是認為從沉眠中清醒的我可能對無辜百姓造成威脅，才會帶著決心與武器來到這裡的吧？】

你看，現在威脅已經不存在啦。

我已經向你俯首囉？

瓦拉希爾卡對我如此說著。

夥伴們什麼話也不說。

大概是因為過於出乎預料的展開，讓他們連插嘴的餘裕都沒有了。

「…………」

我也同樣沒有餘裕。

這到底是怎麼回事？

這狀況到底是什麼？

……我在腦中某個角落擅自認為瓦拉希爾卡是徒有強大力量的暴徒，但這下我才真的是徒有力量的暴徒了不是嗎？

【來，做出抉擇吧。《世界盡頭的聖騎士(Paladin)》，當代的英雄。】

我的背脊不寒而慄。

黃金的獨眼朝我直瞪而來。

【你要選擇和平——還是選擇戰死？】

噗嘶！從對方嘴角溢出高溫的瘴氣。

伴隨教人畏懼的威迫，被稱為《災厄鐮刀》的存在提出的質問響徹了整個《大空洞》。

我本來是抱著與龍一戰的想法。

但現在龍卻打算對我俯首稱臣。

【來，怎麼啦？你在意我和矮人族之間的恩怨嗎？確實，我過去曾奉惡魔為主，與矮人們交戰，也因此獲得了財寶。然而這些以傭兵的工作來講都是理所當然的吧？若新的主子認為山中毒氣瀰漫將有礙復興，我也可以另尋居處。】

當然，對方這麼做是基於謀略。

牠主動告知我風險與成本，有條有理地分析解釋後，露出壞心眼的笑臉……

【你是個英雄吧？……那麼就展現出足以駕馭我的器量來看看。】

對我說出了這樣一句話。

面對這樣大幅超乎預想的展開，我的思緒幾乎陷入混亂。

邏輯上來想確實沒錯，龍說的很有道理。從效率與風險管理的角度上來看，這些話聽起來也很正確。

如此一來不但可以迴避與龍交戰，而且將龍納入旗下也可以維持現階段的安全，又能增強我方戰力。

但我總有一種不好的預感。

總覺得對方是在欺騙我。

可是又不知道是在欺騙什麼。

是什麼？我究竟漏看了什麼——？

【我個性上沒什麼耐性喔？快做出選擇吧。】

對方這時開口催促。

我腦中的混亂頓時加速。

應該拒絕龍的提議嗎？但那樣做接著便是一場絕望的死鬥。

那要接受龍的提議嗎？可是那樣就順了對方的企圖——

同樣的思考不斷在腦中打轉。轉啊轉。轉啊轉。

……找不到出路的兜圈子。

這種感覺莫名熟悉……是前世。

窩在那昏暗房間中的自己，似乎也陷入過類似的狀況。

「嗚……」

哽咽聲不禁溢出。

前世的記憶飛快地閃過我的腦海。

昏暗的房間。

螢幕的亮光。

裹足不前的自己。

不知該做什麼才好

燃燒胸口的焦躁感。

時間在無所作為中流逝。

即便如此，還是不知道自己該做什麼才好。

發出呻吟。

流出淚水。

即便如此，時間依然在無所作為中流逝。

我究竟該怎麼做才能得救？

我到底該怎麼選擇，怎麼行動才好？

就連這些我也不知道了。

誰。誰啊。誰來告訴我……

那段終究到最後都沒能做出選擇的記憶，讓現在的我更加焦急。

某種黑暗而黏質的東西從心底深處的泥沼中緩緩爬出。

怎麼辦？該怎麼辦？怎麼做才好──

呼吸變得急促。手腳變得冰冷僵硬。

背上滲出大量的汗水。

我陷入了極端的混亂之中。

就在這時……

——我感受到似乎有隻小小的手輕放到我頭上。

我趕緊抬頭仰望。

當然，我什麼也沒看到。

頭上只是黑暗的天花板。

但不知是偶然或者必然。

因為抬頭仰望的動作，讓我呼吸變得較深。

隨著深深的呼吸，氧氣進入體內，在血液中循環。

麻痺的大腦頓時有種被清爽的空氣一吹，再度運轉起來的感覺。與此同時——

女神說過的話浮現腦海。

——畢竟那日的誓言，是屬於你我的東西。

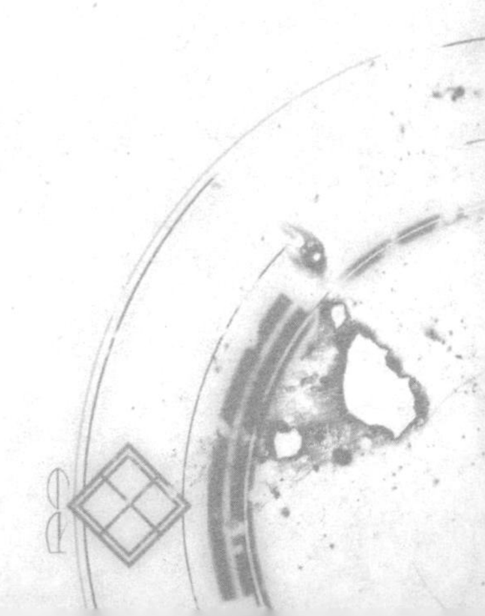

啊啊，對了。

我已經被祂拯救了。

然後立下了誓言。

比世上的一切都重要的誓言。

——毋須恐懼，吾將與汝同在。

我的心臟用力跳動起來。

——毋須退縮，吾乃汝之神明。

模糊的思緒漸漸變得鮮明。

——吾將使汝強大，予汝協助。吾之燈火，將守護汝。

因緊張與混亂而停滯、冰冷的身體中再度湧出熱量。

心中有如點起了一盞溫暖的火。

……如果所謂的勇氣是有形的存在。

或許此刻就在我的胸口中。

「……啊啊。」

各種靈感有如火花般不斷迸現腦中。

思緒流暢到有趣的程度，理論不斷建構起來。

瓦拉希爾卡的提議或許也是建立在靠牠的威容與壓迫感使人失去冷靜判斷能力

的謀略之上。

因此只要別被對方的氣勢吞沒……剩下的事情就很簡單了。

我一度轉向背後。

「梅尼爾，祿，雷斯托夫先生，葛魯雷茲先生。」

梅尼爾已經將他從大廳各處回收來的真銀(mithril)之箭搭在弓上。

祿也握著長柄戰斧，保持隨時可以行動的姿勢。

雷斯托夫先生的手放在劍柄上，為他神速的拔劍技巧做好萬全的準備。

葛魯雷茲先生結實的身體與厚重的大盾，讓人感覺非常可靠。

「根據這場交涉的結果，將會決定一切。請各位做好覺悟。」

聽到我這麼說，大家都點頭回應。

……是充滿覺悟的戰士表情。

我確認這點後，把頭轉回來。

【哦……？】

瓦拉希爾卡小聲呢喃。

或許看在龍的眼中，也能感受到我產生了相當大的變化。

【看來你決定好了。那麼就做出選擇吧，《世界盡頭的聖騎士(Paladin)》——要和平，還是要死？】

牠這句彷彿在取樂般的詢問……

「我不選擇。」

被我當場丟到一旁。

「──要做出選擇的是你，瓦拉希爾卡。」

邪龍的身體頓時抖了一下。

【哦？……要我選擇什麼？】

對於牠的詢問，我往前踏出一步，抬頭仰望。

原本感覺像校舍般巨大的龍，現在看起來小了一些。

或許那巨大的感覺其實是壓迫感和威嚇感讓我心中產生的假象吧。

「**選擇你是否要改過自新。**」

我直接了斷地如此質問。

邪龍這時第一次瞪大了牠的眼睛。

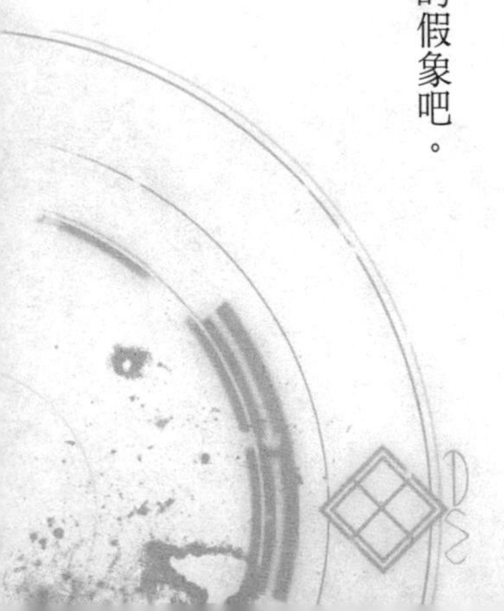

……沒錯。

其實只要冷靜想想，這事情非常單純。

將陽奉陰違的強大邪龍納入旗下，雖然乍看之下是很合理，但其實只是個愚蠢的選擇。

假設真的把瓦拉希爾卡拉攏到我方陣營好了，那麼牠接下來又會怎麼做？

牠會乖乖聽話嗎？會安安分分沉睡下去嗎？怎麼可能。

要是那樣悠哉度日，遲早會被將牠視為危險存在的我殺掉的。

那麼又該怎麼做？

——牠絕對會暗中活動。

為了提升自己的存在價值。為了讓我無法將牠捨棄。

邪龍會不斷為我帶來混亂，增加敵人，引發爭鬥。

而且是必須靠龍的力量幫助的大規模殘酷戰爭。

如此一來，我便會無法割捨瓦拉希爾卡。

……只要我持續像這樣尋求龍的力量，與龍一同戰鬥下去，龍將會漸漸成為對我而言不可或缺的象徵性存在。

到時候，我就更加無法捨棄牠了。

而龍則是自稱為我部下的同時，為了確保自身在離開我的日子到來之前都能安全無虞，將會使盡各種謀略侵蝕我與我周圍的一切。

我不認為靠我這樣渺小的存在有辦法對抗從神話時代就存活至今的龍所策劃的計謀。

於是我明知牠在暗中活動，卻為了維持陣營士氣只能繼續將牠留在身邊。

簡直就像惡劣的麻藥。

「就讓我確認一下。你所提出的『和平』是『僅限於你和我之間的和平』，絕不是『我的和平』，也不是『無辜百姓們的和平』──沒錯吧？」

對於我的詢問，龍笑了。

笑得非常愉悅，非常痛快。

【呵哈、呵哈哈、呵哈哈哈！沒錯，正是如此。】

生於神話時代、貨真價實的龍，是與《創造的話語》最為親近的生物之一。

而《話語》會因說謊而削弱力量。

所以如果被人當面質問，龍即使會敷衍搪塞，也絕不會說謊。

「既然這樣，我的條件就只有一項──改過自新。」

【呵呵……你要我改什麼過？】

「改掉你那總愛尋求戰亂、策劃謀略的狂熱性情。」

我筆直看著對方黃金色的獨眼。

「只要你願意改過、發誓，真心尋求我的庇護。」

只要願意活在和平之中。

除非必要的時候以外不渴求鮮血，願意在善良諸神的陣營下收斂狂亂的性情。

「那麼我也會向燈火之神發誓，必定保護你。此生只要性命猶存，必將保護你不受任何敵人侵害。」

無論是龍還是人都一樣。

只要有活在悲嘆之中的存在，我就要伸出援手。

只要有危害無辜的邪惡，我就要挺身戰鬥。

——一如那天我對黑髮寡言的女神立下的誓言。

「這就是我的生存方式。」

我早已決心要如此活下去了。

「……來！你要改過自新，還是與我一戰！龍啊，讓我聽聽你的回答！」

對於我大喊般的質問，龍動起牠的翅膀。

熱風與瘴氣迎面吹來。

【——漂亮！】

牠接著首先說出口的，是對我的稱讚。

【《世界盡頭的聖騎士（paladin）》，你對《龍的謎語（riddle）》回應得著實精采。】

撐開翅膀。

縮起下顎。

【既非只會誇示自身力量的無謀莽夫，也不是貪生怕死的奸巧之徒。兼具勇氣與智慧，堅持走在自己相信的正道之上，其志可嘉！毫無疑問，正是那幾名英雄的繼承者。】

從牠身上已看不出到剛才為止渙散而怠惰的模樣。尋樂般的態度絲毫不再。

【——就讓我認同你為真正的勇者吧。】

在我眼前的，正是神話時代偉大的龍。

【同時，我絕不會接受改過自新的選項！】

龍對我大吼。

【吾乃瓦拉希爾卡！既為《諸神的鐮刀》亦為《災厄的鐮刀》！瘴毒與硫磺之王，熔岩的同胞！瘴毒的存在意義即為殺害，熔岩的存在意義即為沸騰！戰亂！災厄！武勳！財寶！死！活祭品的少女！英雄！若沒有這些又何須龍？】

……不死神斯塔古內特以前稱邪龍瓦拉希爾卡為俗物。

牠確實庸俗。

不但執著與現世，還有金錢、鬥爭、安全與睡眠……瓦拉希爾卡所執著的這些，全部看起來都是一般所謂低層次的慾望。

然而，其本質實際上是——

【吾乃瓦拉希爾卡！諸神亦畏懼，最古最強之龍——瓦拉希爾卡！】

維護自己身為龍的意義。

持續燃燒自己身為龍的生命。

在強烈到震盪肌膚的吼叫聲中，我腦中卻不符狀況地想著這樣的事情。

【……英雄啊。英雄率領的戰士們啊。就讓我葬送汝等於此，為我的恐怖來歷增添新的一頁也好。抑或在此被汝等討伐，成為武勳詩歌的一部永遠傳頌下去也好。】

利牙喀喀作響。

巨大而強韌的肌肉開始蠢動。

交涉決裂。

龍拒絕改過自新，除開戰外別無選擇了。

【來吧。若你們做好連靈魂也被龍的烈火燃燒殆盡，從輪迴之中完全消失的覺悟……我便允許你們向我挑戰！】

在這樣的狀況下……

我卻莫名感到有些興奮。

是屠龍。

靠自己手中所握的鋼鐵，挑戰教人畏懼的龍。

……是屠龍！

我一直以來都認為，自己並沒有像布拉德那般對戰鬥追求浪漫。

但是在這個狀況之中，還是會感受到難以抗拒的浪漫。

瓦拉希爾卡毫無疑問是值得尊敬的對手，也是至今遇過最強的敵人。

十足值得挑戰，十足值得一戰。

「《世界盡頭的聖騎士(Paladin)》威爾·G·瑪利布拉德——要上了！」

有如古早的騎士道故事般報上名號的同時……

我與神話時代的邪龍展開了決戰。

在昏暗的《大空洞》中……

【吼啊！】

面對瓦拉希爾卡揮落的爪子——

「《加速（acceleratio）》！」

我隨著《話語》加速，朝邪龍直衝而去。

穿過如刀劍般銳利的爪子、如人類身體般粗壯的指頭，深入對手懷中。

「轟！」的一聲，粗如樹幹的前肢從我頭頂上空揮過。要是一個不小心，這一擊搞不好就扯斷我腦袋了。

……『身體巨大動作就遲鈍』的刻板印象根本是假的。

巨大的存在光是因為巨大就很強而且快。跨出一步的長度就不同，手臂一揮的範圍也不同。

耐久力亦然。一隻螞蟻被圖釘刺到便會造成致命傷，但一隻大象即使被圖釘刺到，恐怕連皮膚會不會被刺穿都讓人懷疑。

在這意義上，瓦拉希爾卡毫無疑問很強。

單純在物理方面，牠就強大到不行了。

再加上——

「《利刃（lamina）》！」

我鑽入對手懷中，從《朧月（Pale Moon）》槍頭延伸出瑪那的利刃，瞄準對手側腹部看起來應該是舊傷的痕跡用力一刺——但傳回的卻是堅硬的手感。

是龍扭動身體，用鱗片擋下了我的攻擊。

龍的鱗片（Dragon Scale）。

——假如真的要跟牠打，就要攻擊牠的舊傷。

——龍的鱗片是很堅韌的。即便是布拉德，想必也無法一劍砍破龍鱗直達肉身。

古斯說過的話閃過腦海。

就算是布拉德，想砍破龍鱗也很困難。

然而。

然而我也已經不是光追著布拉德的背影跑了！

「嗚、啊啊啊啊啊啊啊啊！」

從腳底到膝蓋、到大腿，扭動腰部到肩膀、手臂、手腕。

連貫全身動作，使盡所有技巧與力氣，把被擋下的利刃繼續往前刺。

【嗚！】

瓦拉希爾卡發出了呻吟。

我清楚感受到強韌而巨大的鱗片被貫穿的手感。

然後進一步……

「《加速（acceleratio）》！」

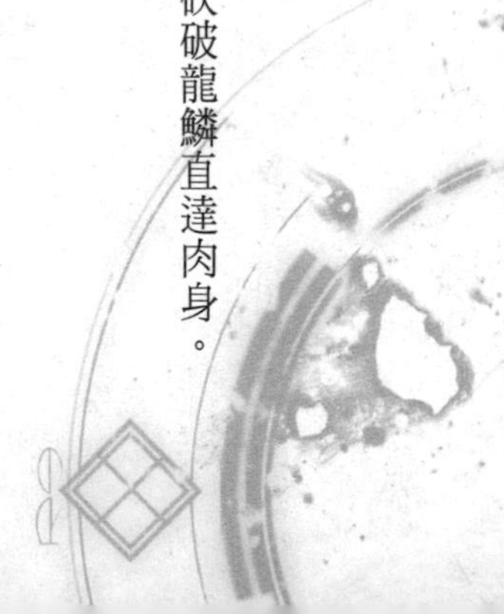

【喔喔喔喔喔喔喔喔！】

躲過朝我揮來的前肢，同時讓《朧月(Pale Moon)》繼續刺在對方身上並加速。

用整隻手臂緊抱著短槍往前衝，靠瑪那之刃在瓦拉希爾卡側腹部劃出一道筆直的傷口。

我緊接著打算順勢逃進大型熔爐之間的縫隙，但瓦拉希爾卡不可能就這樣放過我。

【哈哈哈！竟能刺穿龍鱗的保護……以清醒來說是恰到好處的刺激啊！】

吼叫聲之後，我感受到對方在我背後深深吸氣的氣息。

緊接而來的恐怕是帶有瘴氣的酷熱龍息(breath)。

即便現在我有好幾重魔法與奇蹟保護，但要是被龍息(breath)直接命中應該還是會連骨頭都被燒爛融化。

「……嗚！」

然而，死亡的龍息(breath)並沒有襲擊到我的背上。

「你的對手可不是只有威爾啦！」

「喝！」

不用看也知道，是梅尼爾和雷斯托夫先生。

他們趁我正面突擊對手的同時，早已左右散開繞到兩側。

那兩人都是足以對龍造成傷害的強者。

梅尼爾的《銀弦》發出好幾聲優美的弓弦聲，真銀(mithril)箭矢在《大空洞》的黑暗中劃出閃耀的軌跡。

雷斯托夫先生的無銘劍伴隨他神速的劍技亮出光芒，藉由古斯刻下的《記號》如蛇一般延展伸長，砍向瓦拉希爾卡。

梅尼爾瞄準瓦拉希爾卡的黃金獨眼。

雷斯托夫先生瞄準瓦拉希爾卡身體重心所在的腳前端的腳趾。

弓箭的威力足以射穿眼球，鋒利的劍刃也足以砍下腳趾。

即便是太古的邪龍也無法忽視。

【呿！】

瓦拉希爾卡只能扭動脖子、縮回腳，躲開他們的攻擊。

而如此亂了姿勢，自然就無法保持牠原本瞄準的方向。

我衝進大型熔爐之間的縫隙後立刻回頭，舉起大盾防禦瓦拉希爾卡甩動著頭部胡亂吐出的龍息(breath)餘波。

「……！」

迎面襲來如黑煙般的龍息(breath)餘波，帶有足以將一個人燒成焦黑還有餘的高溫熱氣。

不過我施加在全身的防禦魔法及各種祝禱效果，以及刻有防禦高溫與劇毒《記號》的魔法大盾還是勉強擋了下來。

——光是餘波就有如此威力。

若是被直接命中，絕對不只當場斃命而已吧。

對方剛才說過會連靈魂也被燒盡，從輪迴之中消失云云，搞不好都是真的。

【原來如此，真是精采的聯手、啊！】

瓦拉希爾卡的利爪將地上的石板輕易刨起。

順著揮臂的勁道化為大量彈丸的石礫飛向雷斯托夫先生，不過都被葛魯雷茲先生《碎劍》的盾牌與盔甲一一擋下。

不以為意的瓦拉希爾卡準備繼續追擊，但這次竟換成建在《大空洞》內部的古老木造高臺忽然朝牠崩落。

【……！】

是祿用《金剛力》的長柄戰斧敲碎高臺較容易破壞的支柱，使高臺朝龍的方向傾倒的。

瓦拉希爾卡揮臂甩開高臺，但因此碎裂散開的木片遮住了牠的視野。

——就是現在。

不管怎麼想，長期戰只會對我方不利。

神話時代的龍耗盡體力的狀況實在難以想像。把瓦拉希爾卡的體力視為無窮無盡應該比較好。

耐久力也是一樣。瓦拉希爾卡不論承受我們多少次攻擊想必都綽綽有餘吧。

所以牠到現在還沒有認真起來，而是像在小試身手般一邊戰鬥一邊取樂。

相對地，我們則是只要被瓦拉希爾卡的攻擊直接命中個一次就會當場完蛋。

對手無論承受多少次攻擊都還有反擊的機會，我方卻是只要被結實擊中一次就結束。

雖然我們本來就是在明白這點之下動手的，但這條件實在很不公平。

如果想要正面硬拚獲勝，我方首先必須撐過好幾場有如走鋼索般驚險的攻防……等瓦拉希爾卡因此認真起來後，繼續在一場又一場難度更高的攻防戰中獲得成功，才總算多少可以窺見一絲勝利的可能性。

這已經不是只用『高難度』就能形容的程度，而是『不可能』了。

不但體力撐不下去，專注力也難以維持。即便用盡一輩子的幸運也不足夠。

因此——我要在此刻，賭上這招。

我將短槍與盾牌靠在爐上，展開雙手。

「《綑綁(ligatur)》、《繩結(nodus)》、《束縛(obligatio)》——」

龐大的瑪那高速凝聚、噴發。

極度正確而高速詠唱的《話語》如流星般飛向瓦拉希爾卡。

「《連結(conciliat)》、《追蹤(sequitur)》！」

用瑪那鎖鏈綁住被倒下的高臺遮住視野的邪龍。

好幾重堅固的束縛陣法。

【《破壞顯現(vastare)》！】

龍立刻放出的《破壞的話語》化為旋風，就在準備扯壞鎖鏈的瞬間，我已經完成了對應。

用右手刻畫代表《守護》的《話語》阻礙旋風。

用左手刻畫代表《消去》的《話語》抹消旋風。

【……！】

──三重魔法投射(triple-cast)。

古斯的拿手招式，也是我一直以來反覆鍛鍊所學得的招式。

尤其現在這些組合，是不死神的《木靈(Echo)》與古斯那場戰鬥中深深烙印在我腦海中──堪稱王牌中的王牌。

「《蒼白之死(Pallida Mors)》，《平等驅踏萬物(aequo pulsat pede)》……」

我透過大大張開雙臂並收集到面前的感覺，將循環在周圍的大量瑪那凝聚在一點。

過程中依然繼續高聲詠唱《話語》。

同時更進一步流暢地刻畫《記號》。

【竟然在實戰中施展**那招**嗎！】

「《不分貧者小屋（pauperum tabernas）》……」

我不理會龍的叫喊。

在幾近忘我、極度專注的狀態中，我持續完成纖細的瑪那調整以及簡略的儀式動作。

「《抑或王者尖塔（regumque turris）》！」

【——■■■■！】

瓦拉希爾卡到這時，終於變得不再多說廢話。

牠用龍族宛如軋轢的獨特發音開始快速詠唱某種《話語》。

然而，已經太遲了。

這本來是要好幾人同心協力才有辦法行使的儀式魔法。

是光靠一個人應該沒辦法達成的終極魔法之一。

「——《全存在抹消（Damnatio Memoriae）》！」

肉體、靈魂、現象。將一切森羅萬象的《話語》與《話語》之間的連結都徹底切斷、分離，使之失去意義而返歸為瑪那，無色透明的崩壞波動。

《話語》形成的極致破壞。

……《存在抹消》的破壞波動當場襲向瓦拉希爾卡。

有如巨大野獸啃咬過似的，地面被挖成了隕石坑的形狀。

為了填補波動消滅一切之後留下的空白區域，《大空洞》內部颳起強風。

見不到龍的身影。

看起來就像是被波動吞沒而消滅了——

「……成、功了？」

祿張望著四周如此說道。

「看來、應該是……」

「勝利、來得意外乾脆……啊。」

聽到梅尼爾說的話，葛魯雷茲先生也表示同意。

雷斯托夫先生則是慎重觀察周圍之後，點點頭。

強勁的風，讓外套衣角不斷擺盪。

龍消滅了。

趁對手還抱著遊戲心態時，利用祿製造出來的破綻，靠終極的破壞魔法將牠連同存在本身完全消滅。

應該是如此沒錯。

——應該沒錯，但我之所以對勝利莫名感到無法確信，大概是因為勝利實在來得太乾脆、太唐突了吧。

世上並非所有戰鬥都是靠賭上靈魂的死鬥分出勝負。

就好像有時候會被比較弱的對手輕易刺死一樣。

面對較強的對手也會有因為偶然或意外輕易獲得勝利的時候。

……確實也會有這樣的狀況，但現實感卻怎麼也湧不上來。

我們真的獲勝了嗎？

來得實在過於乾脆的勝利，讓我們每個人都遲遲沒有現實感。

大家都感到意外空虛，缺乏手感。強風不斷吹過我們之間。

咻咻地不斷吹颳——

風、在吹？

當我注意到這點的瞬間，背脊立刻感到極度的寒意。

「…………」

我趕緊架起短槍於大盾，同時準備大叫。

「不行！還沒——」

但是卻太遲了。

「咳啊……！」

「……嗚哇！」

「呃！」

「嗚……！」

四人份的鮮血灑向空中。

我架在手中的大盾也同時感受到一股強烈的衝擊，當場被撞飛。

在滿是瓦礫的地面上不斷彈跳滾動。

——從風之中伸出了利爪。

雖然是很莫名其妙的形容方式，但我也只能這樣表現。

颳過面前的強風，一瞬間忽然變成了銳利的爪子。

小時候聽古斯說過的一段故事，這時不經意閃過腦海。

——描述一名魔法師將自己變身為動物，卻連思考方式也變成動物，最終化為了野獸的故事。

「變、化……？」

我感到愕然地呢喃。

【呵哈哈，正是如此。】

吸收了四人鮮血的災厄之風颳起漩渦，在凹坑處重新變回龍的姿態。

——《變化的話語(metamorphose)》。

一如字面所示，是變身的魔法——但人類難以順利使用，是風險極高的《話語》。

若只是變成體格相近的其他人之類的程度就算了，但光是短時間變身為體重相近的動物，就有可能連思考都被拉近那個動物，無法恢復。

更不用說是變化為重量完全不同的無機物質，甚至必須抱著這輩子再也無法變回人類的覺悟。

如果沒遇上什麼非常特殊的理由，使用那種魔法簡直就像把彈巢中隨機裝有子彈的左輪手槍抵在自己太陽穴上扣下扳機一樣是瘋狂的行為。

可是，仔細想想……

說到底，瓦拉希爾卡當年究竟是如何靠那樣巨大的身體**入侵到這座地底王國來的**？

【你注意到啦？沒錯——】

邪龍笑了。

難以抑制愉悅心情似地大笑起來。

【——吾等乃親近《話語》的存在。】

上古之龍乃神話中的人物。

是最為親近《創造的話語》的存在。

【的確，如果靠《存在抹消》，想必連我都會被消滅吧。】

黃金色的眼睛朝我直盯而來。

強韌的下顎中洩出灼熱又帶有瘴毒的龍息（breath）。

【——但前提是要能擊中我才行啊。】

《存在抹消的話語》完全被牠看穿了軌道。

不但看穿，而且對方還熟知這魔法在施展之後會產生強風，因此用《變化的話語（metamorphose）》讓自己變成風，假裝遭到消滅。

然後藏身在爆炸之後的強風中，用利爪擊倒所有敵人。

——牠即使面對終極的破壞魔法，也熟知對付的手段。

不，恐怕無論我選擇其他任何《話語》，結果都會一樣。

包含過去遺失的《話語》和《記號》在內，這隻龍自古以來在各種戰場上與各種《話語》交戰過，而且全部掌握並擊敗了。

「……」

這就是龍。

這就是神話時代的、邪龍嗎？

冰冷的感覺漸漸滲染我心中。

我知道。

——這感覺，名叫「絕望」。

龍擺出悠然的架式。

牠身上頂多只有側腹部留下那道輕微的傷口而已。

【好啦。】

狀況壓倒性不利。

我緊緊握起《朧月》(Pale Moon)的槍柄。

要是不這樣做，感覺我隨時都要被絕望吞沒了。

【《世界盡頭的聖騎士》(Paladin)啊——剛才的戰鬥著實精湛。】

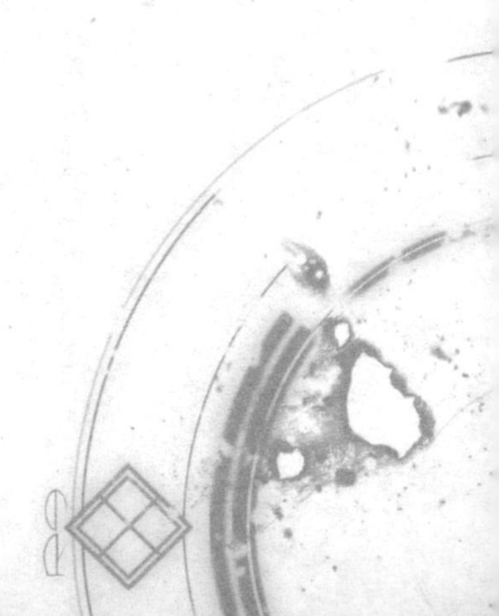

不知該不該說教人感到意外。

瓦拉希爾卡竟沒有立刻出手殺掉我。

然而，我也沒有餘力回應牠。

我環視周圍，大家看起來應該都還沒喪命——不對，還沒喪命？靠龍的臂力達成了那麼完美的一場奇襲，卻連一個人也沒能殺掉？

那是不可能的。是對方故意手下留情。

換言之——

【看在你精采的戰鬥表現上，我有個提議：你有沒有意思成為我的僕人？】

就是這個意思。

「…………」

【看來你也注意到了……我可是特地幫你準備好藉口囉？】

瓦拉希爾卡笑了。

看起來似乎很愉快。

不，牠肯定真的很愉快吧。

【要是拒絕提議，我就把你這些夥伴們連同骨頭、連同靈魂全部燒光……只要被我這樣威脅，有了『保護夥伴』這樣的名分，你就有理由向我投降了吧？】

梅尼爾、祿、雷斯托夫先生與葛魯雷茲先生分別散開倒在我左右兩側，我沒辦法同時保護他們全部的人。

再說，面對這隻龍，我已經沒有能夠速戰速決的手段了。

【眼神如你這般的人類，我已經看過太多。像你這樣的人，就算我威脅要燒死你本身，你也絕不會害怕、屈服。

……就像現在，你腦中肯定還很頑強地在思索能突破這個狀況的手段。】

沒錯。

我到現在依然拚命在思考可能的手段。

同時沉默不語，保留回應。

【可是，什麼手段都沒有——對吧？狀況已經不給你任何機會了。】

……不得不承認，邪龍說得一點都沒錯。

我已經沒有任何可以突破這個狀況的策略了。

【不對……也不能說完全沒有。這麼說來你還有一個可以不屈服於我的手段啊。】

聽到牠這句話，我頓時皺起眉頭。

在這樣的狀況下，我還有其他手段？

【你只要自殺就行。】

我萬萬沒想到的發言冒了出來。

【你深受流轉女神葛雷斯菲爾的疼愛對吧？那麼你只要砍斷自己的脖子就行了。】

而且瓦拉希爾卡的口氣中絲毫沒有嘲笑的意思。

【你還有下次的機會對吧？還有下下次對吧？還有下下下個世界不是嗎？可以無窮無盡延續下去不是嗎？只要感到狀況難以解決，就像推翻棋盤一樣上吊自殺便行。如果想拒絕面對悲劇，只要拿起短刀往胸口一刺就可以。「還沒結束。還有下一次。這裡不是屬於我的戰場。」這樣。】

這段話有如醜惡的諷刺畫。

誰都知道，這種事情實際上是沒辦法那樣單純化的。

不過，龍真正想表達的意思，想必不是這點。

我左右搖頭。

「我不會做出那種選擇。」

【那就好。假如你對自己的生命只抱有那種程度的價值，也就不值得我收服了。】

對於從神話時代就執著於這個世界，一路活下來的瓦拉希爾卡而言，「有沒有意志面對自己的人生」大概是牠絕不妥協的一條線吧。

【那麼，你就做出選擇吧——要服從於我，還是在抵抗中結束生命？】

我方的夥伴們都受到重傷，無法行動。

而我自己本身也並非毫髮無傷，然後僅存的一招決定性攻擊也已經被對手破解。

靠通常手段到底需要成功辦到幾千次的攻防才能獲勝，我也毫無頭緒。

完全束手無策了。

狀況比以前和不死神的《木靈（Echo）》交手時還要絕望。

可是——

「如果我服從於你，不難想像你究竟會如何利用我。」

【我想也是。】

牠想必會利用我擴大戰局、引發混亂，創造出符合牠喜好的狀況。

從剛才的對話中我已經十分明白，這隻龍就是只能過這樣的生活。

「既然如此，我便不能服從於你。」

【你的夥伴會死喔？】

「那樣講不對。」

瓦拉希爾卡疑惑歪頭。

【什麼不對？】

「我們來到這裡都早已做好覺悟。無論有誰犧牲，只要我們之中有任何一個人的利刃能刺進你的喉嚨就行的覺悟。」

誰都不希望在戰鬥中為了保護夥伴的生命而錯失勝利良機的狀況發生。

所謂戰士，就是這樣的存在。

【但現在你們已經沒有獲勝的可能性了。】

「有的。」

我做好覺悟。

抬頭往向瓦拉希爾卡。

「……只要用這把槍攻擊你上千次、上億次，我應該可以獲勝。有錯嗎？」

瓦拉希爾卡頓時驚訝地睜大眼睛。

接著感到有趣似地笑了起來。

【我想那應該需要上千次的奇蹟發生才能實現吧？】

「上千次、上億次、上兆次都沒關係——只要還有獲勝的可能性，還有讓我實現誓言的可能性，我就不惜一睹。」

這就是我選擇的路。

——然後就算被擊中也要忍耐下來，往前踏出一步。

——反正退後也是死路一條，還不如豁出去放手一搏。提升反覆攻擊的速度，管他用劍也好槍也好拳頭也好總之就是要不斷攻擊。

同時也是布拉德教過我的戰鬥基本觀念。

受了痛，就要往前進。

往前反擊對手。

「從這裡開始，我會變得很難纏喔。」

或許打不贏。

或許會死。

但我還是勉強自己，露出猙獰的笑容。

邪龍也呼應似地露出利牙，笑了。

「邪龍瓦拉希爾卡——」

【《世界盡頭的聖騎士（Paladin）》——】

握起熟悉的短槍，擺出架式……

「我要討伐你！」

【我會反殺掉你！】

我朝著最後一戰，往前衝出。

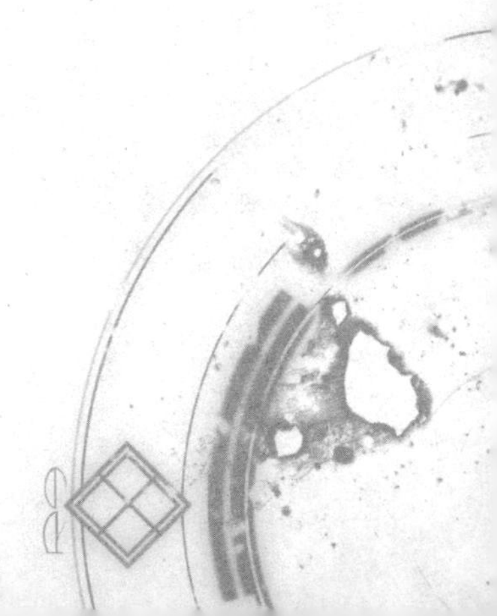

時間漫長得有如在洪水之中即使溺了水也依然拚盡全力往前游的感覺。

一開始，我首先使出自己所能施展的所有《話語》展開攻勢，並將戰區從梅尼爾他們倒下的地方移開。

或許這樣依然可能讓他們被餘波掃到而死，但能做的事情我還是希望盡量做到。

如果這時瓦拉希爾卡頑強抵抗，我想移動戰區的企圖應該就無法得逞才對。然而龍並沒有那麼做。

可能是牠認為去理會已經倒下的對象只是浪費時間，也可能是為了讓我這個對手能夠發揮全力戰鬥吧。

我不斷奔馳。

邪龍銳利的爪子、粗壯的尾巴、強力的踩踏連續來襲，偶爾還會用身體衝撞或吐出龍息（breath）。

我則是靠加速閃躲，並找機會放出《話語》或刺出短槍。

伴隨如軋轢般的發音，大量的、有時甚至包含我未知的凶惡《話語》接連來襲。

而我也絞盡腦汁、用盡所學的《話語》對應。

偶爾也會有足以震撼山脈的強烈咆哮。

我藉由一重又一重的庇佑防止鼓膜破裂、陷入恐慌。

好幾度被對手奪得先機，龍息（breath）的餘波與飛來的石礫讓我連連受傷。

每當受傷，我就靠祝禱治癒，重新站起來。

好幾次差點喪命。

大盾早已變形破裂。

「啊啊啊啊啊啊啊啊啊啊啊啊啊啊！」

如抓狂般的嘶吼。

全身塗滿自己的鮮血，繼續戰鬥。

右邊、爪子。

迴避。

槍。

穿鱗。

踩踏。

往斜前方衝刺。

鑽入懷中。

遮掩。

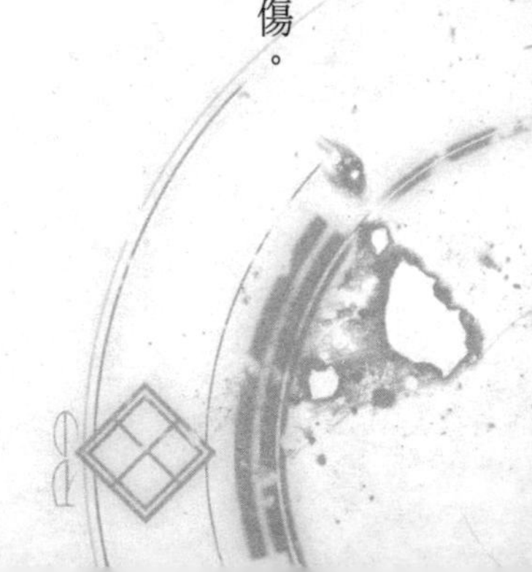

《話語》。

對應。

抵銷。

爪子。

尾巴。

躲開。

槍——

【吼啊！】

血盆大口逼近。利牙。

「！」

瓦拉希爾卡第一次對我使出啃咬。

接連攻擊中已經漸漸習慣對付爪子、尾巴與踩踏的身體，一時之間難以反應。

但遲了一拍後還是勉強做出了對應，硬是用《朧月（Pale Moon）》保護自己。

利牙擦碰，將我當場撞飛。

我趕緊站起身子，重新握起短槍——卻發現它輕得異常。

「啊……」

《朧月（Pale Moon）》壞了。

我一直以來最愛使用的武器，變得握柄彎曲，槍頭破碎。

——已經沒有人能夠修復它了。

「啊啊啊啊啊啊啊啊啊啊啊啊！」

我大叫。

振奮起差點跟著短槍一起被折斷的鬥志，並拔出《噬盡者(Over Eater)》。

瓦拉希爾卡的身上也有受傷。

我只要將劍砍進某處的傷口，吸收牠的生命力，就還有——

【很遺憾。】

我踏出步伐的瞬間……

腳掌被炸開了。

「呃、啊啊！」

我踩到的地面上，刻了好幾道破壞性的《記號》。

究竟是什麼時候被設下陷阱的？

這場戰鬥途中嗎？還是事前？

【那把魔劍，我也知道。】

對了。瓦拉希爾卡原本是隸屬《上王》的陣營——

【那確實是一把很有威脅性的魔劍。據說本來是某個《王級(King)》的惡魔為了殺掉愛

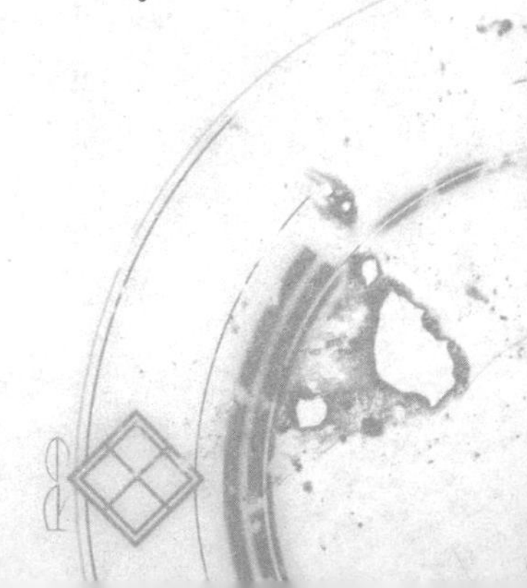

劍如狂的《上王》而親手鍛造出來的玩意……不過只要知道了原理，自然會有對付的手段。就像這樣。】

就在我忍耐著劇痛，禱告治療腳掌的時候，邪龍周圍浮現出好幾把《火焰箭矢》。

龍振翅一拍，與我遠遠拉開距離。

看來牠已經不打算陪我打近身戰，要靠龍息（breath）與射擊類《話語》將我解決掉的樣子。

【……雖說我也抱著遊戲心態，但萬萬沒想到對付一個人類會如此棘手……《世界盡頭的聖騎士（paladin）》威廉．G．瑪利布拉德，就讓我稱讚你在我身上留下了如此多的傷口吧。】

意識漸漸模糊。

難以保持專注。

【如果這只是一場比試較量，我或許會看在你面對龍竟能表現如此精湛，而乾脆將勝利的花冠讓給你了。你的力量，著實不下於神話時代的英雄。

……你正是貨真價實的強者，當代的勇者。】

手臂無法使力。

聲音顫抖，沒辦法順利發出《話語》。

——即使如此，龍卻依然健在。

【但很可惜，這是一場廝殺。】

龍要殺掉我了。

我必須打倒龍才行。

這是和神的約定。

我必須戰鬥。

……靠著僅存的力氣，我撐著劍站起身子。

凝聚瑪那。

拚命集中精神，多多少少治療自己的傷勢。

【我不會讓你太痛苦——死吧。】

龍深深吸氣。

恐怕會把我一切燃燒殆盡的灼熱龍息(breath)即將吐出。

「…………」

啊啊，不行了。

這狀況下，我束手無策。

即使腦中這樣想，我依然勉強把劍架起，準備發出《話語》。

因為這條命是神賜給我的。

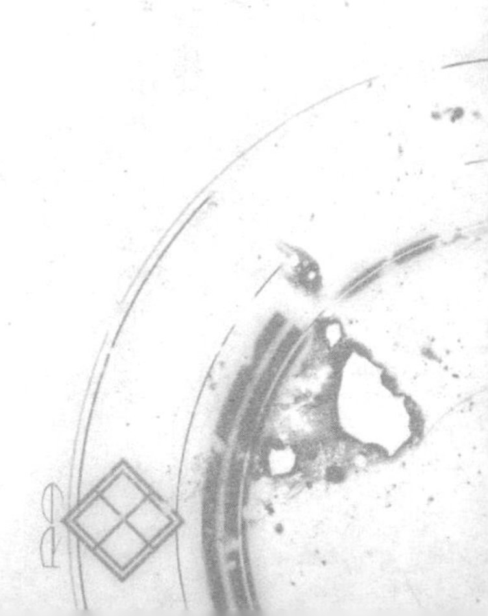

必須好好活到最後才行。

就這樣，帶有瘴氣與高溫的龍息(breath)朝我吹颳——

然而，結束的那一刻卻遲遲都沒有到來。

◇◆◇◆◇◆

「……啊。」

不知不覺間，一盞燈火浮現在我眼前。

以燈火為中心，產生了一道像透明結界的東西。

「神明、大人……？」

……是結界從龍息(breath)中保護了我。

【《使者(Herald)》啊。哼，沒有力量降下《木靈(Echo)》是嗎？燈火女神還真是會白費力氣。】

龍息(breath)撲來。

一次又一次。

燈火開始搖曳。

結界出現龜裂。

即便如此，祂依然保護著我。

【祢就那麼不捨自己的英雄嗎？只不過是一尊神明的《使者(Herald)》插手干預，也改變不了什麼啊。】

面對龍的暴力，神明做到如此也頂多只能拖延一點時間而已。

然而，神明還是不放棄。

一次又一次地承受龍息(breath)。

——吾將使汝強大，予汝協助。吾之燈火，將守護汝。

啊啊。

祂在實現祂的諾言。

「神明、大人……」

燈火什麼也不說。

一如往常地寡言。

只是默默地，繼續庇佑我。

——即便如此，結束的時刻還是到來了。

【……■■■■！】

龍發出有如軋響的《話語》。未知的波動襲來，徹底粉碎了結界。

邪龍口中這時已蓄積了十足的龍息(breath)。

【聖騎士(Paladin)啊！你是個值得我用龍息(breath)殺死的好敵手！就讓我把你的身姿留在我的記

憶中，不過我會把你連同靈魂一起燒個屍骨無存！】

瓦拉希爾卡的叫聲在《大空洞》中迴盪。

或許那是牠以牠的方式給我的餞別吧。

【……不，那樣我會很傷腦筋的。】

可是，從一旁忽然傳來另一個人物的聲音。

語氣超然脫俗。

【什麼傢伙——！】

龍立刻朝聲音的方向吐出龍息（breath），但聲音的主人卻在空中劃出驚人的軌跡避開了攻擊。

【這位英雄是我的獵物，我的敵手——我還是不能接受讓他被人從旁搶走啊。】

比夜晚還要烏黑的羽毛。

教人感到不祥的紅色眼睛。

在空中滑翔般飛到我旁邊那個身影是——

【不死神、斯塔古內特……！】

邪龍發出了呻吟。

在驚訝不已的瓦拉希爾卡面前，不死神滔滔說了起來。

【好啦，邪龍瓦拉希爾卡？你剛才說，只不過是一尊神明的《使者(Herald)》插手干預，也改變不了什麼是吧？

哈哈！一點也沒錯。我也是那樣預言的。光靠幾名英雄的力量不夠，即使再加上燈火之神的力量還是不夠！根本不足以殺掉邪龍《災厄的鐮刀》！不過——】

使者烏鴉「喀喀」地敲響鳥喙。

感覺相當愉快。

【這麼說來，如果有兩尊神明的狀況又會如何，我倒是完全沒想過啊。怎麼樣？現在這些英雄們會有勝算嗎？……我是覺得多少有些機會了，你覺得呢，瓦拉希爾卡？】

【不死神，祢還是老樣子這麼多話。】

【我對你就是莫名有種同類相斥的感覺啊，瓦拉希爾卡。雖然興趣上應該很相近才是。】

【我的興趣才沒有像祢那樣惡劣。所謂生命、靈魂，就是要在燃燒殆盡的過程中

才會綻放出耀眼的光芒。無限永恆地保存下去又有什麼意義?這個俗物。】

【你那種興趣才叫惡劣。讓美麗的存在永恆不滅——這是很自然的感情啊。這個破壞狂。】

瓦拉希爾卡表現得非常不悅。

畢竟是戰鬥到一半被潑了冷水,牠會這樣也是當然的吧。

【話說回來,你這男人還挺風流嘛,聖騎士。居然讓兩位女神特地趕來為你解危!這種事情即便在神話時代也沒聽聞過喔?】

瓦拉希爾卡用挖苦似的眼神朝我看來……不過……

總覺得牠好像說出了什麼非常有衝擊性的事實?

「……………」

女、神……?

【我是女神還是男神根本就不重要。性別之分對神明而言只不過是像裝飾一樣的東西罷了。對吧?】

烏鴉做出聳聳肩膀的動作後,停到我肩膀上,想要用頭磨蹭我的臉頰。

神明大人的燈火頓時用莫名猛烈的氣勢從中攔阻。

我肩膀上就這麼展開了一場無言的牽制交戰。

【哈哈哈,別那麼生氣啦,葛雷斯菲爾。我可是好心來為你們助陣,多少吃點甜頭也不為過吧……嗯？祢那反應是問我為什麼事到如今才現身是嗎？不，其實我原先根本沒有要插手的打算喔？可是看到剛才那樣熱血沸騰的戰鬥……總覺得不插個一腳肯定會後悔嘛。】

【只是因為那樣的理由，就跑來我瓦拉希爾卡的戰鬥中攪局嗎？這個英雄瘋子，該死的享樂主義者。】

面對語氣極為不屑的瓦拉希爾卡……

【一點都沒錯！——這等英雄，這等好事的聖騎士（Paladin），當然有讓我為之瘋狂的價值！】

斯塔古內特毫不顧忌地大聲回應。

【來，戰鬥還沒結束！威廉．G．瑪利布拉德，你可有繼續戰鬥的意志？我愚蠢而聰明的敵手，燈火的聖騎士（Paladin）啊！你曾說過要遵守誓言，秉持信仰，奮戰直到喪命倒下的那一刻。那些話不是騙人的吧！】

……我不禁露出苦笑。

身體早就破爛不堪。

手腳不知斷過幾次又靠祝禱術重生。

無論體力或專注力都已消耗殆盡，槍也被折斷。

現在只是用劍撐著才勉強站在這裡，但老實講也已經到極限了。

我巴不得可以立刻放掉意識，拋下一切倒頭大睡。

可是——可是既然都被不死神說到這個地步。

既然燈火之神大人願意與我同在。

「……我總不能、不好好、拚一場吧。」

搖搖晃晃的身體勉強擺出架式後，我盯向邪龍。

「瓦拉希爾卡。」

【怎樣？】

對牠一笑。

「我有說過，我會變得很難纏吧？」

【哈哈哈……確實如此。難纏得教人害怕，甚至連神明都為你而行動了。】

這才叫英雄啊。邪龍笑著如此說道。

【很好。畢竟受到神明賜予滿身的祝福與庇佑，人類才總算可以與龍對等交戰——而龍就是要將那樣受神眷顧的英雄燒死，才堪稱為龍！】

展開翅膀的瓦拉希爾卡依然健在。

就算我傷了牠幾處、剝了牠幾枚鱗片，也不過如此。

【來吧，掌管靈魂的慈悲女神們！沒有戰鬥庇佑的淑女們！祢們要如何給予這位英雄庇佑，如何將我殺死？】

瓦拉希爾卡傲然表現出『若真能辦得到就試試看啊』的態度。

——而實際上，燈火之神大人與不死神的確都不是戰神。

燈火之神大人很明顯就不是屬於那種性質的神明，而我以前和不死神交手過也知道祂幾乎沒有武學方面的知識。

正如瓦拉希爾卡所說，祂們兩位在本質上都是慈悲的神明。

即便新獲得了不死神賜予的庇佑，也不代表我就能擊敗邪龍——

【嗯？……**我不會給予什麼庇佑啊**。】

不死神非常乾脆地如此說道。

【這男人可是我的敵手，是宣言過會永遠與我為敵的人——我自然沒有理由要給予他庇佑。】

【哦？】

【不過，瓦拉希爾卡，你可別忘了，**這裡是什麼地方**。】

聽到這句話，龍瞪大眼睛。

對了。

沒錯，這裡是——

【這裡是《黑鐵之國》！是昔日的烈焰勇士們面對惡魔軍團與邪龍而犧牲性命，靈魂懷抱遺憾而徘徊流連的山脈！】

不死神的使者烏鴉身上爆發出巨大的力量。

散發出來的力量有如無色透明的波動，向整座山脈擴散而去——

【來，歸來吧！汝等的夥伴、汝等的子孫現在回到了這裡！而且還帶來了貨真價實的英雄！為了擊敗惡魔、討伐邪龍、奪回故鄉的山脈！】

腳步聲傳來。

大量的腳步聲。

【是戰士就不該沉睡徘徊、坐視不管！握起報仇雪恨的劍吧！再次燃燒你們勇氣的烈焰吧！】

鎧甲的聲響傳來。

用斧頭敲打盾牌的聲響傳來。

震撼地面的吼叫聲傳來。

【——矮人族的戰士們啊！】

青白色的靈體軍團從《大空洞》各處入口蜂擁而來。

已故的矮人戰士們發出咆哮。

為了奪回故鄉。

為了再次挑戰邪龍，他們高聲吶喊著。

不死神的使者烏鴉如嚮導般飛在《大空洞》中。

出征的號角聲響亮吹起。

戰鼓聲的重低音震撼丹田，如脈搏般保持固定的節奏。

青白色的靈魂之火躍動著。

好幾百人、好幾千人整齊不亂的腳步聲傳來。

龍彷彿在享受般、懷念般，瞇起眼睛靜觀這片情景。

我這時聽到背後有腳步聲接近。

共四個人。

「……你們總不會變成不死族了吧？」

雖然從氣息上就可以知道不是那樣，但我還是這麼說著並轉回頭。

「放心吧，我們還活著啦。」

「是的，沒錯。」

「雖然差點喪命就是了。」

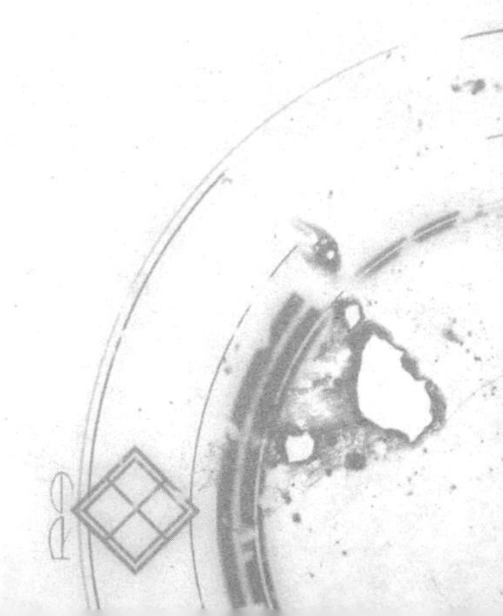

轉頭一看，梅尼爾、祿、雷斯托夫先生與葛魯雷茲先生都站在那裡。

「多虧你孤軍奮戰，引開了龍的注意力。」

「因此我靠祖神的庇佑治療大家——雖然因為還不習慣，多花了一些時間。」

原來如此。

祿剛才與惡魔交手的時候，戰斧有受到神焰包覆。

——他已經獲得布雷茲的庇佑了。

那麼就算還不到跟我同等的程度，但只要有足夠時間，他便能治療傷勢重新站起來。

我的堅持不懈，是有意義的。

不死神現身行動。

夥伴們也再度站了起來。

既然如此，我就還能繼續戰鬥。

「……威廉、大人。這、這是……」

葛魯雷茲先生看到眼前的軍團，露出一臉呆滯的表情。

大概是在猶豫該不該相信自己所見的光景吧。

「現在他們都是自己人——是我們可靠的援軍。」

「噢、噢噢……」

我這麼告訴葛魯雷茲先生後，他便流出熱淚。

這是他昔日渴望參與卻沒能如願的戰場。

——現在他總算來到這裡了。

就在這時，腳步聲傳來。

沉甸甸的腳步聲。

是身穿華麗的《真銀(mithril)》鎧甲，然而身形線條纖細而給人溫柔感覺的一名矮人靈魂。

手中握有一把閃耀的黃金之劍。

「……！」

葛魯雷茲先生幾乎是反射性地當場跪下。

從他這個動作，我就理解了。

「祖父大人……？」

祿目瞪口呆地說道。

「……——」

《黑鐵之國》最後的君主——奧魯梵格爾王就站在那裡。

他默默伸手撫摸祿的頭。

彷彿是在稱讚他：做得很好。

「……！」

祿當場表情一皺，滲出淚水。

奧魯梵格爾王接著把視線望向我——

「……——」

依舊保持沉默，用手甲握起那把黃金劍的劍身，將劍柄遞向我面前。

「咦？」

呃、這是、要給我的意思嗎？不是應該給祿嗎？——這樣的念頭與疑問雖然頓時閃過我腦海，不過……

在對方強勁的眼神注視下，我還是握住劍柄，收下了那把劍。

《黎明呼喚者（Call Dawn）》——過去曾奪走瓦拉希爾卡一隻眼睛的名劍。

矮人族代代相傳、恐怕是源自神話時代的靈劍。

「燈火的英雄……我的孫子，以及這座山脈，就拜託你了。」

對方發出的聲音宛如被灼燒般沙啞。

奧魯梵格爾王的靈體、鎧甲、身肉漸漸崩散。

「祖父大人？怎麼會、祖父大人……！」

對了。

我確實聽過。

——瓦拉希爾卡的烈焰甚至連靈魂也能燒盡。

奧魯梵格爾王恐怕昔日曾被龍灼燒過的靈魂，其實早就無法保留原形。

光是保持身形到現在，想必已是極限了。

他漸漸融解、崩散。

殘酷地。

無情地。

他的靈體緩緩崩壞——

【還沒。】

隨著平靜的聲音，如微風般溫柔的力量傳來，使崩壞停止了。

【——還沒結束。】

是神明大人。

燈火女神葛雷斯菲爾的使者之火發出了話語。

【聽好，無法保持靈魂的存在們。】

神明大人說的話，並不只是針對奧魯梵格爾王而已。

仔細一看，矮人軍團中也有好幾百名矮人們陷入與他們君主類似的狀況。

灼燒潰爛、融解潰散，靈體的大半都呈現崩壞狀態。

即使如此也依然鬥志未失——但恐怕已經沒辦法再戰鬥的戰士們。

【受龍息（breath）灼燒，再無法歸返輪迴的存在們。】

神明大人的聲音聽似平靜，卻帶有一絲悲傷。

接著……

【——各位生於這世上，著實活得精采！直至生命的最後一刻都表現得漂亮！】

那位神明大人……

總是講話平靜、沉默寡言的神明大人……

第一次發出如此大的聲音。

那毫無疑問是對這些矮人戰士們的稱讚。

是溫柔的慰問、是讚美、是祝福、是正面認同。

即使為幽靈之身，也有不少矮人顫抖落淚。

他們的人生受到了神明認同。

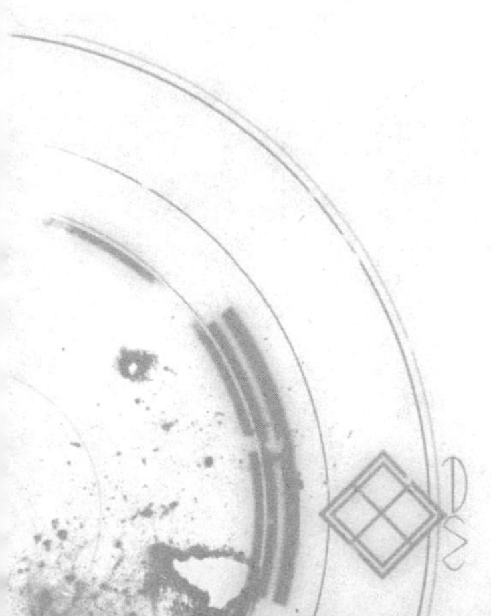

身為人，身為戰士，這可謂是無上的榮譽。

【就讓我給予各位最後的庇佑！若各位即使生命已盡，即使靈魂將滅，也依然渴望貫徹善良與正義——】

燈火飛舞著。

美麗而虛幻，有如在黑夜中飛舞的螢火。

【就讓我引導各位！聚集到活於當代的英雄們身邊吧！】

神火飛舞著。

引導靈魂的燈火飛舞著。

留住潰散的靈魂，誘導崩壞的靈魂，將他們一一帶領到我們面前。

那些靈魂們陸陸續續飛進了我們的體內。

雖然我一時驚訝緊張，但並沒有感受到衝擊或痛苦。

不過他們的思念確實湧入了腦海。

他們的遺憾、慟哭、不捨。

以及對過去未能獲勝的戰鬥抱有的翻騰心情，全都湧進腦海。

上吧。他們對我如此說著。

一起上吧。一同戰鬥吧。

伴隨這些撼動心情的話語，力量也不可思議地滾滾湧出。

如重鉛般壓在身上的疲勞漸漸散去。
覆蓋濃霧的模糊意識也徹底清醒過來。
感覺自己隨時都能全力衝刺。
眼前的一切都變得鮮明。
在被龍毀滅的山脈中徘徊、幾乎要消失的戰士靈魂們，此刻給予了我力量。
不需話語解釋我就能理解，我繼承了他們的靈魂。
梅尼爾也是，雷斯托夫先生也是，葛魯雷茲先生也是。
大家都用莊嚴的態度接受這些靈魂進入體內。
……等所有灼燒的靈魂們全都凝聚到我們身邊之後……
奧魯梵格爾王幾近崩壞的靈魂將手伸向祿。
祿接住他的手。
「祖父大人……」
「道歉的話語，我不會說出口。我的孫子啊，國家與人民的一切——就拜託你了。」
「是……請放心交給我吧！」
兩人互相凝視。
接著，奧魯梵格爾王的靈魂散為金色粒子，緩緩飛進祿的胸口。

【唉，到頭來還是沒能獨占風頭啊。】

不死神的《使者(Herald)》小聲嘀咕——

【唔，看來你們已經準備好了是吧，《世界盡頭的聖騎士(Paladin)》。】

邪龍則是嚴肅地如此說道。

瓦拉希爾卡即使面對這樣的發展，也沒有急著出手攻擊我們。

反而從容不迫地等待我們做好一切準備。

「是出於善意嗎……應該不是吧。」

【呵哈哈，怎麼可能。】

負傷的龍展開翅膀，在《大空洞》中擺出雄姿。

【這就像醞釀美酒一樣。將做好一切準備、湊齊一切要素、滿懷希望前來挑戰的英雄們徹底擊垮，欣賞那表情因絕望而扭曲的瞬間——】

瓦拉希爾卡露出利牙……

【正是對我來說無上的愉悅啊。】

牠如此宣告的聲音中，不帶虛假。

想必牠過去確實曾一次又一次像這樣葬送了無數的英雄們，將他們連同靈魂一併燃燒殆盡的吧。

【來，再一次挑戰我吧，《世界盡頭的聖騎士(Paladin)》。看是我將汝等葬送於此，為我

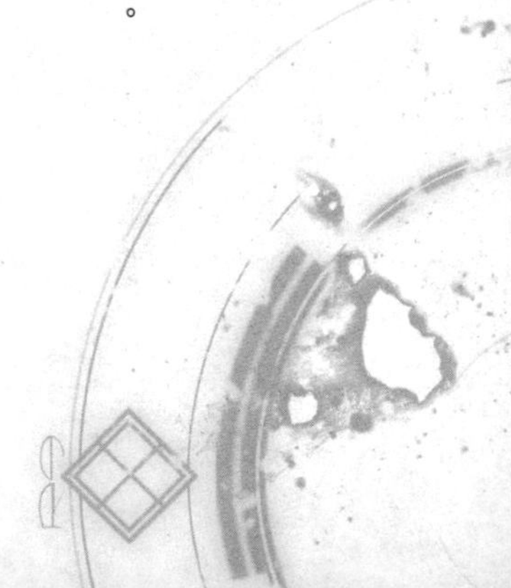

的恐怖來歷增添新的一頁。抑或在此遭汝等討伐，成為武勳詩歌的一部永遠傳頌下去。】

龍的全身盈滿瘴氣。

【——此時此刻，讓我們一決勝負。】

對於牠的話語，我並沒有立刻回應。

而是抬頭仰望神明大人。

「我要上了。」

【好……就讓我再次命令你。】

女神的使者之火熊熊燃燒起來，發出耀眼的光芒。

接著，流轉的女神葛雷斯菲爾——

【去吧，我的騎士。將龍討伐，實現你的誓言吧。】

肅穆地對我如此下令。

聽到祂的話語，我望向夥伴們，以及矮人之靈的隊列——

「——向劍立誓！向燈火立誓！向寄宿於我胸膛內戰士們的靈魂立誓！」

舉起黃金之劍……

「我必討伐邪龍！」

高聲如此宣告。

「「「喔喔喔喔喔喔喔喔喔喔喔喔！」」」

回應我的吶喊聲頓時震撼山脈。

「燃燒吧，勇氣的烈焰！」

「吾等之敵，邪惡將終結於此！」

「報應的時刻到來了！實現正義的時刻到來了！」

「《戰士啊》(bellator)！《戰士啊》(bellator)！」

「《命運眷顧勇者》(Fortes fortuna adiuvat)！」

彷彿在呼應這無數震盪大地的吶喊般，邪龍接著巨聲咆哮——

最終決戰，就此開始。

◇◆◇◆◇◆

【吼喔喔喔喔喔喔喔喔喔！】

龍的嘶吼響徹四周，震撼整個《大空洞》。

若沒有做好充分準備，光是聽到這聲巨龍的咆哮就會讓靈魂被削弱，當場放空

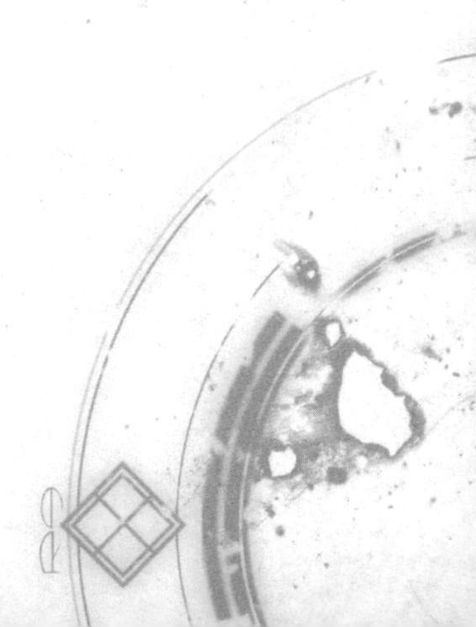

了。

面對龍隨著咆哮襲來的利爪……

「呀啊啊啊啊啊啊啊！」

我舉劍橫掃，從側面架開攻擊，同時鑽入巨龍懷中。

【——《火焰箭矢》（sagitta flammeum）！】

「燈火庇佑！」

龍的《話語》和我《神聖盾牌》（sacred shield）的祝禱激烈衝撞、互相抵消、炸開消散。

順從胸口中滾燙的熱量，我全身躍動。

徹底清醒的意識甚至延伸到身體的每個角落。

即便是指尖極其細微的動作，現在的我應該也能完美控制。

龍的前肢、後足，接連襲來的大質量存在我不用看也能掌握位置。

躲開利爪、刺穿龍鱗、繞向背後、切砍攻擊。

靈劍《黎明呼喚者》（Call Dawn）的利刃不斷震盪，發出奇妙的清脆聲響。

即使砍破好幾枚龍鱗也不見鋒刃損傷，對手濺出的些微鮮血也絲毫沒有附著到劍身上。

——這把劍的鋒利程度或許可以匹敵我現在收在劍鞘中的《噬盡者》（Over Eater），甚至更在其上也不一定。

【咕喔喔喔！】

瓦拉希爾卡發出焦躁的叫聲。

但牠還是沒有避開近身戰鬥，積極揮動利爪企圖將我擊潰。

畢竟現在我方出現了如此強大的一批軍團，因此瓦拉希爾卡恐怕是判斷與其悠哉進行射擊戰，不如抱著多少讓自已受傷的覺悟把身為領隊的我迅速解決掉比較好吧。

決斷乾脆，毫無猶豫。

讓人會聯想到巨木樹幹的前肢伴隨撕破空氣般嚇人的聲音，從左右兩側朝我襲來。

「……嗚！」

正當我躲開攻擊，尋找接近機會的一瞬間……

【■■■——！】

龍放出我沒聽過的《話語》，讓我眼前視野忽然傾斜。

應該相當堅固的地面竟噴出汙泥，我的右腳踝沉入泥土中。

「——！」

雖然我靠前世的知識注意到這是土壤液化現象，但一時之間想不出能夠對應的《話語》。

對方的《話語》並沒有被流傳到現代，是在神話時代就失傳的《失傳話語》。

就算我想應付也不知道什麼手段有效。

沒能反射性說出《話語》，仔細思考根本來不及！

【擊潰吧！】

就在我被絆到腳而一時猶豫的時候，如大桌子般巨大的手掌、如人類身體般粗壯的手指、如刀劍般鋒利的爪子朝我揮落。

是壓上巨龍體重的一擊。

若正面抵擋根本不可能撐得住，即便多少做到抵抗也只有被壓扁的份。

而且我現在腳被絆住，就算想逃也沒辦法一瞬間衝到攻擊範圍之外。

「……嗚！」

一陣衝擊。塵土飛揚。

「威爾！」

「威爾大人！」

夥伴們紛紛大叫——

【呃啊！】

瓦拉希爾卡這時第一次明確發出了痛苦的叫聲。

接著用難以置信的眼神注視自己**缺損的手指**。

是我剛才用《黎明呼喚者》迎擊，砍掉牠一根指頭並讓自己身體鑽進了那個空隙。

雖然龍的指頭確實跟人類身體一樣粗，但說到底，我其實只要能抓準時機，人類身體也是可以一刀兩斷的。

至於出手的時機，從剛才無數次的交鋒中我也已經徹底掌握清楚了。

即便瓦拉希爾卡是身經百戰的龍，不，正因為牠是身經百戰的龍，所以在攻擊的節奏與模式上不會太過複雜。

畢竟只要靠那巨大到蠻橫的身軀以及大量的《話語》，面對大部分的對手都能碾碎。因此牠根本沒需要多費功夫『讓攻擊節奏複雜化』或是『預備多種攻擊模式』。

就好像猛虎不會為了要殺掉獵物而特地鍛鍊武術是一樣的道理。

自然的強者不會多加鍛鍊或多下工夫到不自然的程度，也沒有那樣做的理由。

那麼無論在基礎體能上或是經驗上都處於劣勢的我如果想獲勝，就只能鑽那個破綻了。

從泥土中拔出腳，接續動作砍掉龍的指頭後，我準備趁龍動搖的機會繼續追擊。可是……

【■■■──！】

瓦拉希爾卡也不是那麼簡單的角色。

牠立刻放出束縛類的強力《話語》，企圖纏住我的腳。

我不得已下只好施展消除的《話語》，並往後跳開。

……對手在輔助類《話語》的使用技巧上也很高竿。

看來就算沒有接受過武術方面的訓練，牠恐怕過去也曾因為與實力高超的英雄交手而吃過苦頭吧。

牠的攻擊並非單純的猛攻而已。

【喔喔喔喔喔喔喔喔喔！】

「啊啊啊啊啊啊啊啊啊啊！」

咆哮與吶喊響起。

劍與爪、《話語》與祝禱再度交鋒。

「射——！」

就在這時，大量箭矢忽然從側面射向龍巨大的身體。

是祿趁著我與龍正面對峙的時候，率領一隊士兵繞到側面。

「突擊——！」

接著從別的方向又有另一隊矮人戰士們衝刺而來。

【哈哈哈——就是該這樣！】

放聲大笑的邪龍又變得更加狂暴了。

利爪一揮，全副武裝的戰士便當場四分五裂飛向空中。

巨尾一掃，好幾名戰士們的上半身都消滅無蹤。

龍是親近《話語》的生命。

因此即便是靈體，也難逃龍的利爪尖牙。

「嗚喔喔喔喔！」

然而已死的矮人戰士們根本不畏怯。

不退縮，不恐懼，正面朝龍衝去。

【嘎啊啊！】

劍與斧砍向龍腳。

長弓與十字弩的箭矢一波接一波射來。

雖然大半都被龍鱗擋下，不過我剛才在龍身上留下的傷口這時也發揮了效果。

龍的身體一點一滴地累積傷害。

「就是那裡！」

梅尼爾射出的箭也混在大量箭矢之中。

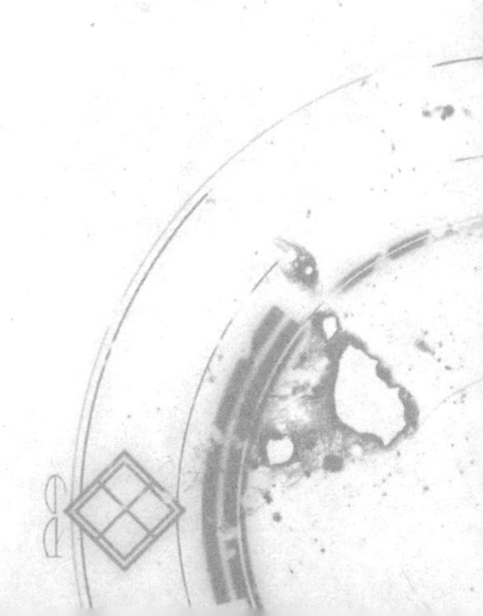

原本就精準無比的弓術加上風妖精們輔助之下，他的箭接連命中我留下的傷口上的出血點。

而且那箭頭現在並沒有綻放出真銀（mithril）的光輝——而是呈現**漆黑**。

我還疑惑是怎麼回事，原來是梅尼爾把真銀箭頭浸泡過他在沼澤採集到的多頭蛇毒液。

多頭蛇的劇毒光是一滴就足以讓大型猛獸當場癱軟、痙攣。

即便瓦拉希爾卡帶有瘴毒性質，巨大的身體再怎麼強韌，被那樣的劇毒一次又一次注入傷口也絕不可能安然無事的。

【嗚、喔……！】

如果單純只有梅尼爾射出的箭，或許還有對付的手段，但現在可是矮人們射出的無數箭雨。

梅尼爾讓自己的箭巧妙隱藏在其中，盡情射擊巨龍。

瓦拉希爾卡的動作漸漸變得遲鈍。

就在這時——

「喝！」

雷斯托夫先生、葛魯雷茲先生以及矮人英靈們勇敢殺向巨龍。

更多的龍鱗一片片被剝落。

雷斯托夫先生並不是像我那樣打正面砍斷龍鱗，而是讓劍刃滑入細微的縫隙間削落鱗片。

而且是瞄準不斷在動的鱗片縫隙。

要不是超乎常人的速度與熟練的技巧，根本辦不到這種事情。

【盡要小伎倆……！】

柔韌的龍尾橫掃而來，不過——

「各位！咱們上！」

矮人們以葛魯雷茲先生為中心，架起好幾層的盾牌。

活用地面與自己的身體，將盾傾斜支撐。

「吾等無敵！」

「燃燒吧！勇氣的烈焰！」

隨著矮人們的咆哮，大量盾牌如牆壁般排列。

刻有《記號》的魔法盾牌依序發動效果——

【！】

橫掃而來的龍尾被偏向斜上方。

矮人們排列的大量盾牌——不是迴避龍的一擊，而是將它偏開。

「把我們的故鄉——」

這時，祿已經逼近到龍的腳邊。

靠他過人的怪力高舉起神焰纏繞的長柄戰斧——朝龍的腳一揮而下。

「給我還來！」

命中的瞬間發出了嚇人的巨響。

簡直有如被火神的鐵拳直擊般爆發性的強烈一擊。

瓦拉希爾卡巨大的身軀總算開始搖晃，伴隨一陣轟響倒下。

好機會。

原本因為牠身體太過巨大而難以攻擊的各處要害，這下終於可以攻擊了。

局勢漸漸朝著我方的勝利傾斜。

就在我這麼想著，並準備接近龍巨大的身體時，我的背脊忽然不寒而慄。

——邪龍瓦拉希爾卡、竟然在笑。

◇◆◇◆◇◆

瓦拉希爾卡的嘴角溢出黑煙。

不只如此，還能看到牠的腹部和喉嚨都發出炙熱的紅光。

帶有熔岩般壓倒性的高溫以及大量瘴毒的龍息(breath)蓄積腹中正準備爆發的徵兆顯而

易見。

沒錯。

瓦拉希爾卡從剛才一**直都沒有使用龍息**。

——牠就是在等待這個狀況。

讓龍息(breath)蓄積在腹部深處，等待對手的主要戰士們都聚集到自己面前，能夠連帶牠自己一起捲入龍息(breath)之中的這個瞬間——

【因為會波及財寶，我本來很不想用這手段。不過……】

瓦拉希爾卡恐怕有自信只有牠自己可以撐住龍息(breath)吧。

牠自稱是瘴毒與硫磺之王，熔岩的同胞。

因此即使將蓄積到極限以上的龍息(breath)吐出，自己也不會被高溫與毒氣殺死。

這是瓦拉希爾卡的最終王牌。

——要是讓牠把龍息(breath)吐出口，一切就完了。

【勇士們——】

「《最大(maxima)》——」

我將『做不做出決斷』之類的問題全都拋到腦後。

【這就是汝等的毀滅之路！】

「《加速(acceleratio)》！」

不顧一切詠唱出《話語》。

作用力與反作用力產生異常——我清楚感受到踏出的腳因反作用力而骨頭碎裂。

全身上下軋軋作響的同時，我化身為一發子彈，朝龍的喉嚨飛去。

在眼前一切都變成灰色，感覺緩慢行進的時間中……

我看到瓦拉希爾卡即使驚訝得睜大眼睛，也依然準備用龍息(breath)迎擊的畫面。

「啊、啊、啊啊啊啊啊啊啊——！」

我舉起《黎明呼喚者(Call Dawn)》，發出戰吼。

讓這把靈劍發揮力量所必要的《話語》，在我胸口中戰士們的記憶已經告訴我了。

……昔日火神布雷茲賜予打算在地底黑暗中生活的眷屬們。

歷代矮人之王每年透過儀式持續灌注瑪那的這把劍，其本質一如它的劍銘。

靈劍《黎明呼喚者(Call Dawn)》。

呼喚黎明的名字——

「《升起吧，太陽(solis ortus)》！」

黃金之劍噴出耀眼的光焰。

覆蓋《大空洞》的黑暗在一瞬間被驅散。

炙熱的光刃。

寡言的火神賜給眷屬們的小太陽——刺入邪惡黑龍的喉嚨。

無論龍鱗或頸部強韌的肌肉，光焰之刃全都視若無物，一路貫穿。

——霎時，從切開的喉頭噴出蓄積在內的熱毒龍息（breath），當場炸開。

爆炸。

衝擊。

身體向上飄浮。

我在一瞬間似乎看到邪龍吊起嘴角，說了一聲「漂亮」。

伴隨爆炸噴發的瘴毒與高溫。

從瓦拉希爾卡口中放射出來的龍息（breath）雖然沒有噴向大家，但取而代之地全部襲向砍破龍頸的我身上。

如果用刀切開一條內部積滿水準備噴出的管子究竟會有什麼下場，想也知道。

雖然想也知道，但我在還沒思考之前身體就先行動了。

受到如此大量的龍息（breath）噴襲，肯定連靈魂也不會剩了。不過……

——能夠和龍打到同歸於盡，應該已經算表現得很好了吧。

我率直地如此認為。

若這就是我人生的落幕，應該不差才對。

將神話時代的龍砍斷喉嚨，同歸於盡。

這是何等精采的結局。

灼熱的烈焰與融解至骨的劇毒暴風朝我襲來。

可是——

「——？」

我卻沒有立刻感受到皮肉灼燒的痛苦，或是骨頭融解的難受。

是手臂上的《聖痕》發出微弱的光芒，保護了我。

雖然那光輝很快就被高溫與劇毒的暴風吞沒。不過……

——我似乎聽到瑪利斥責我「不可以放棄」的聲音。

「…………！」

酷熱與瘴毒終於還是突破了《聖痕》的保護，直擊我的身體。

皮膚融化、肌肉融化、骨頭露出、眼球與內臟也漸漸融解。

在那樣的痛苦之中，我緊咬牙根拚命忍耐——

並且拔出了《噬盡者》。

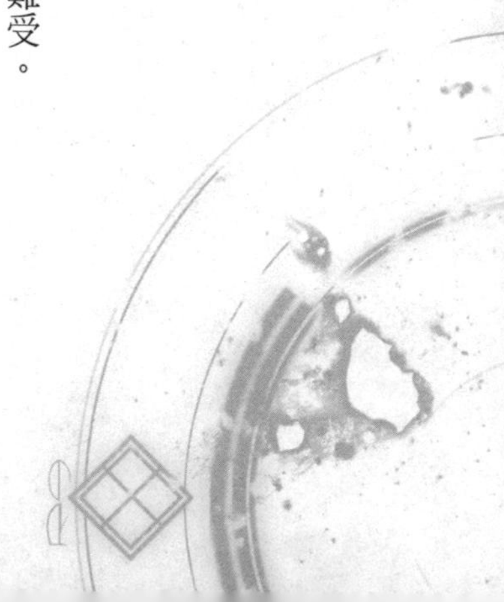

「□□□□□□！」

灼燒的喉嚨發出不成聲的叫喊，在失明的視野中，我把劍刺入瓦拉希爾卡的身體。

瑪那的荊棘竄出的感覺傳來。

被毒與熱融解、喪失的肉體漸漸修復。

……那是讓人幾乎抓狂的劇烈苦痛。

全身細胞被燒爛，重生，又再度被燒爛。

即便如此，我依然拚命用反覆融解與重生的手緊握住《噬盡者(Over Eater)》。

融解。

治療。

融解。

治療。

好痛。好痛。

好痛好痛好痛好痛好痛好痛好痛好痛好痛好痛——

——乾脆把劍放開就能一了百了地說。

閃過腦海的這個念頭被我硬是壓抑下來。

好痛。

好痛。

好痛。

我要活下去。

好痛。

好痛。

融化了。

身體融化了。

治療。

好痛。好痛好痛好痛好痛……

即便如此，我還是要活下去。

這是和神的約定。

直到最後。直到最後——直到最後的最後！

——我都不能放棄活下去的意志！

在全身灼燒潰爛的痛苦之中……

我緊抓住那唯一的約定，失去了意識。

——睜開眼睛後，我發現自己倒在一灘血泊中。

「威爾，喂，威爾……！」

「威爾大人！」

梅尼爾與祿搖著我的身體。

雷斯托夫先生與葛魯雷茲先生也擔心地在一旁看著我。

「嗚、呃……咦？」

不可思議地，我全身感受不到疼痛。

甚至有種爽快的感覺。

「喂，你有辦法講話嗎？清楚狀況嗎？」

「我沒、問題啦……梅尼爾。」

「還不要站起來。」

「沒關係，不知道為什麼，我現在狀況很好。」

我站起身子，完全沒有感到暈眩。

雖然全身沾滿血感覺很不舒服，但也僅此而已。

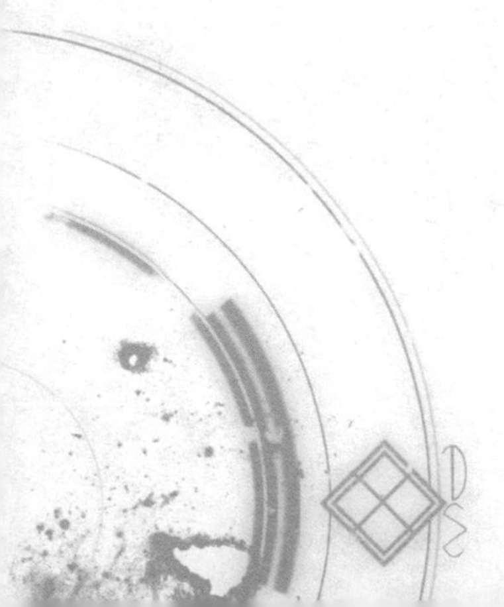

濺在我身上的血還很溫暖，可見我失去意識後並沒有經過太長的時間。

我接著環顧周圍，發現已化為屍骸的瓦拉希爾卡就靜靜倒在一旁。

好巨大。正因為靜靜倒在那裡，讓人重新體認到牠的巨大。

——我砍死龍，而且還活了下來嗎？

總覺得莫名缺乏現實感。

《黎明呼喚者（Call Dawn）》與《噬盡者（Over Eater）》都保持著原貌，落在戰鬥後坑坑洞洞的地面上。

不愧是源自神話時代的武器，看來連龍息（breath）也沒能消滅它們的樣子。

青白色的矮人戰士們大概是因為如願以償討伐了邪龍而不再有眷戀的緣故，身影開始漸漸變得稀薄。

——要是沒有他們挺身助陣，我方想必根本沒有勝算吧。

「謝謝、各位。」

我向他們鞠躬致意。

結果他們也紛紛舉起盾牌與戰斧，露出笑容回應我。

非常爽朗的笑容。

「謝謝啦。」

「感謝各位鼎力相助。」

「……朋友們，前輩們，永別了。接下來的事情就交給在下與公子吧。」

梅尼爾，雷斯托夫先生與葛魯雷茲先生依序如此說道。

最後輪到祿語氣平靜地……

「我必定會讓《黑鐵之國》重現昔日的榮華。」

將手放在左胸前，這麼發誓。

矮人戰士們滿足地回以微笑後，如白煙般緩緩升向上空。

神的《使者燈火》也彷彿在引導他們似的，靜靜跟在一旁。

——我們則是好一段時間中，都默默注視著那樣的光景。

「…………」

等到目送矮人戰士們離去後，我重新確認自己的狀況。

原本穿在身上的衣服已經全部消滅，甚至連真銀(mithril)製的鎖子甲都變得破爛不堪。

不過這也是理所當然的。畢竟我可是被蓄積到最大量的龍息(breath)正面吞沒。

現在披在身上的這件外套，大概是祿不忍讓我裸身倒在地上而為我披上的。

身體各處還殘留有燙傷與浴毒潰爛的痕跡。

仔細一看，《聖痕》也還留在手臂上，讓我有點鬆了一口氣。

隨後——

「……嗯？」

我發現除了留在手臂上的《聖痕》以外，其他燙傷與潰爛的痕跡都漸漸在消失。

「……咦？」

太奇怪了。

從剛才就很奇怪。

……身體狀態超乎尋常地好。總覺得好像從體內深處源源不絕地湧出力量與戰意。

「呃……」

我試著撿起旁邊一顆大約有人頭大的石塊。

只靠單手就輕鬆抓起來了。

——重量方面姑且不說，首先只靠單手的手指應該很難抓住才對，我現在卻硬是抓住了。

「啥？」

「咦！」

大家都驚訝得瞪大眼睛，不過——

我有一種還游刃有餘的感覺。

於是我試著施力，石塊上頓時出現裂痕。

接著繼續龜裂，轉眼間擴大範圍，最後被捏碎的石塊從我手中掉落下去。

「………」

這是怎麼回事？

【——畢竟你可是吸收了神代之龍的生命，會變成那樣也是當然的。】

啪沙啪沙的振翅聲傳來。

一隻紅眼烏鴉降落到我面前的瓦礫山丘上。

是不死神斯塔古內特的使者烏鴉。

【你的靈魂與肉體在偶然的機緣下被龍息（breath）燃燒，在與龍的生命交戰中受到鍛鍊，又將龍臨終前的血液熔入了體內。】

聽到這段話，我不禁皺起眉頭。

【那表情看來，你還聽不太懂的樣子……簡單來講，神代之龍的因子已經深深混入你的靈魂與肉體之中了。你能夠徒手捏碎岩石也是當然的。畢竟你雖然還保持人類的外觀，但實際上已經化為近似龍的「某種存在」了。而現在的你就是完全沒有壓抑住那樣的特性，使其表現出來的狀態。只要試試看就能知道，當你在那樣的狀態下，一般武器根本傷不了你的肌膚，普通魔法師施放的《話語》對你而言也與微風無異。

揮舞平凡的武器只會讓武器本身碎裂，親近《話語》的龍之因子也會增強你《話語》的力量與精準度。至於壽命……會怎樣呢？照我觀察應該壽命本身並沒有被延長，但畢竟對老化或病毒的抵抗力大幅增加的緣故，就結果來說或許會讓壽命延長一些吧。】

「…………」

呃……

那是什麼亂七八糟的效果啊。

【不過——你現在是不是有感受到力量與戰意在翻騰？】

「……相當翻騰。」

【我想也是，畢竟是那隻高傲暴虐之龍的因子啊。在那狀態下，會導致你的獸性增強——你可別對力量過分自滿，要努力讓龍的因子鎮靜下來。否則那將會成為導致你毀滅的要素。】

我腦中不經意回想起前世德國英雄故事中的主角——齊格菲。

雖然因沐浴龍血而獲得不死之身，卻在愛恨中招致毀滅的勇者。

有時候導致戰士毀滅的不是戰鬥，而是所作所為的報應。

【——我可不希望看到你悽慘喪命的樣子。】

「斯塔古內特……」

不死神的使者烏鴉敲響鳥喙，笑了起來。

從祂身體的末端開始漸漸化為黑色的霧氣，緩緩消失。

【雖然徹底把力量用光，不過哎呀，反正礙事的邪龍已經被討伐，也賣了你一份人情。算是一場不差的交易——你應該有對我感到恩情吧？】

「是的。」

在這點上我不否認。

要是沒有斯塔古內特介入，我早就喪命了。

……雖然多少有些不情願，但祂的確對我有救命之恩。

【那就好！對付像你這樣的英雄時，與其靠力量強迫屈服，不如巧妙賣你一番義理恩情，最終反而比較能化為利益！

……被葛雷斯菲爾引走的那些矮人戰士們雖然可惜，不過比起現在為了獲得他們而使你困擾，故意不提出要求好賣你更多恩情，今後會對我更有好處。】

「祢就是那樣的部分讓我覺得很恐怖啊。」

實際被祂這樣做，我在立場上就會變得很弱。

而且就算祂是燈火之神大人的敵對者，有了恩情我就沒辦法對祂太冷淡。

仔細想想，布拉德與瑪利他們也是在《上王》的事件中被不死神巧妙賣了一份人情。果然這尊神明的本質不是在戰鬥而是精明交涉。

再加上我們曾經一度認真廝殺過，讓不死神也很清楚我絕不退讓的底線在哪裡。

雖然我對自己說過會永遠為敵的發言沒有反悔的打算，但面對這神明我還真的不知道該怎麼對應才好。

【那麼，我要走了……葛雷斯菲爾，這次也給祢添麻煩了。】

斯塔古內特望向神明大人緩緩降下來的使者燈火，眼眸流露出些許複雜的神情。

——這兩尊神明之間想必也發生過很多事情吧。

【不死神斯塔古內特。】

神明大人用平靜的聲音說道。

【……現在還不算晚，願意放棄祢的理想嗎？願意捨棄不死的力量，再度與我一同引導靈魂嗎？只要祢願意……】

【別再說下去了。然後，我拒絕——我要繼續追求我的理想。這就是我的決定。】

【這樣呀。】

使者燈火搖曳。

感覺寂寞而悲傷。

【……再見了，我的姊姊。】

【嗯，再見了，我的妹妹。】

即使聽到這段對話，我也莫名感到可以接受。

——因為我從以前就覺得這兩尊神明之間有某種共通的部分。

【好啦，威廉·G·瑪利布拉德。如今你身為一名英雄更添了光采，獲得了更強大的力量。然而隨著光亮增強，黑影也會越深。你要切記別為戰而狂，別憎恨他人，別沉迷女色……不對，話說你身邊根本沒女人嘛。】

「不要管我。」

【你想把人生獻給那個妹妹的心情我也能理解，但你至少也找個伴侶吧。這樣下去不是會害我少了誘惑你子孫的樂趣嗎！】

「理由也太糟糕了吧！」

居然連子子孫孫都要被神盯上，這到底是什麼詛咒啊！

【要不然——】

使者烏鴉說著，微微歪頭。

紅色眼眸綻放出妖豔的光芒。

【等我哪天以女性的《木靈(Echo)》降臨，然後你跟我生個孩兒如何？】

【…………】

神明大人的使者燈火插入我和斯塔古內特之間，熊熊燃燒起來威嚇對方。

【呿！……我又沒說要祢把他讓給我，只是生個小孩有什麼關係？像蕾亞希爾維亞以前不就經常跟英雄陷入愛河，生下半神半人的小孩嗎？】

多情的精靈神蕾亞希爾維亞確實有留下很多那樣的逸聞。

……但那些主要都是神話時代的故事吧？

【算了，也罷。已經沒什麼時間，這次我就放棄吧。另外，我想想——】

幾乎已化為煙霧散去的斯塔古內特稍微思考一下。

【威廉．G．瑪利布拉德，以前我曾問過你要不要也受我疼愛對吧？那是騙你的。】

「啥？」

與漸漸崩散消失的使者烏鴉重疊似地……

【我愛著你喔，威廉．G．瑪利布拉德。】

我眼前浮現一道充滿知性又莫名妖豔的女神幻影，露出惡作劇般的笑容。

留下這句發言後，我值得尊敬的敵手，偉大的不死神斯塔古內特便非常乾脆地隨著霧氣消失了。

◇◆◇◆◇◆

「——」

「…………」

好一段時間，包括神明大人在內，大家都不講話。

剛才那是「那個」吧？是所謂「愛的告白」吧？

……神？對人？而且是明確宣言過會敵對的對象？而且感覺像是說完就跑了。

這下該怎麼做才好啊？

正當我感到腦袋混亂的時候，梅尼爾輕輕拍了一下我的肩膀。

「所謂的女神還真是奔放啊……威爾，祝你幸福。」

「吵死了啦！」

被神明示愛的時候到底該怎麼反應才好嘛！

光是人類女性如果做同樣的事情就已經會讓我傷透腦筋地說。

「……該怎麼說呢，那種類型的女性雖然看似個性乾脆，但其實執著心很強，容易糾纏不清。你要做好覺悟喔。」

「拜託你別那樣嚇我。」

經驗似乎很豐富的梅尼爾講出來就莫名有說服力，讓我感到很恐怖啊。

能不能乾脆假裝什麼都沒聽過算啦？

就在我們說著這樣愚蠢的對話時……

【……我的騎士，以及各位英雄們。】

神明大人莊嚴的聲音頓時讓現場莫名鬆弛的氣氛變得嚴肅起來。

大家都趕緊端正姿勢。

【恭喜各位討伐了邪龍──表現得非常漂亮。】

聽到這句話──

現實感這才總算湧了上來。

我打贏瓦拉希爾卡了。

打倒了那隻恐怖嚇人的邪龍，而且活了下來。保住一條命能夠活著回去。

這麼一想，安心的感覺便油然而生。

我接著感受到神明大人用慈愛的視線望過來的感覺。

【且讓我犒賞各位的功勞吧。如有任何願望，盡說無妨。】

聽到那樣平靜的聲音……

「誠惶誠恐。」

祿首先開口了。

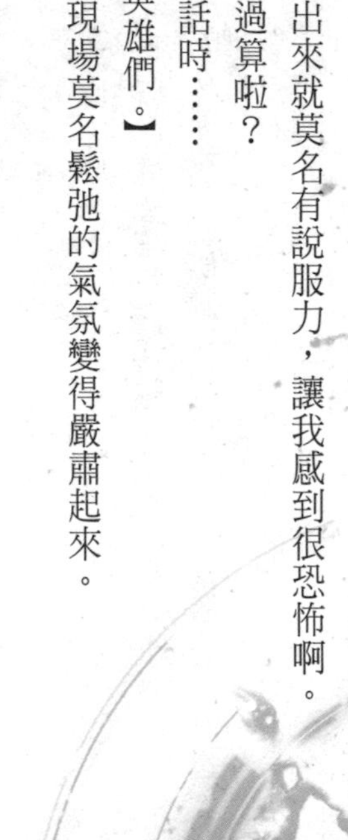

「燈火女神啊，請問祢是否可以把邪龍的瘴氣從包含《花之國(Lhoth dhol)》在內的這座山脈區域驅散呢？」

【如今邪龍已死，在某種程度上我可以實現那樣的願望。】

「那麼就拜託祢，請清淨我們的故鄉吧。」

「那我的請求也一樣。」

畢竟也關係到蒂娜他們嘛。梅尼爾如此說著，聳聳肩膀。

「為了已故的友人們，在下的願望也是一樣。」

「我也一樣沒問題。反正能與龍一戰已經讓我很滿足了。」

葛魯雷茲先生附和後，雷斯托夫先生也點點頭。

……不知該怎麼講，大家真的都沒什麼私慾呢。

哎呀，要不是這樣，想必也不會跟著跑來參加這種勝算低微的戰鬥吧。

「我也一樣……請求祢淨化並祝福這座山脈。」

【汝等的心願，吾確實聽到了。】

神明大人的使者燈火如此宣告後，開始詠唱起我沒有聽過的《話語》。

火焰熊熊燃燒。

散發出聖潔氣息的神祕之火——除「聖火」外別無形容的火焰點燃瀰漫在周圍的瘴氣，轉眼間延燒擴散。

沒有傷害到其他任何存在，唯獨將不淨的毒氣燃燒殆盡。

隨著聖火延燒，《鐵鏽山脈》(Rust Mountains)漸漸恢復為《黑鐵山脈》(Iron Mountains)。

【為已故者送上哀悼，為新生者獻上祝福。】

神明大人慈愛祈禱般接連說出《話語》。

溫柔地。平靜地。

彷彿將短暫渺小的存在們經營的生活輕輕包覆起來般。

【願和平，願繁榮，願喜悅降臨此地。】

隨著《話語》接續，神明大人的《使者燈火》漸漸變得淡化稀薄。

想必就跟不死神一樣，神明大人也已經消耗到沒辦法保持《使者》(Herald)的姿態了吧。

【屠龍的英雄們，願這塊土地以及將其奪回的汝等——】

隔著使者燈火。

我似乎看到總是面無表情的神明大人在兜帽下揚起嘴角，輕輕微笑的模樣。

【——永遠受到燈火的祝福。】

柔和的聲音。

溫暖的光芒。

以驚人的速度釋放聖火，將瘴氣燃燒殆盡後，神明大人的使者燈火便消失了。

和不死神不一樣，幾乎沒有提到任何個人的事情，實在很符合燈火之神的作風。

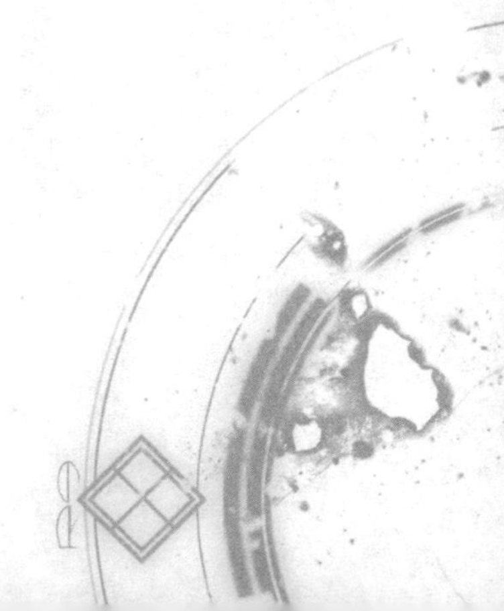

雖然缺乏像斯塔古內特那種平易近人的感覺，不過我並不討厭神明大人這樣正經八百的個性。

好一段時間，大家什麼話也沒說。

在一切都消失的《大空洞》內，每個人都沉浸在勝利的餘韻與生存下來的現實感中。

「…………」

我不經意湧起念頭，走向瓦拉希爾卡的屍骸，闔上牠巨大的眼睛。

閉上眼睛的獨眼邪龍，看起來就像在沉睡般。

直到生命的最後一刻，瓦拉希爾卡都是強大、邪惡而高傲的龍。

我默默為龍獻上禱告。

牠恐怖的靈魂究竟會往何方去，我並不清楚。

瓦拉希爾卡自己說過，所謂活著就是應該在燃燒的過程中綻放光芒。

或許牠甚至拒絕歸返輪迴，選擇讓自己滅亡了也說不定。

——即便如此，我依然為牠禱告。願此龍的靈魂得到祝福。

「……好。」

禱告結束後，我轉回身子。

「雖然還有很多善後工作要處理，但我們就快快收拾掉，快快回去吧。」

「是！不過威爾大人請好好休息，剩下的事情交給我們……」

「不不不，話不能那樣講啊。」

「少囉嗦，給我去休息。話說，你這傢伙太愛亂來了啦。」

「一點都沒錯。我實在萬萬沒想到你居然會在那個時候衝出去……不過，你那一劍確實砍得漂亮。」

「是啊，有如太陽般耀眼的一劍，在下想必這輩子都忘不掉——等回去之後要好好慶祝勝利才行！」

「哦，好點子！對了，把《花之國(Lhoth dhol)》的人也招待過來，讓他們演奏音樂吧。」

「聽起來真不錯！另外也要準備美酒與料理——」

「托尼奧跟碧肯定都已經準備周到啦。可以盛大慶祝一番了。」

「哇～真教人期待……！」

大家如此閒聊交談，說笑一段後，便很有默契地互相舉手擊掌。

「啪！」的清脆聲音頓時響徹四周。

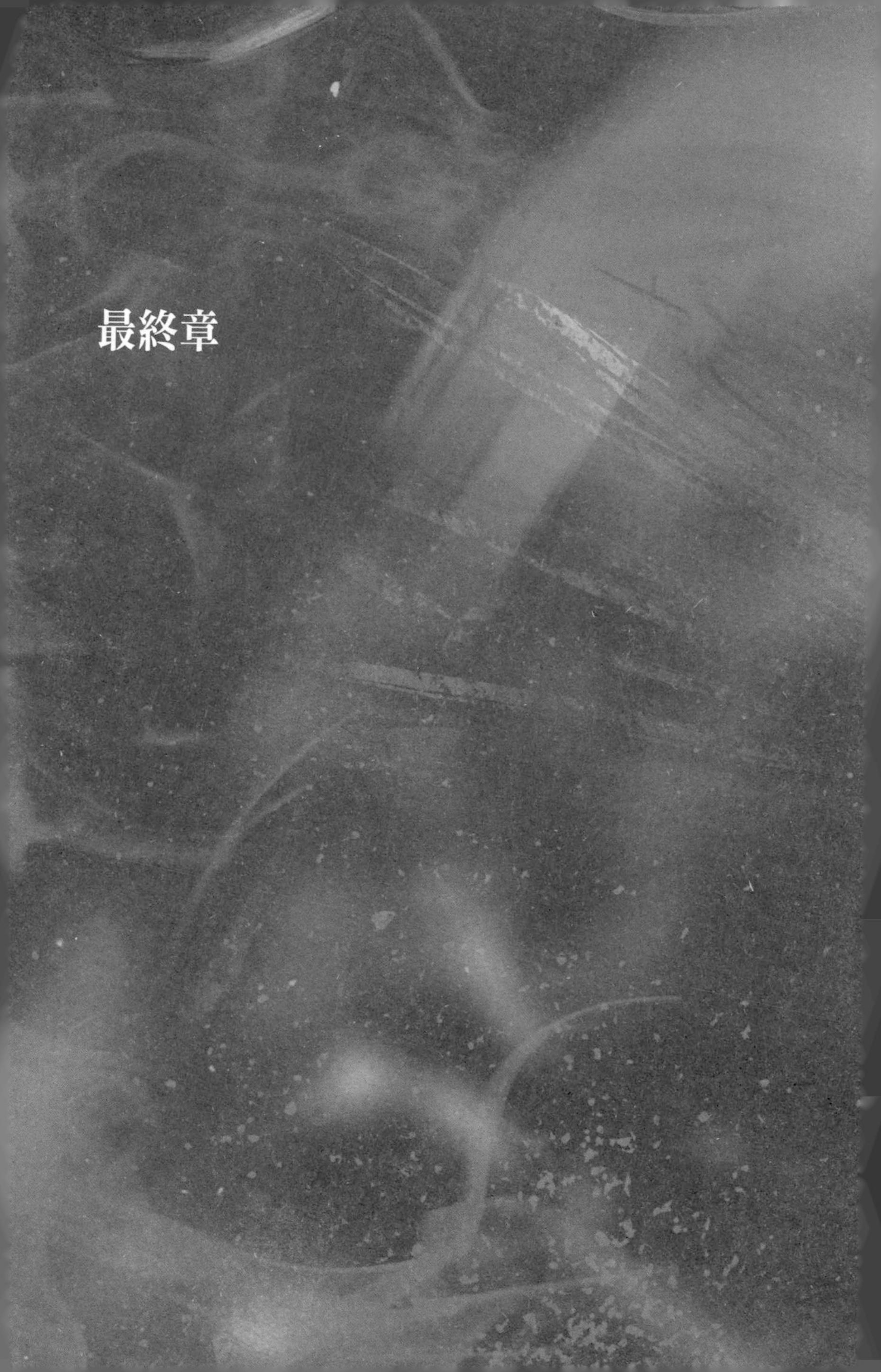

最終章

我們接著取走了龍鱗及幾件財寶，做為討伐的證據。

至於瓦拉希爾卡的屍骸，畢竟放著腐爛也會造成問題，因此我用祝禱術對它施加了《防腐的奇蹟（preservation）》。

據雷斯托夫先生所說，龍的身體全身上下都是高級素材，因此以後可能會準備好器材進行解體。

把敵人的屍骸解體做成道具這種事情，雖然以我前世的感覺來講有點心情複雜，但在這個世界殺死龍就是這麼一回事。

瓦拉希爾卡想必也早就做好覺悟，因此我也不猶豫了。

既然獲勝，就當成是勝利者的權利把能用的資源都徹底利用吧。

話雖如此，但無論財寶的數量或龍的身體都太過龐大，實在不是現在五個人能夠搬運的分量。

不過也考慮到會被惡魔殘黨奪走的可能性，因此我保險起見用《話語》和《記號》設置結界後，決定延著來時的路徑先回城鎮一趟。

之所以不從東側的陸路下山，反而刻意從西側繞水路回去，一方面也是為了確認《花之國（Lhoth dhol）》的狀況並報告戰果。

順道一提，關於我的衣服則是靠借穿大家的備份服裝以及龍的財寶中繡有《記號》的魔法衣裝等等，姑且算是湊齊了一套。

畢竟正式的寒冬已近，半裸身體走在路上未免太誇張。而且更誇張的是，我現在的身體已經變得即使真的那樣做也沒問題的狀態了。

……在回程路上，我和大家一起驗證了自己接受龍血之後的身體性能。得出的結論講白一點，就是現在的我變得相當異於常人。

大致上就跟不死神所說的一樣。

肌力和持久力方面原本就鍛鍊起來的部分變得更加提升。

在防禦力方面尤其超乎常人，工作用的小刀程度完全割不傷也刺不進我的身體。不過在萬分注意之下簡單進行的實驗中，雷斯托夫先生的攻擊還是可以砍傷我，因此並不算是無敵不死之身的樣子。

在《話語》方面我也試著詠唱一下，發現能夠完全按照我的意思發揮效果。代表精準度提升了。

集中精神注意感受也能知道，我體內體外的瑪那凝聚方式與過去相比有產生些微的變化。

最大威力也有增加……現在只要我有那個意思，或許光是大叫一聲就能把周圍一帶都燒成荒野。

簡直就是呈現人類外觀的龍了。

這不是什麼好狀況啊。我不禁這麼想。

確實，我的戰鬥力提升了。

現在如果跟不死神斯塔古內特的《木靈（Echo）》重新交手，我或許可以站在優勢。對瓦拉希爾卡也應該能夠單獨一人戰鬥到某種程度。

若對付一般的魔獸，想必甚至可以一邊哼著歌，光靠身體能力就不冒任何風險輕鬆壓制吧。

——**這點實在不是好事**。

在戰鬥中不需要承擔風險，是非常危險的事情。

要是我習慣了這個接受龍血的肉體，將其視為理所當然，我的戰鬥方式就會變得傲慢不遜而隨便胡來。

那樣一來我遲早會死的。

或許會因為遭遇更強的對手，或許會因為樹立太多敵人，又或許是遭人謀殺，總之肯定不得好死。

就跟當年繼承《噬盡者（Over Eater）》的時候，布拉德對我說過的警告一樣。

再加上我現在身為一名信徒，身為一名從政者，這也是很糟糕的狀況。

不怕寒暑，不畏飢渴，獨自一個人在任何場所都能存活的強大存在，究竟能夠對弱者產生多少同理心，維持多久的共鳴？

搞不好我有一天會成為不解寒暑飢渴，無知傲慢而「徒有強大聰明」的人類。

這份力量並不是龍的祝福——而是**詛咒**。

難道這也在瓦拉希爾卡的計算之中嗎？

……我實在不認為最後交鋒的那瞬間，牠會預測到我能夠撐過龍息（breath）存活下來。

不過我想照瓦拉希爾卡的個性應該會大笑主張「所謂邪龍就是會詛咒勝利者，使其人生破滅的存在」吧。

即使我想擺脫這個詛咒，我也不知道已經與肉體和靈魂混雜的龍之因子究竟該怎麼排除。而且就算知道了方法，這份力量也毫無疑問相當有用，因此在局勢安定下來前我都無法放手——換言之，我在最後的最後徹底被瓦拉希爾卡擺了一道。

……我方確實是獲勝了。

然而我和瓦拉希爾卡之間的戰鬥恐怕會持續一輩子吧。

要是一如邪龍所想，招致破滅，就是我輸。

而如果到最終都沒有破滅，就是我贏。

「……我不會輸的。」

穿過漫長的地下通道。

準備走出《西門》的時候，我回頭仰望山脈如此呢喃。

我們通過《西門》，往《黑鐵山脈》（Iron Mountains）的山麓走下。

穿過巨岩林立的岩石地區後，眼前豁然開朗。

——清爽的微風吹過。

「哇……」

一棵棵枯樹都長出綠嫩的新芽。

混有毒素的汙泥都消失成為肥沃的土壤，原本是溼泥地的場所有些部分變成堅固的地面，有些部分變成豐饒的沼澤。

和我們起初到來時潮溼陰沉的印象完全不同。

「喂～！喂～！」

一群精靈們從遠處一邊叫喚一邊跑來。

在最前頭是有著金色秀髮、雪青色眼眸的精靈——蒂娜小姐。

「你們果然平安無事！我們這裡原本聽到好幾聲龍的咆哮，然後突然又安靜下來。接著一陣神祕的火焰燒過去之後，這一帶就忽然變得好漂亮——」

她如此說著並衝過來，確認我們一個人也沒少之後，便哇哇大哭起來，抱住我

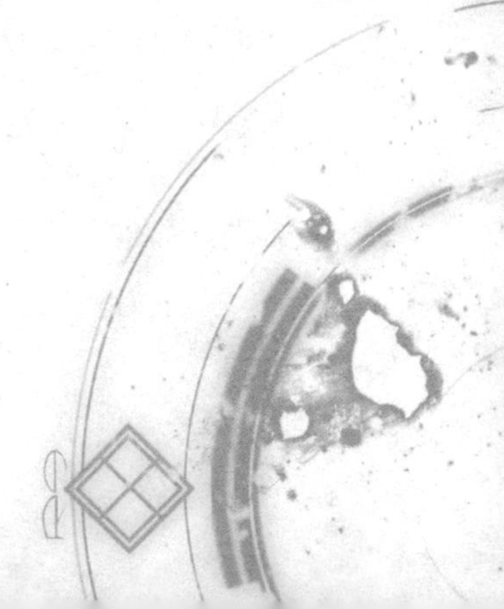

們。

「……你們都沒事真是太好了！」

從她身上已經聞不到病毒的臭味。

取而代之的是女性柔和的香氣，加上泥土與綠草的芬芳。

「受不了耶，妳也太誇張了吧。」

「一點都不誇張！我是真的擔心你們再也回不來了……」

「不過我們贏啦。看就知道吧，龍已經死了。是威爾殺掉的。」

相對於梅尼爾故作冷淡的態度，蒂娜小姐倒是已經泣不成聲了。

「受不了。我們還不會死啦。畢竟還有事情要做啊。」

「還有事情要做……？」

「目前首要工作大概就是復興這塊土地。這附近一帶依然還殘留有邪龍之毒的後遺症吧。」

「說得也是。在山脈各處也依然有瘴氣殘留的感覺……另外還有惡魔殘黨的問題。」

祿點點頭，一臉憂心地皺起眉間。

確實乍看之下瘴氣已經被去除大半，但並不代表全部都消失無蹤了。而且喜好棲息在有毒環境的危險魔獸們想必也不會立刻離去吧。

《黑鐵之國》與《花之國(Lhoth dhol)》若想恢復到昔日的繁榮，恐怕還需要花上很漫長的時間。

「畢竟龍的財寶多得像山一樣，暫時就靠那些換取資金……」

「也要考慮分配的方法才行啊。」

「要是因為大量財富流入而打亂了物資與金錢的平衡也很傷腦筋。這方面就找托尼奧之類的商量看看吧。」

「是！」

「另外，既然現在已經奪回山脈，昔日《黑鐵之國》的居民們應該也會想回來吧。」

「那麼就必須做好接收人員的準備，以免造成混亂啊。」

必須處理的工作一件接著一件冒出來。

「……雖然心情上不太願意，不過我也回故鄉的森林一趟，看看能不能拜託他們派遣幾個有實力的傢伙過來吧。」

梅尼爾皺著眉頭如此小聲呢喃。

從森林出走的銀髮半精靈如今卻獲得了《森林之主》的資格，帶著故鄉英雄的遺物，還伴隨屠龍的戰功一起回到故鄉，究竟會引起多大的騷動……

這樣一想也不難理解他為什麼會露出這種表情了。

畢竟梅尼爾不是那種會想要闖蕩出一番功名回故鄉爭一口氣的類型。

真要講起來他應該是覺得待不舒服的場所就掉頭離開，以後不管那地方變得如何都不關自己事情的個性。

想必他本來完全沒有要回去的念頭吧。

……然而今天如果要調整山林，能有幾位熟知大自然與靈精運作、實力高強的妖精師會比較好。

因此若梅尼爾可以重新搭起與故鄉的關係，確實會很有利。

「既然這樣，我也一起去。」

「妳要跟來？」

「當事人沒有親自去拜託怎麼行嘛！」

「呃～這樣講也是啦。那麼等春天我們就渡海去一趟……沒問題吧，威爾？」

那當然。我笑著點頭回應。

雖然有種會演變成什麼大騷動的預感，但反正在這件事情上被害應該不會波及到我嘛！

「你這傢伙，竟給我露出一臉事不關己的表情……！」

「哈哈哈。」

……《黑鐵之國》與《花之國(Lhoth dhol)》若想恢復到昔日的繁榮，恐怕還需要花上很漫長的時間。

不過就算花時間，總有一天……

《黑鐵之國》的熔爐肯定會再度燃起火紅的烈焰，鎚子敲打的聲音會再度響徹山脈。

《花之國(Lhoth dhol)》也肯定會重新響起美妙的歌聲，重建起美麗的城鎮吧。

我打從心底如此深信著。

◇◆◇◆◇◆

在《花之國(Lhoth dhol)》受到一番熱烈款待後，我們再度乘船揚帆，沿著如今變得清澈的河川逆流而上，抵達湖泊。

接著穿過湖泊，越過濃霧，再度來到死者之街。

「……哦哦！」

結果我看到古斯一副靜不下來地漂浮在廢墟城鎮的邊緣。

──或許現在講這種話不合情境，但幽靈出現在大太陽下的畫面實在難得一見。

「你們沒死啊。嗯？」

古斯一臉懷疑地看向我。

「瑪那的動向很奇怪……是龍的因子、嗎？」

居然一眼就看穿了。

真不愧是《徬徨賢者》(Wandering Sage)。

「那可是詛咒啊。」

「我知道。我也接受了，古斯。」

這是打贏瓦拉希爾卡的代價。

同時也是那隻孤傲的邪龍自始至終都貫徹自己為龍的證明。

「那就好……來，過來吧。大家表情看起來都很疲憊啊！」

古斯呢喃似地說道後，立刻切換態度，引領我們走向神殿。

雖然一路到這裡都沒什麼自覺，但我似乎相當亢奮的樣子。

在布拉德與瑪利的墓前跪下，報告完與龍戰鬥的結果後，我一放鬆下來便睡得如爛泥一樣。

畢竟一場接著一場的戰鬥總算結束，來到了不需要再保持警戒的區域內。

雖然繼承了龍血的肉體幾乎不會感到疲勞，但或許是歷經好幾次生命的危機讓精神上渴求休息的吧。

我熟睡到甚至忘了每天早上的禱告。

……做了一場孩童時代與瑪利和布拉德一起生活的夢。

在神殿山丘上愉快奔跑的夢。

……就這樣結束了短暫的休息後，當我們準備啟程返回《燈火河港（Torch Port）》時……

「向您借的武器就此歸還。」

祿對古斯如此說道。

然而古斯很乾脆地左右搖手……

「免了免了。你們拿去，老夫用不著。」

「可是，這是您重要戰友們的遺物吧？」

「……你這人真是規矩啊。」

古斯露出苦笑。

不過他其實並不討厭像這樣個性規規矩矩的人。

「正因為是戰友的裝備，更應該繼承給新的主人。無論武器或防具都是生為道具，若只是封藏起來，連裝飾鑑賞的功用也沒發揮，簡直是沒有意義到極點啊。」

「……那麼，我就心懷感激收下了。」

「嗯，能夠成為新一代矮人之王的裝備，對那些武器防具來說想必也是一種榮耀吧。」

聽到古斯這句話，我不經意想起一件事。

「啊……《黎明呼喚者（Call Dawn）》。」

在自然而然間，這把黃金之劍一直都掛在我的腰上。

畢竟我的主要武器《朧月(Pale Moon)》嚴重損壞，《噬盡者(Over Eater)》又不能輕易使用。

因此考慮到還會跟惡魔殘黨或魔獸交戰的可能性，我就一直把它帶在身上了。

不過現在……

「不，那把劍現在是屬於威爾大人的。」

「怎麼可以這樣？這是矮人代代相傳的寶劍吧！」

我雖然一再強調這把劍在宣示正統性之類的場合上非常重要，可是祿卻堅持不願收下。

他說當時奧魯梵格爾王是親手將這把靈劍交付給我的。

「威爾大人是命中註定的英雄人物。為了在今後的戰鬥中繼續保護性命，還請務必讓那把劍助您一臂之力。」

他雖然這麼說，但我實在不能免費收下這樣的東西。

於是我們簽了一份明文記載當我死後會將劍歸還給《黑鐵之國》的文件，以「租借」的形式由我保管。

「話說，怎麼講得好像今後還會有更強大的敵人出現在我面前的樣子……這次的對手可是龍啊，再怎麼說也到此為止了吧？」

要是隨隨便便又冒出比這更誇張的對手誰受得了啦！

我抱著確信如此表示後……

「…………」

「…………」

「…………」

大家卻陷入一片沉默。

而且紛紛用帶有同情的視線看向我。

那眼神彷彿在說「反正照這傢伙的狀況肯定又會……」的感覺。太過分了！

「呃，怎麼說……堅強活下去吧。我多少會幫你一點忙。」

雷斯托夫先生笨拙但溫柔地拍拍我肩膀如此說道。

「不，那樣講還是很傷人啊！」

雷斯托夫先生不禁一臉為難。

見到他那樣難得的表情，大家頓時都笑了。

◇◆◇◆◇◆

我們從死者之街沿河而下，回到了《燈火河港(Torch Port)》。

當接近的時候騷動早已傳開，在城鎮邊境工作的婦人們都驚訝得紛紛用雙手摀住嘴巴，連滾帶爬急急忙忙地奔回鎮上。

「領主大人回來啦！」「大家都平安無事呀！」等等的大叫聲接連傳來。

沒過多久又換成大量居民從鎮上吵吵嚷嚷地跑出來一探究竟時，我們的船隻已經靠到碼頭了。

我們陸續上岸，便看到托尼奧先生走在群眾前頭。

總覺得他頭髮莫名凌亂，眼眶周圍還有黑眼圈。

當初我是將後續事務都託付給他處理，不過仔細想想，在龍的咆哮聲接連傳來的狀況下，想必也引起很多騷動吧。

看來我讓他費了很多心的樣子，真是感到抱歉。

「歡迎各位回來……請問結果如何？」

對托尼奧先生的詢問，我點頭回應。

接著解開交給葛魯雷茲先生保管的包裹，彎曲犄角的尖端以及又大又厚的鱗片就露了出來。

「住在山中的惡魔們，還有邪龍瓦拉希爾卡——都已經被我們討伐了！」

我高舉犄角如此大叫後，居民們立刻大聲歡呼起來。

瓦拉希爾卡的低吼與咆哮聲在這座城鎮也聽得到。

想必大家都過得很不安吧。

不過就在這個瞬間，那些情緒都獲得消解了。

「哇哈～！恭喜你們～！」

從人群中冒出一名紅髮半身人，朝我撲過來。

我趕緊接住後，順勢轉圈，惹得碧哈哈大笑。

「大家都平安無事呢，真是太好了！那就是龍的角嗎？借我看一下，我等一下要寫成歌！——啊，這些新裝備是什麼？好厲害！你們從哪裡弄來的？」

她還真是興奮。

照這樣子看來，我們所有人等一下都要被她問東問西徹底採訪一場了。正當我這麼想的時候，歡呼與祝賀的人群頓時將我吞沒。

當中有矮人街的代表阿格納爾先生，索利先生和霍茲先生也在。

還有出征時委託擔任誘餌的《紙老虎(bluffer)》馬克思先生等人也都平安回到城鎮，彷彿在祝賀雙方任務都順利達成似地對我們咧嘴而笑。

老矮人古蘭迪爾先生則是老淚縱橫地抱住葛魯雷茲先生與祿的肩膀。

另外我還看到神官安娜小姐對雷斯托夫先生慰勞一句「辛苦了」並露出笑容，雷斯托夫先生也點頭回應。

至於梅尼爾倒是在不知不覺間就脫離人群，在稍有一段距離的地方愉快地看著我們的騷動。實在很符合他的作風。

居民們紛紛把我圍繞在中間，又是謝謝，又是恭喜，一下做得好，一下萬歲地不斷對我歡呼。

而我也用笑臉一一擁抱或握手回應。直到現場氣氛稍微冷靜下來時，托尼奧先生大聲拍拍手。

「好啦好啦！領主大人和其他人想必都累了！畢竟他們可是擊敗巨龍凱旋歸來啊！」

他這麼說著，撥開人群……

「就稍微給他們一段時間休息……明天再來舉辦一場宴會吧！」

托尼奧先生用眼神向我詢問「這樣可以嗎？」之後，我也點頭回應。

在這方面的安排上，我完全敵不過他啊。

於是我順著托尼奧先生營造出的局面……

「這是慶祝邪龍討伐！請各位明天盡情吃喝、盡情歡唱、盡情慶祝吧！」

如此大叫後，人們便發出了更加熱烈的歡呼聲。

熟悉的面孔都露出笑容。看起來非常開心、愉快、幸福。

「…………」

我成功守住了這片幸福啊。

要是我當初沒有挺身挑戰瓦拉希爾卡。要是我輸給了瓦拉希爾卡。

肯定就看不到這片光景了吧。

我守住了總算獲得的東西。

從老是畏縮恐懼、裹足不前的前世獲得重生——然後站起身子，不斷邁進的努力，都沒有白費。

這件事化為一股溫暖的現實感，盈滿我的心。

……真是感慨萬千啊。

到了隔天，我們從早上就開始盛大慶祝。

城鎮的廣場上擺有從各處搬來的桌子，鋪上白色的桌巾。

到處可以看到花圈裝飾，還有婦人們從一大早就準備好不斷冒出熱氣的溫暖料理。

大量人群都各自打扮得漂漂亮亮來到鎮上。

每個人臉上都掛著笑容。

……身穿禮服的我在廣場的講臺上大聲說道：

「呃～我不會講太久的……畢竟我自己也餓扁了！」

聽到我開的小玩笑，大家也都用笑聲回應。

「慶祝成功討伐了龍，以及豐收的恩惠……感謝燈火女神！感謝善良諸神！」

感謝燈火女神！感謝善良諸神！

人們跟隨我如此大叫後……

「——乾杯！」

乾杯！大量的杯子高舉起來。

有的是獸角製成，有的是木頭製成。有的色彩鮮豔，有的顏色樸素。

那樣的杯子們熱鬧地互相敲擊，陸續被一飲而盡的宴會。

自然而然地從各處傳來交談聲與開懷的笑聲。

就在這時，弦音響起。

是碧抓準這個賺錢的大好機會，開始愉快地彈唱起來。

那是一首描述精靈與矮人的詩歌。

在兩百年前的《大崩壞》時淪陷，如今總算又準備在這塊土地重建的，精靈與矮人的國家。

《花之國(Lhoth dhol)》與《黑鐵之國》的故事。

碧纖細的指尖動作奏出時而開朗，時而悲傷的音樂，點綴話語。

接著忽然變調，樂聲停息。

安靜的述說。

兩個國家的故事，隨著破滅中斷。

……然而，音樂隨後又靜靜開始奏起。

即便如此。碧這麼唱道。

即便如此，只要人民還在，意志還在，國家就能重生。

有如輪迴之環。

就算墮入漆黑之中。

溫柔女神的燈火想必也會帶來光明。

就算一切都被毒氣與黑暗籠罩。

就算有可怕的惡魔徘徊，邪惡的巨龍咆哮，化為充滿恐怖的土地。

《世界盡頭的聖騎士（Paladin）》依然會挺身拯救。

伴隨溫柔女神的燈火。

驅散這片南方大陸的黑暗，帶著勇氣不斷邁進。

——碧的三弦樂器高聲奏起聖騎士（Paladin）的屠龍之歌。

《世界盡頭的聖騎士III上下　鐵鏽之山的君王　完》

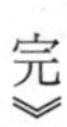

番外篇：月之旅

陽光透過樹葉間的縫隙一閃一閃地灑下。

在清新的空氣中，大量巨樹有如神殿的柱廊般排列。

——這裡是《獸之森林（Beast Woods）》的深處，偉大的《森林之主》——《柊木之王》的王殿。

「哦哦，這裡，真是好地方吶！『感謝你的細心安排，威廉大人』。」

「『請不用客氣』……那麼，關於之前講好的事情……」

「唔嗯，偶們接受了。」

在我面前如此點頭回應的，是只要見過一次就決不會忘記的巨大身影。

也就是以前我曾交手過的那位森林巨人（Forest giant）——約頓族的剛古先生。

在周圍還有他部落的其他巨人們，有些好奇地到處觀察，有些則是用巨大的魔獸皮革搭建著帳篷。

男性全部都是超過三公尺的大塊頭，連女性也都有兩公尺半以上，畫面看起來相當壯觀。

總有種自己變成半身人的錯覺了。

「與人起衝突，不管是輸是贏，都粉麻煩啊……」

「我想也是……」

討伐完巨龍，凱旋歸來，設宴慶祝。

若是冒險故事，或許到這邊就會「可喜可賀，可喜可賀」地畫下句點落幕了。

但很遺憾，這是現實。

必須處理的善後工作還有很多很多。

向埃賽爾殿下與巴格利神殿長等相關單位人物報告問題已順利解決，安撫情緒陷入不安的人民，抑止暴動發生，宣傳正確的情報好封鎖流傳民間的虛假情報。

像這樣收拾處理《獸之森林（Beast Woods）》各處因為龍的咆哮而必須盡快對應的騷動或是可能演變成騷動的因素——

而且就算這些事情大致上都處理完畢，必須做的事情還有很多。

對之前發現的森林巨人（Forest giant）部落進行對應也是其中一件。

通常來說，「巨人」這個種族就跟龍一樣，不隸屬於善神或惡神陣營，而保持在中立的立場。

……這裡所謂的『中立』，並不是指「討厭爭鬥，不與任何勢力聯手」的那種意思。

他們即使不受任何一方的神明庇佑也能活得很好，力量也強大到萬一被找碴毆打，管你是哪邊神明的陣營都能予以反擊，造成對方相當大的損害。

既然如此，又有什麼理由要特地跟神明之間的地盤鬥爭扯上關係呢？

就是像這樣擁有極強力量而保持的『中立』。

而當中的森林巨人（Forest giant）據說是創世神話時代的《原始巨人》流傳下來的血脈較稀薄

的種族。

隨著世代交替，神祕因子變得稀薄，壽命漸短，體格也變得較小。

即便如此也還是有三公尺高的巨大身體，再加上雖不及梅尼爾那般等級，但也相當高等的妖精師技能。可說是雖然數量少但素質極高、力量強大的魔法戰士種族。

光是血脈較稀薄的森林巨人（Forest giant）就已經是這種等級，要講到創世時代的影響保留較深的那些《原始巨人》們的傳說，那就更是誇張了。

居住在南海大風暴的中央，與暴風一同穿梭大海的頂天巨人，《暴風巨人（Storm giant）》。

長年沉睡在大火山地帶的熔岩中，偶爾會隨著火山爆發而醒來的《熔岩巨人（Lava giant）》。

在遙遠東方盡頭的荒野居住於永不止息的雷雲下，能隨心所欲飛翔天空的《雷雲巨人（Cloud giant）》。

雖說多半都已經離開了這個次元世界，但誇張的規模還是會讓人聽得不禁暈眩。

——這樣也能理解為什麼會說巨人與龍是同等了。

如果是那種等級的存在，即使面對《原始龍》之一的瓦拉希爾卡也確實能夠正面交鋒不退一步吧。

而現在的問題就在於，縱然不及那些神話存在，但還是有繼承其血脈而力量強大的這些鄰居們就棲息在森林的深處。

既然棲息在《獸之森林（Beast Woods）》深處，就代表他們根本不害怕魔獸們。

從那些用魔獸皮革製成的帳篷看起來，他們甚至應該歸類為以魔獸為獵物的獵食者……換言之，就是比魔獸還要強大。

萬一哪天與不斷開拓、擴張的人類生活圈以不幸的形式相遇，肯定會引起大騷動。

具體來講就是從冒然遭遇演變為戰鬥，當有任何一方傳出死亡犧牲就會變得不可收拾了。到時候不但會造成極其嚴重的損失傷害，而且對誰來說都得不到好處。

當然，如果雙方有認識的人可以姑且搭起交涉的橋梁，或許還能靠賠償解決問題，但那種東西是最後的手段。不能打從一開始就抱太大期望。

因此——

「守護主王的任務，就交給偶剛古與族人們唄。」

我決定試著詢問他們，是否願意移居到以前我在長角惡魔科爾努諾斯的騷動時確定了位置的《森林雙子王》——《橡樹之王》與《柊木之王》這兩棵巨樹的周邊一帶。

這兩棵《森林之主》可說是《獸之森林》（Beast Woods）的最大要害。萬一讓這地方遭到《忌諱話語》（taboo word）之類的手段破壞，將會造成非常嚴重的後果。

然而這裡畢竟是《森林之主》的聖域。基於必須保持自然綠意的性質上，不能讓太多人進來過度開發。

這種時候基本上只能將這裡設為禁地，但又不能完全沒有安排守衛，實在兩難……而就在這樣的時候，我想到了這群森林巨人（Forest giant）。

他們能夠因此獲得絕對不會和人類起衝突，而且幾乎能永久定居的住所。

雙子王則是能夠得到一群力量強大又能夠交談對話的護衛居住在自己近處。

我想這樣應該是對雙方都很有利的結果吧。

——我與剛古先生握手以示締結契約。

他的手真是又粗又厚。

「話說回來……『剛古先生、是那裡學到、西方共通語的』？」

「從前、在森林邊境有個、呃～……？農、農耿……農更……？『過農耕生活』、很好相處的男人。偶們互相交換毛皮與穀物，就稍微，學了一點。」

「哦～……」

「那已經是，春天來了三百次、更之前的事情。後來，部落的人和人類起了衝突……偶們就移居到森林深處啦。」

「…………」

還真的是非常古早以前的事情。

不過，這也就是說——

「現在，『以物易物、還可以』？」

「唔嗯，『若能交換到金屬製品我們也很高興，不過你們需要什麼東西？』」

「我們也是，『需要、藥草、木材、魔獸皮革、骨頭』這樣。」

就這樣，我們稍微討論了一下交換品項，得出大致上的共識。

剩下較細節的調整就交給實際負責的人們吧。

「是說……」

討論告一段落後，剛古先生接著如此說道。

他的視線則是望著我的背後。

「你的、呃~『那把槍，怎麼了？』」

「…………」

對於他的詢問，我盡可能擠出笑臉。

但或許還是多少參雜了一點難受的表情吧。

「……在跟龍的戰鬥中，壞掉了。」

剛古先生頓時露出了一臉『問錯事情啦』的尷尬表情。

《朧月（Pale Moon）》壞了。

在與瓦拉希爾卡的戰鬥中碎裂折斷，壞得不留原型。

儘管那是有大量《記號》保護的槍，面對親近《話語》的龍還是不堪一擊。

當然我也有注意不要讓武器被破壞，但在當時的狀況下還是有個限度。

因此這是沒辦法的事情。

是沒辦法的事情，可是……

「唉……」

我還是忍不住感到沮喪。

從巨人部落回到《燈火河港(Torch Port)》的我，坐在碼頭邊深深嘆息。

——其實我已經有確認過《朧月(Pale Moon)》究竟有沒有修復的可能性。

透過埃賽爾殿下的介紹，我找到《白帆之都(White Sails)》中最厲害的鍛造師，詢問是否有辦法修好《朧月(Pale Moon)》。

然而那位寡言的鍛造師先生只是默默對我搖頭。

那就是一切了。

「…………」

但或許是我聽到那個回答後露出的表情實在太過悲傷的緣故吧。

鍛造師先生將《朧月(Pale Moon)》折損的槍頭上還殘留有《光的話語》的部分打磨，幫我做成了一把匕首。

至於《強化》或《銳利》(sharpness)的部分則因為已經碎裂，無從挽救了。

「這是、留戀吧……」

我將掛在腰上、用《朧月》(Pale Moon)打磨成的匕首拔出來，舉高在陽光下。

利刃部分閃耀出教人懷念的光芒……然而這把武器已經無法滿足我所必要的性能水準了。

平常拿來揮舞在各方面對我而言都不足夠，更別說若是讓沉睡於靈魂深處的邪龍力量覺醒，恐怕朝什麼東西用力一砍就會當場碎裂了吧。

魔獸、惡魔殘黨、南方未知的惡神眷屬們……我必須面對的敵人太多，實在不能只因為捨不得就繼續使用性能較差的武器。

或許我也差不多該去尋找新的主要武器了。

……事實上，我現在的選項相當多。

以前探索遺跡獲得的武器之中，單純在性能上超過《朧月》(Pale Moon)的槍就有好幾把。

如果還是不滿意，花錢請《白帆之都》(White Sails)的商人們透過船運幫我從各地買槍回來也可以。

若靠人脈關係拜託，搞不好也能得到矮人族或精靈族的祕傳武器。

槍頭施加了火焰或雷電《記號》的古代魔法槍。

投擲出去就能追蹤對手，一聲《話語》就能收回手中的槍。

能夠清靜使用者的精神，提高抵抗力的祝聖之槍。

或是用《真銀（mithril）》製成，寄宿有迷惑妖精的蠱惑之槍。

另外也有單純製作得極為極為堅固、極為鋒利，為了使其不要變鈍而用《記號》強化，構造簡單不過感覺很好用的槍。

然而，每一把槍我用起來都覺得不對勁。

我想大概是因為我使用《朧月（Pale Moon）》太長一段時間了。

就性能來講，《朧月（Pale Moon）》算是很弱的槍。

比不上惡魔之王為了殺死對立的《上王》而造出的吸命劍《噬盡者（Over Eater）》。

也比不上鍛造之神創造出的金色小太陽《黎明呼喚者（Call Dawn）》。

《朧月（Pale Moon）》單純只是比較堅固，能夠調整長度，槍頭會發光的槍罷了。

——然而，即便如此……

不管別人怎麼說，《世界盡頭的聖騎士（Paladin）》主要使用的武器，就是那把單純比較堅固，能夠調整長度，槍頭會發光的槍。

那是我最為信賴、獨一無二的武器。

而那樣愛用的武器現在變成這樣——或許是我的感覺還沒能從混亂中振作起來吧。

雷斯托夫先生之所以那樣執著於自己愛劍的理由，我如今更能夠理解了。

……自己一直以來最為信賴的那份重量消失。

這比我原本預想中的還要難受。

「…………」

我凝視匕首，內心思考著：這下該怎麼辦才好？

我沒辦法將這把打磨過的《朧月（Pale Moon）》一起帶去冒險。

就算帶去了，它也單純只會變成派不上用場的累贅，或者被用壞。

可是若把它當成紀念品裝飾在家中，又感覺好像不太對。

怎麼辦？

我究竟該怎麼做才好？

明明討伐完邪龍後還有很多善後工作必須處哩，我卻忍不住為了這種事情陷入沉思。

——就在這時。

「該死，要幹就幹！我沒在怕的！」

遠處傳來莫名有氣勢的大叫聲。

一副怒氣難消似地走在河邊道路上的，是一名還很年輕的少年。看起來大約十三、四歲左右。

一頭黑色的卷髮，感覺個性很好強的淡褐色眼睛。

身穿粗麻衣服披著外套，背上背有簡陋的箭筒與弓，腰上還掛了一把大概是隨便削成的木製棍棒。

或許是獵人或冒險者的學徒之類的吧。

「看我去砍下魔獸的首級……！」

「不、不要這樣啦，格雷……很危險的……！」

「吵死了，亞歷克斯，不要阻止我！」

而追在那名少年後頭的，是身穿稍微比較像樣的棉質衣服、年紀差不多大的紅髮男孩。

修補過的深色斗篷配上前端鑲有一丁點變色的銀製裝飾、看起來相當古老的梣樹木杖。

應該是魔法師，但感覺不像是從學院出來的。或許是什麼地方的土著咒術師系統吧。

就在我不經意眺望著他們時，那位少年甩開了魔法師男孩的制止，邁步往城鎮外走去——

「呃，不好意思。」

頓時有種不祥預感的我趕緊上前叫住了他。

「嗯？幹什麼啦？」

叫格雷的少年抬起感覺個性不服輸的臉看向我。

被稱為亞歷克斯的魔法師男孩則像是鬆了一口氣。

我稍微彎下膝蓋，讓自己對上他們的視線。

「沒什麼啦，我只是想說你那麼生氣是打算去哪裡而已。」

「我要去討伐魔獸啦，討伐魔獸！」

「討伐魔獸……？」

「對啦！怎樣？想當冒險者不行喔？」

從現在的地點以及他們走來的方向推測，我總有種不好的預感……

「呃、啊~……你們剛才是不是去過《棕熊亭》？」

於是我講出了一家店的名字。

「去過又怎樣！」

「呃、那個、我們兩個是偶然在路上相遇，說要一起去看看……結果就……」

「那群混帳，該死！」

「啊～……」

在這座《燈火河港》(Torch Port)中，《棕熊亭》尤其是個性粗魯的冒險者經常出入的酒館。當中也不乏性情較惡劣的人物。

要是像這樣立志成為冒險者的年輕小孩進去店裡……我想肯定會受到一番相當強烈的侮辱。

然後遭到近乎吃閉門羹的待遇，所以就打算去砍個魔獸的首級回來給對方一點顏色瞧瞧。大概就是這樣吧。

尤其這位格雷小弟弟看起來正義感很強烈。

如果只是自己受辱就算了，但因為連同行的魔法師男孩也被取笑，才會讓他這樣怒氣難消。

「…………」

然而，力量是殘酷的。

只要看一眼就能知道，大概原本是一名獵人的格雷小弟弟雖然身體有受過鍛鍊，但我不得不判斷他頂多只是比普通人稍微強個一兩級而已。

至於站在後方的亞歷克斯小弟弟……小妹妹？哎呀，這點就不多深究了……雖然我不清楚他知識有多深，但至少看起來沒什麼實戰經驗。無論眼神視線或言行舉止，都充滿外行人的感覺。

要是遇到突然冒出來的魔獸，我想他恐怕很難迅速正確地詠唱《話語》吧。

「……你們這樣出去，會死喔？」

這裡可是《獸之森林（Beast Woods）》。我親身體驗過裡面究竟有多危險。

聽到我用冰冷的聲音如此說道後，魔法師的亞歷克斯大概是察覺出什麼而身體顫抖了一下。

格雷也一瞬間露出被嚇到的樣子，不過很快又燃起鬥志……

「怕死當什麼冒險者！」

對我如此反駁。

雖然感覺很有膽識，不過……

「那你有考慮過比死更慘的狀況嗎？」

「欸？」

「像是蛇的魔獸會讓對手麻痺，然後活生生吞進肚子裡花好幾天的時間慢慢消化。你有想像過自己全身慢慢被溶解的感覺嗎？」

「……咿！」

亞歷克斯頓時嚇得抽了一口氣。

另外……我在內心稍微對不死神斯塔古內特道歉之後……

「或是變成亡魂。」

「………」

「只失去手腳，性命卻活了下來。或是被賊抓去當農奴賣掉。」

光憑著一股怒氣就闖入魔獸橫行的《獸之森林(Beast Woods)》深處的人，若沒有相當好的運氣便只會得到這類的下場……哎呀，雖然因為《獸之森林(Beast Woods)》太過危險，所以其實沒什麼盜賊會潛伏在深處就是了。

「嗚、咕。」

但不管怎麼說，如果他因此願意打消念頭，那就是最好的。

「可是、反正無論如何我都沒地方可以回去！只能幹了啊！」

「…………」

看來這兩人都沒有退路的樣子。

格雷小弟弟大概是為了削減撫養人口或與父母死別而流浪到這裡的。

照樣子看來，表情黯淡的亞歷克斯小弟弟應該也是同樣遭遇。

「可是格雷……那位亞歷克斯應該放不下你，所以搞不好連他也會一起死喔？」

「……！」

我試著這麼說服後，格雷小弟弟總算氣勢削弱了。

他接著緊咬起嘴脣。

在被逼到走投無路的狀態下不管三七二十一先來到這座《燈火河港》（Torch Port），但自己沒有知識，不曉得該怎麼做才好。

對將來的不安與無助都只是靠著憤怒與氣勢勉強壓抑，但我想他自己也很清楚繼續這樣下去根本解決不了問題吧。

「呃、請問……大哥哥、你是冒險者嗎？」

「不，我不是。」

至少我現在已經不能自稱為冒險者了。

「不過，我稍懂一些。」

「既、既然這樣！不好意思！請你告訴我們吧！……我們究竟該怎麼做才好！」

「嗯。」

在不利與不明之中，即便遭遇到焦急的狀況，也懂得先冷靜收集情報。

格雷小弟弟的熱情固然重要，不過像亞歷克斯小弟弟的這種個性也是相當重要的資質。

既然兩人各自擁有這兩項特質……他們應該還有活下去的希望。

「總之你們先把在《棕熊亭》遇到的事情忘掉，然後沿那條路走過去會看到一塊像大魚的招牌寫著《蔚藍海神亭》，進去看看吧？那裡的店長很照顧人的。」

那裡不但會幫忙互相介紹這類立志當冒險者的新手們，協助組成較像樣的隊伍，而且也會分派較適合他們的任務，並多少給些建議。和《棕熊亭》那樣粗魯的酒館不同，相較上——哎呀，真的只是相較上——算是有教養的一家店。

面對點頭回應的亞歷克斯以及眼神看起來似乎還對我有些懷疑的格雷，我即使覺得有點雞婆但還是繼續說道：

「聽好囉……所謂冒險者的工作就是挑戰冒險。但這並不是指無謀莽撞或匹夫之勇，而是要為了活下去做好萬全的準備，然後用全力去挑戰不是活就是死的冒險。」

如此一來，命運的殘酷骰子也多少會關照一些。

「不要自暴自棄，凡事記得求證，在裝備上不要吝嗇……然後再加上一點智慧與勇氣。如此一來肯定有一天能夠抵達你們所期望的終點。」

願善良諸神庇佑你們。我笑著如此說道。

……不自覺間，我把《朧月(Pale Moon)》磨成的匕首遞了出去。

「……？」

「給你。」

「哼，匕首用起來根本……」

「格、格雷！格雷！這上面、有《記號》……！」

「記號……魔法匕首嗎！」

「嗯，但也不是什麼很厲害的《記號》就是了。送你們吧。」

對這兩位準備踏上旅途的年輕冒險者們，我希望可以給予祝福。

雖然我已經無法和《朧月（Pale Moon）》一同冒險了，但如果那天在地底發現的這把《朧月（Pale Moon）》能夠跟著別人繼續它的冒險之旅——

我覺得那肯定是很美妙的事情。

「這上面刻有《光的話語》，至少可以拿來當成火把喔。」

「你、你有什麼企圖？」

……啊～確實，突然收到這樣的東西難免會害怕吧。

看不出對方送這東西的利益或目的，換成是我也會覺得可疑。

「那你們願意聽我說一段有點長的故事嗎？」

「故事？」

「嗯。畢竟交付魔法武器的同時也要講講它的來歷，是自古以來戰士的傳統嘛。」

「……總不會是你想吹牛吧？」

「格、格雷！」

「哈哈，你要那樣想也可以啦。」

不過相對地，就讓你們陪我說到高興吧。

我這麼想著，並開始說了起來。

「這把武器啊，是古代的矮人鍛造出來，討伐過奇美拉，貫穿過龍鱗的——」

世界盡頭的聖騎士(Paladin)最為信賴的一把槍。

在烏雲密布的夜晚中照亮世間的、《朧月(Pale Moon)》的旅途故事。

〈完〉

後記

首先對購買本書、閱讀本書的各位讀者問聲好。

很高興能與大家再度見面，我是柳野かなた。

託各位的福讓第三集得以出版，實在非常感謝。

像這樣完成改稿工作，撰寫後記的同時回想起一年前的事情，還依稀記得當時尤其是在寫上集的時候自己非常焦慮。

……問題在於內容的量。

相當於第三集的部分是我在撰稿前先和朋友們討論並完成構想之後，才正式開始動筆的……但恐怖的是，在撰稿中卻一反預定計畫，文章的量不斷增加了。

雖然我在很多地方都聽說過，這是寫小說常有的事情……然而或許是我新手運比較好的緣故，相當於第一、二集的部分在完稿時都大致符合原本預定的文章量。而就在我心想「其實自己很擅長調整文字量吧？」而遭到大意與傲慢的靈精附身時，萬萬沒想到竟遇上了這樣大量膨脹的狀況。

面對持續膨脹的文字量，當我焦急著想要讓故事有所進展的時候，在朋友K老師的勸導下終於自主放棄了相當大量的文章重新撰寫的那天，讓我印象深刻。

這部作品本來只是我的興趣，順自己的喜好撰寫自己喜歡的內容並公開在網路上的業餘創作。

然而當有幸成為商業作品出版之後，自己便忍不住產生了更多的慾望。

更有趣的故事發展。

漂亮回收伏筆。

剛好收在一本書的分量。

最好還能留下一點篇幅，在書籍版時多加一篇附錄。

想要更受歡迎。

想要暢銷。想要寫成值得拿來自傲的作品……

當時的我總算察覺到，真正在膨脹的不只是文字量，更是湧上自己心頭的這些慾望。

……後來我便一度切換了自己的心境。

雖然沒能完全斷絕這類的慾望，但希望至少能盡量抑制，回歸初衷。

順自己的喜好撰寫，不要在意文字量，就當作沒有要出版成書籍這回事，盡情描寫威爾的冒險故事。

結果就在不自不覺間越寫越順，尤其到了最後那場戰鬥時，連我自己也興奮起來埋首撰稿了。

透過撰寫這篇故事，我覺得自己同時也學到了許多珍貴的東西。

……將自己從教人懷念的奇幻世界得到的東西大量塞進來的第三集。

希望各位也能讀得愉快。

最後是謝辭。

致為本書提供漂亮插圖的輪くすさが老師。每一集當我拜見您的插圖時總是能讓我感到幸福萬分。

另外也恭喜您的畫冊『啞采弦二／輪くすさが Art Works』順利出版。您對收錄在本作的插圖所寫的說明深深打動的我的心。梅尼爾的設計，我非常喜歡。

為本書的書腰提供了推薦文的川上稔老師，請讓我致上深深的感謝。自從國中時代接觸到老師的作品後，我一直以來都是您的粉絲。

致各位朋友。再次感謝大家各方面的協助。

負責本作品的編輯大人，以及 OVERLAP 編輯部的各位同仁，參與本書印刷、宣傳、販賣等事務的所有人員。

還有此刻閱讀本書的您，謹讓筆者致上由衷的感謝。

——那麼，希望下次再相見。

二〇一六年十一月　柳野かなた

浮文字

世界盡頭的聖騎士 III〈下〉鐵鏽之山的君王

（原名：最果てのパラディン III〈下〉鉄錆の山の王）

著者／柳野かなた　封面插畫／輪くすさが　譯者／陳梵帆
發行人／黃鎮隆　副總經理／陳君平
總編輯／洪琇菁　國際版權／黃令歡、李子琪
執行編輯／楊國治　美術編輯／李政儀
企劃宣傳／邱小祐、劉宜蓉
出版／城邦文化事業股份有限公司 尖端出版
台北市中山區民生東路二段一四一號十樓
電話：（〇二）二五〇〇—七六〇〇　傳真：（〇二）二五〇〇—二六八三
E-mail：7novels@mail2.spp.com.tw
發行／英屬蓋曼群島商家庭傳媒股份有限公司城邦分公司　尖端出版
台北市中山區民生東路二段一四一號十樓
電話：（〇二）二五〇〇—七六〇〇（代表號）
傳真：（〇二）二五〇〇—一九七九
中彰投以北經銷／楨彥有限公司
電話：（〇二）八九一九—三三六九
傳真：（〇二）八九一四—五五二四
雲嘉經銷／智豐圖書股份有限公司　嘉義公司
電話：（〇五）二三三—三八五二
傳真：（〇五）二三三—三八六三
南部經銷／智豐圖書股份有限公司　高雄公司
電話：（〇七）三七三—〇〇七九
傳真：（〇七）三七三—〇〇八七
一代匯集／香港九龍旺角塘尾道六十四號龍駒企業大廈十樓B&D室
電話：（八五二）二七八三—八一〇二
傳真：（八五二）二七八二—一五二九
新馬經銷／城邦（馬新）出版集團Cite（M）Sdn. Bhd.
E-mail：cite@cite.com.my
法律顧問／王子文律師　元禾法律事務所
台北市羅斯福路三段三十七號十五樓
二〇一八年三月一版一刷
二〇一九年九月一版二刷

■中文版■

國家圖書館出版品預行編目資料

世界盡頭的聖騎士. III, 鐵鏽之山的君王 / 柳野かなた作 ; 陳梵帆譯. -- 1版. -- [臺北市] : 尖端出版 : 家庭傳媒城邦分公司發行, 2018.03
面 ; 公分
譯自 : 最果てのパラディン. III, 鉄錆の山の王
ISBN 978-957-10-7887-8(下冊 : 平裝)

861.57 106020499